Christina Wermescher

Sommergold

Die wertvollsten Schätze
sind nicht aus Gold.

CWermescher

DRACHENMOND VERLAG

Drachenmond Verlag GmbH
Auf der Weide 6
50354 Hürth
https://www.drachenmond.de
E-Mail: info@drachenmond.de

Lektorat: Mira Manger – Herzgestein
Korrektorat: Michaela Retetzki
Satz & Layout: Astrid Behrendt

Umschlagdesign: Annika Hanke
Bildmaterial: Shutterstock

Druck: Booksfactory

ISBN 978-3-95991-641-7

Sommer
gold
Christina
Wermescher

Für Nicole

Im rauen Alaska freut sich jeder
über eine helfende Hand.
Danke, dass du mir deine gegeben hast.

Kapitel

1

Hazel legte für einen Moment den Kopf in den Nacken und genoss den Fahrtwind, der in ihrem braunen, langen Haar wühlte wie ein leidenschaftlicher Liebhaber. Der wolkenlose Himmel versprach einen farbenfrohen Tauchgang, und statt einer Gruppe würden sie lediglich ein Pärchen am La Jolla Cove treffen. Entspannte Stunden lagen vor ihr, und wie immer konnte sie es kaum erwarten, ins Wasser zu hüpfen. Mit Mike zusammen als Tauchguides zu arbeiten, war ihr wahr gewordener Traum.

Einen solch perfekten Tag würde sie sich selbst durch Claire nicht verderben lassen. Sie öffnete die Augen hinter ihrer Sonnenbrille und warf einen kurzen Blick auf die zierliche junge Frau, die Mikes alten Wrangler souverän durch den dichter werdenden Verkehr manövrierte. Demonstrativ hatte Hazel sich auf den Beifahrersitz fallen lassen, und Mike war schmunzelnd nach hinten in den Fond geklettert. Nun lächelte Claire in regelmäßigen Abständen kokett in den Rückspiegel. Hazel rollte unbemerkt mit den Augen. Wären Verkehr und Parkplatzsuche hier am La Jolla Cove nicht so nervtötend, hätte sie Claires Anwesenheit niemals zugestimmt. Doch manchmal musste man eben Kompromisse eingehen. Und wenn das klare Nass des

Ozeans Mike und sie gleich willkommen heißen würde, würde Claire sich weiter zwischen hupenden und drängelnden Autos hindurchkämpfen müssen. Der Gedanke zauberte ein zufriedenes Lächeln auf Hazels Gesicht. La Jollas Schönheit schlug ihr zusammen mit dem unverkennbaren salzigen Geruch entgegen. Obwohl sie mittlerweile dreimal pro Woche hier tauchten, war Hazels Begeisterung für den Sport und diese wunderbare Bucht an der Küste ihrer Heimatstadt San Diego nach wie vor ungebrochen.

Sie ließen Claire am Coast Boulevard zurück, und mit jeder Stufe, die Hazel in Richtung Strand hinunterlief, hob sich im Gegenzug ihre Laune. Das Gewicht der Sauerstofflasche verflüchtigte sich in der lauen Brise, die pure Vorfreude vom Meer heraufwehte.

»Ich glaube, irgendwas ist da schiefgelaufen. Vermutlich hättest du ursprünglich ein Fisch werden sollen«, zog Mike sie lachend auf.

»Oder ein Seelöwe!« Hazel versuchte das grimmige Gesicht eines Raubtieres aufzusetzen, was ihr aber nur schlecht gelang und sich in ihrem Lachen auflöste.

Ihre Kundschaft, ein braun gebranntes Pärchen aus Australien, erwartete die beiden am Strand. Sie stellten sich als Poppy und Tevin vor und waren sichtlich angetan von La Jolla und dem bevorstehenden Tauchgang, was sie Hazel sofort sympathisch machte. Poppys Locken hüpften aufgeregt um ihr Gesicht und verliehen ihr einen fast kindlichen Charme. Die Tour war bereits bezahlt, und Mike hatte sich im Vorfeld auch schon Kopien der Tauchscheine mailen lassen, sodass alle Bürokratie bereits erledigt war und sie sofort starten konnten. Nicht nur die Vorfreude trieb Hazel in das kühle Nass, auch war es inzwischen in ihrem Neoprenanzug unangenehm warm geworden.

Das Meer empfing sie wie die Umarmung einer Freundin. Gemeinsam entfernten sie sich gemächlich vom Strand. Poppy und Tevin hatten es nicht eilig, ließen sich im seichten Wasser treiben,

beobachteten erfreut die leuchtend orangen Garibaldifische, die vereinzelt und in kleineren Schwärmen auftauchten, als wollten sie die Besucher begrüßen. Das Meer gewann schnell an Tiefe, aber die Sicht war aufgrund der niedrigen Unterwasservegetation noch immer klar wie in einem Aquarium. Hazel erspähte einen Adlerrochen unter sich im Sand und machte Poppy auf das Tier aufmerksam. Das Grinsen der Australierin strahlte trotz Tauchermaske unverkennbar durch das Wasser.

Als sie nach wenigen Hundert Yards den Kelpwald mit seinen langen senkrechten Algenstängeln erreichten, folgte Hazel Poppy, während Mike sich auf Tevin konzentrierte. Zwar waren beide erfahrene Taucher, doch war die Sicht hier durch die großen Tangpflanzen, die an der Wasseroberfläche baumkronenartig auffächerten, etwas getrübt. Nicht umsonst wurden Kelpwälder oft als das nautische Pendant zu den Regenwäldern bezeichnet, und Hazel konnte dem nur zustimmen. Die einzigartige Flora und Fauna hier zog sie stets aufs Neue in ihren Bann.

Dem Tangwald wohnte ein ganz eigener, beinahe mystischer Charme inne. Die in bläuliches Licht getauchten riesigen Algenpflanzen schienen aus einer märchenhaften fremden Welt zu stammen. Sanft wiegten sie sich im leichten Wellengang.

Plötzlich ruderte Poppy fahrig zurück, sodass Hazel beinahe in sie hineingeschwommen wäre. Direkt vor den beiden Frauen war ein riesiger Hai aufgetaucht. Zwar war Hazel nicht bekannt, dass hier in La Jolla und dem angrenzenden Kelpwald je ein Mensch von einem Hai verletzt worden wäre, doch bemühte sie sich dennoch, Ruhe auszustrahlen. Besänftigend legte sie der Australierin die Hand auf den Rücken, denn auch der Hai war durch ihre abrupten Bewegungen in Alarmbereitschaft versetzt worden. Und schließlich hatten sie es trotz allem mit einem Raubtier zu tun, und einem recht stattlichen

Exemplar noch dazu. Hazel schätzte seine Länge auf zweieinhalb bis drei Yards. Das Tier musste an die zweihundert Pounds wiegen. Seine platte, breite Schnauze verlieh ihm ein archaisches Aussehen. Poppy bewegte sich nun kaum noch. Sie starrte den Hai nur an, und Hazel war sich nicht sicher, ob es Angst oder Faszination war, die sie lähmte. Nach ihrem erschrockenen Gezappel war der Hai kurz auf die beiden zugeschnellt, als wollte er sie anstupsen. Doch nun hatte er sie wieder aus den Augen gelassen und schwamm in fließenden Bewegungen um sie herum. Hätte Hazel die Hand nach ihm ausgestreckt, sie hätte das stolze Tier im Vorbeiziehen streicheln können, doch das wagte sie nicht. Trotz des schummrigen Lichts sah sie genau seine sieben Kiemen, die wie tiefe Schnitte vor seiner vordersten Flosse saßen und denen er seinen Namen verdankte. Es war ohne Zweifel ein Breitnasen-Siebenkiemerhai gewesen, der Poppy so in Aufregung versetzt hatte und nun majestätisch zwischen den Kelpbäumen verschwand.

Zögerlich drehte Poppy sich um und blickte ihm nach. Dann fasste sie sich mit der rechten Hand an die Brust. Eine Geste, die selbst im trüben Licht des Tangwaldes eindeutig war, und auch Hazel fühlte sich erleichtert. Sie tauchten weiter durch die langen, buschigen Algenstiele hindurch und stießen wieder zu den Männern, denen der Hai anscheinend entgangen war. Hazel war sich jedoch sicher, dass Poppy ihnen später lebhaft von der Begegnung erzählen würde.

Sie hatten sich bereits wieder auf den Rückweg gemacht und den Kelpwald hinter sich gelassen, da schossen erneut mehrere große Tiere auf sie zu. Diesmal gab es jedoch keinen Grund zu Sorge. Die Seelöwen flitzten fröhlich durch das Wasser und umkreisten die Taucher, als wollten sie mit ihnen Fangen spielen. Hazel konnte sich nicht daran erinnern, jemals hier gewesen zu sein, ohne wenigstens einem dieser quirligen Meeressäuger zu begegnen. Ihre Kolonie lebte direkt in der Bucht, und sie gehörten zu La Jolla wie die Flossen zum Tauchen.

Kaum wurde das Wasser seichter, tauchten sie auf und Poppy riss sich die Maske vom Kopf. Sprudelnd erzählte sie Tevin von ihrer Begegnung mit dem Hai. Hazel ließ sich noch eine Weile im Wasser treiben. Mike schloss zu ihr auf und nahm ihre Hand. Wenn sie Kundschaft hatten, verzichteten sie grundsätzlich auf Zärtlichkeiten, doch die beiden Australier waren gerade so in ihr Gespräch vertieft, dass sie ohnehin nichts mitbekamen. Hazel atmete ein, als wollte sie diesen perfekten Moment in sich aufsaugen und für immer in ihrem Inneren bewahren.

Als sie aus dem Wasser stieg, war der Zauber augenblicklich verflogen. Oben an der Treppe stand Claire und winkte ihnen überschwänglich zu. Hazel unterdrückte ein Seufzen. Sie verabschiedeten sich von Poppy und Tevin, die noch länger am Strand bleiben wollten. Diesmal nahm Hazel die Stufen nicht so leichtfüßig wie noch bei ihrer Ankunft am La Jolla Cove. Eher widerwillig stapfte sie hinauf in Richtung des Parkplatzes.

»Wir brauchen einen anderen Fahrer«, murrte sie. Doch Mikes Reaktion nahm ihr den Wind aus den Segeln.

Mit gespielter Überraschung rief er: »Jetzt hast du es! Du kannst ja doch gucken wie ein gefährlicher Löwe!«

Lachend boxte sie ihn in die Seite.

Claire reichte ihnen ihre Sporttaschen, die sie am Morgen gepackt hatten. Mike dankte es ihr mit seinem schönsten Lächeln. Kein Wunder, dass die Kleine total auf ihn abfuhr. Doch Hazel war es, die dann mit ihm in die Umkleide verschwand. Plötzlich kam sie sich dumm vor. Sollte Claire sie doch fahren und unterstützen, wenn sie unbedingt wollte. Sie verstand selbst nicht, warum diese Schwärmerei sie so in Rage brachte. Hazel wusste schließlich, dass Mike sie liebte. Sie sollte wirklich gelassener werden, schalt sie sich, während sie seine Küsse auf ihrer feuchten Haut genoss.

Kurze Zeit später schlenderten Mike und Hazel gut gelaunt zum Wagen. Claire hatte, während sie tauchen gewesen waren, einen der begehrten Parkplätze ergattert und die Zeit mit einem Buch am Strand verbracht. Wäre Claires Schwärmerei ihr nicht dermaßen zuwider, hätte Hazel Mitleid mit ihr gehabt. Mike ließ sie am langen Arm verhungern und nutzte sie für Fahrdienste aus. Zwar redete er sich damit heraus, dass die Kleine sich sowieso gern am Strand aufhielt, aber wie sie nun so in dem alten Wrangler saß und bereitwillig ihre Zeit damit vergeudete, auf sie zu warten, rührte Hazel.

»Vielen Dank, Claire, du bist uns eine große Hilfe. In Zukunft wirst du natürlich Geld für deine Fahrten bekommen. Entschuldige bitte, dass wir das bisher versäumt haben«, sagte Hazel, als sie sich auf den Beifahrersitz schwang. Sie ignorierte Mikes fragenden Seitenblick. Auch Claire sah kurz verdutzt von einem zum anderen. Schließlich lächelte sie und beteuerte, dass sie das doch gern tue. Ob Mike ihr diesen Floh ins Ohr gesetzt hatte? Mit seiner charmanten, aber unverbindlichen Art konnte er einen durchaus leicht um den Finger wickeln. Auch bei Hazel zog er sich immer wieder lächelnd und scherzend aus Konflikten heraus, sodass sie ihm nie lange böse sein konnte.

Ein Blick auf ihr Handy, das sie im Handschuhfach des Geländewagens zurückgelassen hatte, drückte ihr den Brustkorb zusammen. Claires und Mikes Geplänkel drang nur noch gedämpft zu ihr durch, während all ihre Sinne sich auf den kleinen Smartphone-Bildschirm fokussierten. Sechs entgangene Anrufe vom Anschluss ihrer Mom. Hazel schluckte. Seit Moms Herzinfarkt war sie immer ebenfalls einem solchen nahe, wenn sie sie unerwartet anrief. Die Angst, dieser Schock könnte sich wiederholen, steckte Hazel tief in den Knochen. Ihr Atem ging schneller, während sie versuchte, ihre Mom zurückzurufen. Doch sie ging nicht ans Telefon. Verdammt. Sechs entgangene Anrufe – das konnte nichts Gutes bedeuten.

Claire war gerade im Begriff gewesen, den Zündschlüssel umzudrehen. Sie japste erschrocken nach Luft, als Hazel unvermittelt ihren Arm packte und sie zurückhielt.

»Ich fahre.«

Ihr Ton duldete keine Widerrede. Noch bevor jemand nachfragen konnte, war Hazel bereits aus dem Wrangler gesprungen und rannte um den Wagen herum auf die Fahrerseite. Sie scheuchte Claire über die Mittelkonsole und startete den Motor.

»Es ist was mit Mom«, erklärte sie knapp und jagte wenige Minuten später auf der Interstate 5 Richtung Süden.

Das Haus ihrer Mom Betty war schon recht in die Jahre gekommen, doch seine unmittelbare Nähe zum Meer in Ocean Beach machte es dennoch zu einer kleinen Perle. Hazel raste die Brighton Ave in Richtung Strand, während Mike und Claire sich sichtlich besorgt in ihre Sitze drückten. Die Häuser standen hier dicht an dicht, als wollten sie sich zum Ozean hindrängen. Da vor ihrem Elternhaus die Seitenstreifen bereits mit Autos gesäumt waren, stoppte Hazel direkt auf der Straße und stürzte hinaus.

Das Haus hatte in etwa die Farbe der Straße. Nur das Geländer der Veranda, das in frischem Weiß leuchtete, zeigte, dass es nicht völlig dem Verfall preisgegeben war. Auf der Bank neben der Tür saß eine zusammengesunkene Gestalt.

Voller Angst sprang Hazel die wenigen Stufen zur Veranda hinauf. Betty hob müde den Kopf. Ihr Gesicht war ebenso fahl wie die Holzlatten des Hauses in ihrem Rücken. Aus verquollenen, rot geränderten Augen sah sie sie an.

»Hazel.« Ihre Stimme klang traurig und überrascht zugleich. Doch ihr Gesicht war ausdruckslos, als hätte sie sämtliche Emotion bereits herausgeweint. Sogleich legte Hazel besorgt den Arm um ihre schmalen Schultern. Sie fröstelte, trotz der warmen Temperaturen. Mit den Händen umklammerte sie ein zerknülltes Papiertaschentuch.

»Was ist denn, Mom? Soll ich einen Arzt rufen?« Hazel bemühte sich, die Panik aus ihrer Stimme zu verbannen, doch es wollte ihr nicht gelingen. Betty schüttelte den Kopf, was Hazel aber nur wenig beruhigen konnte.

Hilflos versuchte sie zu verstehen, was geschehen war. Betty ließ sich Zeit damit, sie aufzuklären. Es war, als müsste sie Kraft sammeln für die Worte, die nur zögerlich und stockend aus ihrem Mund kommen wollten. Sie hielt ihren Blick starr auf das Taschentuch gerichtet, das sich langsam aufzulösen begann. Einzelne kleine Fetzen rieselten zu Boden, und Hazel musste an sich halten, ihre Mom nicht zu schütteln, so aufgewühlt war sie.

»Es geht nicht um mich, es geht um deinen Dad.« Ihre Worte, so leise sie auch waren, trafen Hazel wie eine schallende Ohrfeige. Plötzlich merkte sie, dass sie schwitzte und ihr Shirt ihr unangenehm am Körper klebte. Nervös fing sie an, daran herumzuzupfen.

»Hat er eine neue Frau gefunden, da oben in Alaska?« Obwohl sie sich immer davor gefürchtet hatte, dass er auf seine alten Tage eine neue Familie gründen könnte, hoffte sie in diesem Moment regelrecht, dass es eine neue Liebe war, die ihre Mom so aus dem Konzept brachte.

»Ach, Schatz«, schluchzte Betty mit gequältem Gesichtsausdruck und griff nach ihrer Hand. Sie drückte sie so fest, dass es schmerzte.

Da tauchte Mike auf der Veranda auf. Unbeholfen trat er von einem Fuß auf den anderen.

»Fahrt ohne mich zurück. Ich komme nach«, sagte Hazel zu ihm. Er fragte nicht nach. Sichtlich erleichtert drehte er sich auf dem Absatz um und lief fluchtartig zum Wagen zurück. Mit Tränen konnte er noch weniger umgehen als mit Streit. Doch Hazel nahm es ihm nicht übel. Sie musste erst einmal selbst mit dieser unerwarteten Situation hier klarkommen.

»Was ist denn nun?«

Betty seufzte. »Du dachtest, ich hätte wieder einen Herzinfarkt gehabt, oder?«

Hazel nickte beklommen. »Zum Glück geht es dir gut«, flüsterte sie, während Betty angespannt die Lippen aufeinanderpresste. Hazel wusste nicht, ob sie Tränen oder Worte zurückhielt. Gerade wollte sie ihre Mom wieder ermutigen, endlich mit der Sprache herauszurücken, da platzte die Bombe.

»Nicht ich hatte einen, Hazel, sondern er. Dein Dad ist heute Morgen gestorben.« Bettys Worte brachen über sie herein wie eine Flutwelle. Sie hatte das Schlimmste befürchtet, doch gegen eine solche Nachricht konnte man sich nicht wappnen. Wie betäubt starrte nun auch sie auf das Taschentuch, das nur noch aus Krümeln und Fetzen bestand. Sie sah das verschmitzte Lächeln ihres Dads vor ihrem geistigen Auge. Erinnerte sich, wie er lebendig und vor Tatendrang strotzend vor einigen Jahren das Bad eigenhändig renoviert hatte. Dachte an seine Briefe, die in der Schublade ihres Nachtkästchens lagen. Und als ihr bewusst wurde, dass all jene Briefe nun für immer unbeantwortet bleiben würden, dass sie es verpasst hatte, sich mit ihm zu versöhnen, da spürte sie einen Schmerz in der Brust, von dem sie sich nicht vorstellen konnte, dass er jemals wieder vergehen würde. Tränen liefen ihr über die Wangen, und sie weinte um all die verlorenen Stunden, Begegnungen und Worte, die der Tod ihr geraubt hatte.

Wie dumm war sie gewesen, aufzuschieben, was so wichtig gewesen wäre. Wie eitel, dass sie ihm die Suche nach seinem Glück in der Ferne nicht hatte gönnen können. Nun war es zu spät, für immer zu spät.

Kapitel

2

Trübsinnig saß Hazel auf ihrem Bett und blätterte durch die alten Briefe ihres Dads. Inzwischen kannte sie jedes einzelne Wort auswendig, und doch konnte sie nicht aufhören, in ihnen zu lesen. Mike hatte ihr eine heiße Schokolade gebracht und seinen Bruder Leo angerufen, damit er für sie einspringen solle. So gern sie auch tauchte, sie war froh, an diesem Freitagmorgen einfach ihren Gedanken nachhängen zu können. Claire hatte er bis auf Weiteres nach Hause geschickt. Vermutlich wollte er so ihre bis zum Zerreißen gespannten Nerven etwas entlasten.

Zärtlich streichelte er ihr über den Rücken, und sie lehnte sich an ihn.

»Hätte ich doch nur wenigstens einen dieser Briefe beantwortet«, schluchzte sie.

»Er hat dir immer wieder geschrieben, Schatz, auch ohne eine Antwort. Das zeigt doch, dass er dich verstanden hat und dir nicht böse war.«

Hazel runzelte skeptisch die Stirn. »Er hat mir das Tauchen beigebracht, so oft haben wir gemeinsam das Meer erkundet. Und plötzlich war es ihm nicht mehr genug. *Wir* waren ihm nicht mehr genug.« Verbittert biss sie die Zähne aufeinander.

Mike hielt sie an den Schultern vor sich fest und wartete, bis sie ihn ansah.

»Er hat sich einen Traum erfüllt. Du weißt selbst, dass er Betty und dich liebend gern mitgenommen hätte, obwohl deine Eltern schon länger kein Paar mehr waren.«

Mikes Worte schmerzten sie, weil sie wusste, dass er die Wahrheit sagte. Missmutig wand sie sich aus seiner Berührung und wischte sich über die nass geweinten Wangen. Mike strich ihr eine Haarsträhne zurück, als es klingelte.

»Das ist Leo.« Er gab ihr einen Kuss auf die Stirn. »Ich komme nach dem Tauchgang direkt wieder her.«

Sie rang um ein Lächeln und streckte sich nach ihrer dampfenden Tasse, während er das Schlafzimmer verließ.

Hazel hörte die beiden Brüder noch kurz im Flur miteinander reden, dann fiel die Tür ins Schloss.

Sie fühlte sich allein, und doch war sie froh über die Auszeit. Wieder fiel ihr Blick auf die Briefe. Noch eine ganze Weile blieb sie auf ihrem Bett sitzen, ließ die Minuten verstreichen und nippte lediglich ab und zu an ihrer heißen Schokolade. Schließlich fegte sie die Briefe in einem Anflug von Trotz von der Decke und gönnte sich eine ausgiebige Dusche.

Das Prasseln des Wassers erschien ihr ungewöhnlich laut. Natürlich konnte es ihre Trauer nicht wegspülen, aber frisch geduscht fühlte sie sich trotzdem etwas besser. Sie zog sich einen Stuhl an das offene Fenster. Der Straßenlärm waberte zu ihr herauf und beruhigte sie. Vor einem knappen Jahr waren Mike und sie hier in Little Italy zusammengezogen, und Hazel liebte das Viertel. Es war einfach ein bisschen bunter und lauter als der Rest der Stadt und bildete so den perfekten Kontrast zur Ruhe und Natur des Meeres. Aus der Pizzeria gegenüber wehte ein verlockender Duft zu ihr herüber und ließ ihren

Magen knurren. Sie brauchte noch eine weitere gute Stunde, bis sie es schließlich schaffte, sich aufzuraffen und etwas zu essen zu bestellen.

Gerade als Hazel in das erste Stück ihrer Sardellenpizza beißen wollte, stand ihre Mom vor der Tür. Sie holte einen zweiten Teller aus der Küche, während Betty zeterte, sie habe keinen Hunger. Unter anderen Umständen hätte Hazel es amüsiert, wie schnell die kleine Frau das Pizzastück dennoch verdrückte.

»Owen hat mich noch mal angerufen«, sagte Betty dann. Nur wenige Stunden zuvor hatte Hazel in den Briefen von Owen gelesen. Er war der beste Freund ihres Dads gewesen, dort oben in Alaska. Der Extrakäse ballte sich plötzlich zu einem unangenehmen Klumpen in ihrem Mund, den sie nur mit Mühe hinunterwürgte. Sie sah ihre Mom fragend an.

»Die Beerdigung ist am Montag.«

Hazel schob ihren Teller von sich. »Ich will da nicht hin.«

»Das weiß ich.« Ihre Mom betrachtete ausgiebig einen Krümel, der auf den Tisch gefallen war, bevor sie leise weitersprach. »Ich war heute Morgen bei meinem Kardiologen. Er hält es für keine gute Idee, dass ich nach Alaska reise. Es ist immerhin ein Achtstundenflug.«

»Natürlich wirst du da nicht hinfliegen«, gab Hazel zurück.

»Aber wenigstens einer muss doch!« Betty hob aufgebracht beide Hände in die Luft. »Er kann doch nicht beerdigt werden, dort oben im Niemandsland, ganz ohne seine Familie!«

Angespannt kaute Hazel auf ihrer Unterlippe herum, während ihre Mom anfing zu schluchzen. Sie verkniff sich, sie daran zu erinnern, dass dieses *Niemandsland* Dads Wahlheimat gewesen und er dort viele Monate lang sehr gut ohne seine Familie ausgekommen war.

»Was soll ich da denn jetzt?« Ihre Stimme wurde brüchig. »Ich hätte ihn dort besuchen sollen, als er noch lebte. Jetzt ist es zu spät.« Sie drückte ihre Finger auf die Augen, als könnte sie damit die Tränen zurückhalten, die schon wieder gegen die geschlossenen Lider drängten.

»Außerdem kann ich gar nicht so einfach hier weg, selbst wenn ich wollte. Wir haben Termine, die Tauchgänge müssen weiterlaufen. So ist das eben, wenn man selbstständig ist.« Trotzig verschränkte sie die Arme vor der Brust.

Plötzlich hörte sie Mikes Schlüssel in der Wohnungstür. Hazel war erleichtert über die Unterbrechung. Sie lauschte den Stimmen im Flur, bis die beiden endlich in die Küche kamen.

Ein Lächeln huschte über Leos Gesicht, als er die Pizzareste auf dem Tisch erspähte. Trotz seiner drahtigen Figur war Mikes kleiner Bruder immer hungrig. Hazel schob ihm den halb vollen Karton hin, den er freudig entgegennahm. Mike küsste sie auf die Wange und ließ sich ebenfalls nieder, während Betty die Karaffe mit Wasser auffüllte und zwei frische Gläser auf den Tisch stellte.

»Am Montag ist die Beerdigung«, sagte sie, während sie Mike einschenkte. »Aber Hazel meint, sie kann nicht hin wegen eurer Tauchtermine.«

Noch bevor Hazel etwas einwerfen konnte, hörte sie schon, wie das Schicksal seinen Lauf nahm.

»Quatsch!«, antwortete Mike. »Natürlich kannst du zur Beerdigung fliegen. Das ist doch selbstverständlich.«

Hazel rang nach Worten, doch was sollte sie nur sagen?

Mike deutete ihre überrumpelte Miene falsch und fuhr mit seinen Beschwichtigungen fort.

»Das ist wirklich kein Problem, Hazel. Leo springt gern für ein paar Tage ein, nicht wahr?« Zu allem Überfluss nickte Mikes Bruder kauend und quetschte ein undeutliches, aber für alle gut verständliches »Klaro!« zwischen Käse und Sardellen hervor. Hazel war nicht ganz klar, wie das nun hatte passieren können. Was sie jedoch spätestens begriff, als sie Bettys unterdrücktes Schmunzeln sah, war, dass sie verloren hatte. Sie würde wohl doch nach Alaska fliegen, ob sie wollte oder nicht.

Kapitel 3

Es stellte sich heraus, dass es mit einem Achtstundenflug bei Weitem nicht getan war. Als Betty sie am Samstagabend zum Lindbergh Field gebracht und dort am Flughafen herzlich und ausgiebig verabschiedet hatte, war sie vielmehr zu einer langwierigen Prozedur mit Zwischenstopps in Los Angeles und Anchorage aufgebrochen. Nun, ganze siebzehn Stunden später, befand sich Hazel erschöpft und gut achthundert Dollar ärmer im Landeanflug auf Nome, der Stadt, in der ihr Dad gelebt hatte.

Sie warf einen Blick aus dem Fenster. Wenn man von einem aus der Luft wenig einladend aussehenden, zerpflückten Areal weiter nördlich im Landesinneren absah, dann war Nome gerade so groß wie sein Flughafen. Das Städtchen schien an der Küste zu kleben. Hazel seufzte und schloss für einen Moment die Augen. Wie konnte man nur in ein Kaff am Ende der Welt auswandern, in dem Glauben, dort sein Glück zu finden? Sie würde ihren Dad wohl niemals verstehen.

Nachdem sie äußerst holprig gelandet waren und Hazel ihren Koffer durch das winzige Flughafengebäude Richtung Ausgang zog, näherte sich ihre Laune einem neuen Tiefpunkt. Suchend blickte sie

sich nach Owen um. Betty hatte mit ihm ausgemacht, dass er sie hier abholen würde.

»Hazel?« Hörte sie plötzlich eine Stimme direkt neben sich. Sie zuckte zusammen und sah sich überrascht um. Die Stimme gehörte zu einem jungen Mann in dicker Winterjacke, aus der oben der Kragen eines blauen Hemdes hervorspitzte. Sein dunkelbraunes Haar wirkte leicht zerzaust, als ob ein Windstoß hineingefahren und es etwas in Unordnung gebracht hätte. Die verstrubbelte Frisur stand ihm außerordentlich gut, genauso wie sein Dreitagebart.

»Du bist es doch, oder? Dein Dad hat mir Fotos von dir gezeigt«, sagte der Fremde. Sie nickte langsam.

»Dann bist du etwa Owen?« Hazel hatte einen kauzigen alten Kerl erwartet. Dabei war Owen kaum älter als sie und sah verdammt gut aus. Es fiel ihr schwer, ihre Überraschung zu verbergen. Endlich ergriff sie seine Hand, die er ihr geduldig entgegengestreckt hatte.

»Das bin ich. Es tut mir sehr leid, Hazel. Charlie war ein guter Mann.«

Charlie. Zu Hause sprachen sie immer von Dad. Sein Name klang fremd in ihren Ohren. Wie viel von ihm hatte sie überhaupt gekannt? In der letzten Zeit war es sicher immer weniger geworden.

»Ich übernehme deinen Koffer, wenn es dir recht ist«, unterbrach Owen ihre trüben Gedanken. »Der ist aber leicht«, stellte er verwundert fest.

»Ja. Für zwei Tage braucht man ja auch nicht viel.«

»Zwei Tage? Na, das wird nicht ganz reichen.«

»Aber ich dachte, die Beerdigung sei schon morgen?« Hazel wollte auf keinen Fall länger als unbedingt notwendig hierbleiben.

»Ja, das stimmt schon. Aber …« Owen kratzte sich nachdenklich am Kinn. »Ich zeige es dir am besten einfach. Komm mit.«

Irritiert trottete Hazel hinter ihm her. Hier war doch irgendetwas im Gange, was sie nicht wusste. Hatte Betty ihr etwas verheimlicht? Hatte sie ihr womöglich deshalb dazu geraten, erst einmal nur den Hinflug zu buchen? Im Nachhinein kam ihr das Argument, sie könne so eventuell direkt nach der Beerdigung noch am selben Tag einen Last-Minute-Flug ergattern, recht abwegig vor. Bei der Buchung war sie noch zu überrumpelt gewesen, um genauer darüber nachzudenken. Möglicherweise früher zurückzufliegen hatte sich zu gut angehört, um es zu hinterfragen.

Als sie das flache Flughafengebäude verließ, fuhr ihr der Wind in die Kleidung, sodass sie am liebsten gleich wieder umgekehrt wäre. Fröstelnd stellte sie den Kragen ihrer dünnen Jacke auf. Hier war es im Mai ja kälter als in San Diego zu Weihnachten!

Owen steuerte einen großen dunkelblauen Pick-up an und packte ihren Koffer auf die Rückbank. Im Wagen stellte er ihr ein paar der üblichen Fragen, die man Reisende eben fragte: Ob sie einen guten Flug gehabt habe, wie das Essen in der Maschine gewesen sei und welchen Film sie sich angesehen habe. Hazel kam nicht umhin, ihn immer wieder möglichst unauffällig zu mustern. Meine Güte, sie hatte sich Dads Freund und Tauchpartner wirklich völlig anders vorgestellt.

Sie fuhren auf einer breiten Straße in den Ort hinein. Obwohl das Städtchen aus der Luft so ordentlich ausgesehen hatte, wirkte es nun plötzlich durcheinander. Die Bauweise ähnelte grundsätzlich der ihrer Heimat. Aber die Häuser schienen schmucklos und lieblos platziert. Auch war an vielen Ecken nur allzu deutlich, dass die meisten Gebäude ihre besten Zeiten längst hinter sich gelassen hatten. Das Einzige, was man hier anscheinend im Überfluss hatte, war Platz.

Die Straßenschilder hatten dasselbe Grün wie zu Hause, doch während sie im bunten und lebendigen San Diego mit seinen Tausenden von Palmen in den Gärten und an den Straßenrändern kaum

auffielen, stachen sie in Nome geradezu ins Auge. Im Vergleich zu ihrer Heimat war es hier kahl und grau, und der wolkenverhangene Himmel tat sein Übriges.

Sie fuhren die West 2nd Ave entlang. Die Bebauung schien hier regelmäßiger und die Häuser besser in Schuss. Hazel vermutete daher, dass sie sich dem Meer näherten. Zumindest kannte sie es so von zu Hause in Ocean Beach. Obwohl man das arktische Beringmeer wohl nicht wirklich mit den sonnenverwöhnten Stränden Kaliforniens vergleichen konnte.

Owen hielt vor einem kleinen rotbraunen Haus an. Die Fensterrahmen und das Geländer der Veranda waren weiß gestrichen wie daheim bei Betty. Ein hübsches Häuschen.

»Wohnst du hier?« fragte sie.

»Nein, ich nicht. Aber du.«

Verwundert wanderte ihr Blick zurück zum Haus. Das Gebäude war eindeutig kein Hotel, dafür war es viel zu klein, zumal es auch kein Obergeschoss besaß. Hatte Owen ihr eine Ferienwohnung gebucht?

»Das ist dein Haus«, sagte er, um ihre Überraschung komplett zu machen.

»Mein Haus?« Hazel bemerkte, dass ihr der Mund offen stand, und sie klappte ihn peinlich berührt zu.

»Na ja, noch nicht offiziell. Das Haus gehörte Charlie, aber er hat entschieden, dass du es bekommen sollst.«

Sofort stiegen Hazel Tränen in die Augen. Trauer und Rührung drückten ihr die Kehle zu, sodass sie nicht fähig war, etwas zu erwidern.

»Davon hat Betty wohl nichts gepfiffen, was?« Er schmunzelte. »Sie scheint wirklich genauso zu sein, wie Charlie sie mir beschrieben hat.«

Nun musste auch Hazel trotz der Tränen grinsen. Was für ein Wechselbad der Gefühle.

»Die Hütte da an der Seite gehört übrigens auch dazu«, sagte Owen und deutete mit dem Zeigefinger an Hazels Gesicht vorbei zum Seitenfenster hinaus. Dort stand ein zweites kleines Haus, ein Schuppen eher. Hazel vermutete, dass er aus nur einem Raum bestand. Es war ebenfalls rotbraun-weiß gestrichen. Über der Tür hing ein Schild mit der Aufschrift *Scubadoo*, wobei die beiden O aussahen wie Augen. Rechts unter dem Wort war ein roter gebogener Strich, der zusammen mit den O-Augen ein grinsendes Gesicht ergab.

»Na, komm schon, wir gehen ins Haus. Ich habe extra aufgeräumt.« Owen zwinkerte ihr zu und stieg aus.

Auch Hazel kletterte aus dem Pick-up. Sie atmete tief durch und genoss die klare, kühle Frühlingsluft, die in ihre Lunge strömte, auch wenn es ihr für die Jahreszeit entschieden zu kalt war.

Neben der Haustür hing ein altmodisches Thermometer. Seine dicke Quecksilberleiste zeigte fast 40 Grad Fahrenheit.

»Ganz schön mild heute«, murmelte Owen mit Blick auf die Anzeige.

»Ach ja?« Hazel schnaubte. Selbst wenn ihr Plan aufging und sie in wenigen Tagen wieder abreiste, würde sie in der Zwischenzeit wahrscheinlich erfrieren.

Owen ignorierte ihren Einwurf und griff nach dem Thermometer. Er nahm es von der Wand und ein Schlüssel kam zum Vorschein. Er hing am selben Nagel und war von der Platte des Thermometers verdeckt gewesen. Unbehaglich sah Hazel sich um. Zwar hätte sie selbst den Hausschlüssel dort nicht vermutet, aber sie war ja auch keine Einbrecherin, und ihre kriminelle Energie hielt sich in Grenzen.

Owen öffnete die Tür und bat sie mit einer einladenden Geste einzutreten. Heimelige Wärme schlug ihr entgegen, anscheinend hatte er bereits vorsorglich eingeheizt. Schnell ging sie hinein, froh, den *milden* 40 Grad Fahrenheit zu entfliehen.

Vom Eingangsbereich aus landete man direkt im Wohnzimmer, während nach rechts eine kleine Nische abzweigte, die mit einer Garderobe ausgestattet war. Gedeckte Farben dominierten den Raum. Vor allem ein tannengrüner Ohrenbackensessel fiel ins Auge, auf dem zusammengefaltet eine bordeauxrote Decke lag. Auf den ersten Blick konnte Hazel keinen Fernseher ausmachen, dafür aber ein großes, massives Holzregal, das bis zum Zerbersten vollgestopft war mit Büchern. Romane und Sachbücher lagen und standen unordentlich in den dunkelbraunen Reihen. Ja, dieses Wohnzimmer sah voll und ganz nach ihrem Dad aus. Gedankenverloren strich Hazel über das dunkle Holz des Regals.

Nur ein einziger Sessel und keine Deko, bemerkte das eifersüchtige Kind in ihr beruhigt die Abwesenheit einer weiblichen Note. Doch gleichzeitig rührte sie der einsame Anblick.

»War er denn sehr allein?«, fragte sie Owen deshalb mit belegter Stimme.

Die Überraschung in seinem Gesicht war echt. »Allein? Charlie?« Owen schien diese Idee geradezu lächerlich zu finden, und Hazel musterte überfordert ihre Fingernägel. Einer war ihr während der Reise abgebrochen.

Im Esszimmer sah es auch prompt geselliger aus. Hier stand ein runder heller Holztisch, an dem bequem mindestens sechs Leute Platz finden konnten, und eine mit altmodischem Blümchenstoff bezogene Bank, die etwa zwei Drittel des Tisches umrahmte. In der einen Ecke standen verschiedene angebrochene Schnapsflaschen, in der anderen ein Bild. Hazel schluckte. Sie kannte das Foto. Betty hatte es an ihrem letzten gemeinsamen Tauchgang geschossen: Vater und Tochter in Neoprenanzügen und mit strahlenden Gesichtern. An diesem Tag hatten gut ein halbes Dutzend Delfine den Kelpwald vor La Jolla

erobert und waren mit ihnen geschwommen, fast so, als wollten sie sie als ihresgleichen akzeptieren. Hazel lächelte wehmütig.

Die offene Küche war nur durch eine Theke vom Esszimmer getrennt. Außerdem gab es noch ein kleines Bad und ein Schlafzimmer, das gerade so groß war, dass Bett und Schrank darin Platz fanden.

Nach dieser Hausführung ließ Hazel sich auf die Bank im Esszimmer fallen. Sie fühlte sich erschöpft, und das war wohl nicht nur der langen Reise geschuldet. Seufzend stützte sie ihren Kopf in beide Handflächen und schloss die Augen, um nicht wieder das fröhliche Foto gegenüber in der Ecke ansehen zu müssen, dessen Anblick ihr im Herzen schmerzte.

Sie öffnete die Augen erst wieder, als Owen sich neben sie setzte.

»Das ist alles ein bisschen viel auf einmal, oder?«

Sie nickte. Am liebsten hätte sie sich von ihm in den Arm nehmen und trösten lassen. Hazel schob den Gedanken beiseite. Ihre Mom hatte schon immer gesagt, sie sei zu emotional. Wüsste sie von Hazels Wunsch, sich einem Wildfremden in die Arme zu werfen, würde sie wohl die Hände über dem Kopf zusammenschlagen.

Owen holte zwei Gläser aus der Küche nebenan und schraubte nun eine der Flaschen auf, die als stumme Seelentröster hinter Hazel auf ihren Einsatz gewartet hatten. Die Flüssigkeit leuchtete golden, und Hazel bemerkte irritiert, dass es große Softdrinkgläser waren, doch zum Glück schenkte er nur wenig ein.

»Und das soll mir helfen?«, fragte sie müde.

Owen sah nachdenklich das Etikett an, das eine schwarz gezeichnete Männergestalt zeigte, als könnte der dunkle Geselle ihnen antworten.

»Manchmal tut es das«, sagte er dann mit einem wehmütigen Blick. Plötzlich wirkte er traurig. Hazel hatte in ihrem eigenen Schmerz gar nicht daran gedacht, dass ja auch er Charlie verloren hatte.

So lieblich das Getränk nach Honig und Vanille geduftet hatte, so erbarmungslos brannte es nun Hazels Kehle hinunter. Erschrocken japste sie nach Luft und starrte auf die 50%-Angabe auf dem Flaschenetikett. Wenn ein Likör hier bereits so stark war, dann würde ein Schnaps sie vermutlich sofort erblinden lassen.

Owen klopfte ihr auf den Rücken, doch sie meinte, eher Belustigung statt Mitleid in seinen Zügen zu lesen.

»Fühlst du dich jetzt gestärkt, um den Rest deines Erbes zu sehen?«

»Was meinst du damit?« krächzte sie und unterdrückte ein Husten.

»Trink erst mal aus, dann zeige ich es dir.«

In einem Anflug verzweifelten Trotzes kippte Hazel den restlichen Whiskylikör hinunter. »Also los.«

Owen stand auf, und Hazel folgte ihm. Als er die Tür abgesperrt hatte, drückte er ihr den Schlüssel in die Hand.

»Ab heute werde ich anklopfen«, sagte er lächelnd. Dann stapfte er in Richtung des Pick-ups.

»Du willst nach diesem Höllenwasser jetzt doch wohl nicht Auto fahren!« Hazels Stimme klang schrill in ihren eigenen Ohren.

»Keine Bange. Es ist nicht weit, und ein kleiner Spaziergang wird uns guttun. In der Nähe gibt es außerdem ein Geschäft, wo du dir eine anständige Jacke kaufen kannst.«

Kapitel

4

Sie schlenderten die Straße entlang. Hazel fror erbärmlich. Verstohlen warf sie einen Seitenblick auf ihren Begleiter. Owen hatte die Hände in den Taschen vergraben und den Kragen seines Parkas hochgestellt. Anscheinend bemerkte er ihren Blick, denn plötzlich wandte er sich ihr grinsend zu.

»Komm schon her«, sagte er und zog den Reißverschluss seiner Jacke auf. Er schlüpfte heraus und legte ihr den Parka um die Schultern. »Bevor du mich im Überlebensmodus niederschlägst, um an eine warme Jacke zu kommen, gebe ich sie dir lieber freiwillig.«

Hazel kam sich reichlich blöd vor. Er musste sie für ein kalifornisches Püppchen halten, das nicht mal in der Lage war, sich den Temperaturen entsprechend anzuziehen. Nun ja, im Grunde traf das im Moment ja leider wirklich auf sie zu. Sie schob ihren verletzten Stolz beiseite, schlüpfte ganz in die Jacke und schloss den Reißverschluss. Owens Körperwärme hing noch im Stoff, und Hazel fühlte sich sofort besser und ein bisschen weniger verloren.

»Danke«, sagte sie verlegen. »Ich hoffe, das Geschäft ist nicht mehr weit weg? Nicht dass du den Spieß umdrehst und selbst irgendwann den Überlebensmodus startest.«

Owen lachte auf. »Keine Bange, es geht schon. Außerdem sind es nur noch ein paar Minuten.«

Die West 2nd Ave endete in einer T-Kreuzung mit einem hellblauen Haus. Mehrere Elchgeweihe hingen an der Fassade. Owen deutete nach links, und sie spazierten weiter. Bald steuerte er ein Haus an, das ebenso grau und unscheinbar aussah wie die anderen daneben. Kein Schild, keine Leuchtreklame deutete darauf hin, dass es ein Geschäft war. Erst als sie die Straße überquerten und näher kamen, erkannte Hazel durch die Fenster Kleiderständer.

»Guten Abend, Margret«, begrüßte Owen die ältere Dame hinter dem Verkaufstresen. Sie hatte die für Hazel asiatisch anmutenden Züge einer arktischen Ureinwohnerin. Ihr halblanges schwarzes Haar war gleichmäßig mit grauen Strähnchen durchzogen. Hazel vermutete, dass sich in diesem kleinen Städtchen wohl alle beim Namen kannten. War es das gewesen, was ihrem Dad hier so gut gefallen hatte? Nach allem, was sie bisher gesehen hatte, konnte es wohl nicht der Charme der Nomer Straßen und Häuser gewesen sein, der ihm ans Herz gewachsen war.

»Owen, wie schön, dich zu sehen!«, flötete die Dame. »Was kann ich für dich tun?«

»Ich hätte gern meine Jacke zurück, deshalb brauchen wir Ersatz für die Lady hier.« Er deutete auf Hazel, die in dem etwas zu großen Parka sicherlich eine amüsante Figur abgab. Margret kicherte vergnügt und ging zu einem Ständer mit mehreren Jacken in verschiedenen Farben.

»Sieh mal, Liebes, das hier müsste deine Größe sein.« Sie zog eine brombeerfarbene heraus, deren Schnitt Owens ähnelte. »Die Farbe müsste dir doch ausgezeichnet stehen, nicht wahr?« Mit einem auffordernden Lächeln hielt sie Hazel den Kleiderbügel hin. Die fühlte sich etwas überrumpelt. Normalerweise suchte sie sich ihre Klamotten

lieber selbst aus. Doch gerade war sie auf so vielen Ebenen erschöpft, dass sie fast dankbar war, bemuttert zu werden. Außerdem hätte sie es nicht übers Herz gebracht, Margret und Owen jetzt einen Korb zu geben. Sie nickte ergeben und zog Owens Parka und ihre eigene dünne Jacke aus, die sie noch darunter getragen hatte. Dann schlüpfte sie in die brombeerfarbene. Sie passte perfekt und fühlte sich an wie eine wohlige Umarmung.

»Wunderbar!« Margret klatschte entzückt in die Hände.

Auch Owen wirkte zufrieden. »Betrachte sie als Willkommensgeschenk«, sagte er, während er seinen Parka wieder anzog.

»Das kann ich doch nicht annehmen.« Hazel schüttelte den Kopf.

»Klar kannst du.«

Ehe sie weiter debattieren konnten, schaltete Margret sich wieder in das Gespräch ein. »Dachte ich mir doch, dass du neu in der Stadt sein musst.«

»Ja, Entschuldigung, ich habe mich noch gar nicht vorgestellt.« In San Diego wäre sie niemals auf die Idee gekommen, sich beim Kauf eines Kleidungsstücks der Verkäuferin vorzustellen. Hier in Nome war wirklich alles etwas anders. »Mein Name ist Hazel Archer. Ich bin die Tochter von Charlie.«

»Du meine Güte! Es tut mir so leid, Liebes!« Unvermittelt zog die ältere Dame Hazel in eine Umarmung.

Überfordert hing Hazel an ihrem flauschigen rosa Pullover. »Dann schenke ich dir die Jacke, mein Kind. Charlie war einer meiner besten Kunden. Er hatte ein besonderes Geschick dafür, ständig irgendwo hängen zu bleiben und sich Triangeln in seine Klamotten zu reißen.« Ein wehmütiger Ausdruck glitt über ihr Gesicht.

»Danke«, flüsterte Hazel mit belegter Stimme. Sie schluckte gegen ihre aufkeimenden Tränen an. Widerwillig war sie in diese graue Stadt gekommen, die ihr ihren Dad weggenommen hatte. Und nun musste

sie feststellen, dass die Menschen hier allen schäbigen Äußerlichkeiten zum Trotz so gut und freundlich waren. Und wie es aussah, war ihr Dad hier wunderbar integriert gewesen und so beliebt, dass nun gleich zwei Fremde ihr als seiner Tochter eine neue Jacke schenken wollten. Wenn sie hier nicht bald rauskam, würde sie gleich Rotz und Wasser heulen.

Zum Glück ließ Margret sie los und verstaute Hazels alte Jacke in einer Tüte, die sie ihr in die Hand drückte. Dann wuselte sie um sie herum und schnitt die Etiketten vom neuen Parka.

»Wir sehen uns übermorgen bei der Trauerfeier«, sagte Owen zum Abschied. Hazel begnügte sich mit einem Winken, da sie ihrer Stimme nicht traute. Sie war froh, wieder ins Freie zu kommen. Nun, da ihr kein Erfrierungstod mehr drohte, war die kalte Luft noch angenehmer. Jetzt erst fiel ihr auf, dass sie das Meer riechen konnte.

»Du bist ganz schön erschöpft von der Reise, oder?«, meinte Owen, als sie vor dem Geschäft innehielt und ein Gähnen unterdrückte.

»Ja, das bin ich wirklich.«

Er nickte verständnisvoll. »Betty meinte, ich solle dich auf Trab halten, damit du keine Zeit hast, traurig zu sein«, gestand er und versuchte sich an einem Grinsen, das kläglich misslang. »Anscheinend habe ich ihren Rat wohl etwas zu ernst genommen und es übertrieben. Tut mir leid.«

»Du brauchst dich nicht zu entschuldigen. Es war schön, nach meiner Ankunft nicht allein zu sein.«

»Bist du hungrig?«

»Ja, sehr. Wie spät ist es eigentlich?«

»Kurz nach vier.«

»Puh, ich fühle mich, als sei es zehn. Nur dass es noch hell ist.«

Owen fand endlich sein Grinsen wieder. »Auf die Dunkelheit brauchst du nicht zu warten, um ins Bett zu gehen. Die Sonne geht

hier zurzeit erst gegen zwölf unter. In ein paar Tagen haben wir Mitternachtssonne.«

»Wirklich? Wow, das wusste ich nicht.«

Mitternachtssonne. Hazel wiederholte das Wort in Gedanken. Es fühlte sich an wie ein Widerspruch in sich. Hatte Dad das in einem seiner Briefe erwähnt? Bestimmt würde sie sich daran erinnern. Langsam setzten sie sich in Bewegung und schlenderten in die Richtung zurück, aus der sie gekommen waren.

»Du wunderst dich, warum ich ihn nie besucht habe und so wenig über seine Wahlheimat weiß, oder?«, murmelte Hazel nach einigen Schritten.

Owen warf ihr einen unsicheren Seitenblick zu und zuckte dann mit den Schultern. »Na ja, es ist ja nicht gerade ein Katzensprung von San Diego aus«, antwortete er ausweichend. Sie rechnete es ihm hoch an, dass er versuchte, ihr kein schlechtes Gewissen zu machen. Das hatte sie schließlich sowieso schon.

»Isst du auch so gern vietnamesisch wie Charlie?«, wechselte er unvermittelt das Thema. Gerade kamen sie an dem hellblauen Haus mit den Elchgeweihen an. Hoffentlich würde Hazel noch ein paar mehr solch außergewöhnliche Punkte entdecken, um sich orientieren zu können.

»Ich esse, ehrlich gesagt, alles. Alles außer Rosenkohl.«

»Sehr sympathisch«, meinte Owen. »Komm, wir holen uns etwas von Charlies Stammlokal, und dann lasse ich dich in Ruhe, damit du dich ausschlafen kannst. Den Rest zeige ich dir morgen.«

Kapitel

5

Das Stammlokal ihres Dads entpuppte sich wenig überraschend ebenfalls als schmuckloses graues Haus. Interessant war allerdings der Name des vietnamesischen Imbisses, der ganz unasiatisch *Gold Rush* lautete.

»Gibt es hier denn wirklich so viel Gold?«, fragte Hazel kauend, als sie wenig später mit gebratenen Nudeln in Take-Away-Boxen wieder auf der Straße standen.

»Nun ja, Gold gibt es hier auf jeden Fall, wie viel es war oder noch ist, das kann ich dir nicht sagen.« Owen zuckte mit den Schultern. »Jedenfalls würde es die Stadt ohne den Goldrausch gar nicht geben. Im Jahr 1898 fanden drei Skandinavier hier im Anvil Creek Gold, das war der Anfang von Nome. Daraufhin kamen immer mehr Gold- und Glückssucher hierher. Zuletzt hat eine Realitysoap über das Goldtauchen in der Beringsee dafür gesorgt, dass wir interessant bleiben.«

Ihren Dad hatte im Grunde ja auch das Gold hierhergebracht. Ob er womöglich besagte TV-Show gesehen hatte? Unweigerlich musste Hazel schmunzeln. Ihr Dad war immer spontan gewesen, doch das traute sie ihm dann doch nicht zu.

»Aber es darf doch nicht einfach jeder überall nach Gold graben, wie es ihm gerade passt, oder?«, hakte sie interessiert nach.

»Nein, natürlich nicht. Aber es gibt ausgewiesene Claims, wo jeder nach Gold suchen kann. Die wurden wohl eingerichtet, um zu verhindern, dass Neuankömmlinge aus Mangel an Möglichkeiten einfach irgendwo schürfen.«

»Und da hat mein Dad auch sein Glück versucht?«

Owen schüttelte den Kopf. »Dein Dad war schon hier, als die Dreharbeiten begannen. Er kam nach Nome, als die Claims neu vergeben wurden, und hat einen gepachtet.«

Überrascht blieb Hazel stehen. Natürlich hatte sie gewusst, dass er regelmäßig nach dem begehrten Edelmetall getaucht war und auch, dass die Goldsuche ihn nach Nome getrieben hatte. Doch über die bürokratischen Einzelheiten hatte er ihr in seinen Briefen nichts geschrieben.

»Ja, du hast schon richtig gehört, Hazel. Dein Dad hatte einen Goldclaim, und jetzt gehört er dir – zumindest, bis die Pacht in ein paar Jahren ausläuft.«

Hazel hatte Mühe, die neuen Infos zu verarbeiten. Bilder von Männern mit Cowboyhut stiegen vor ihrem geistigen Auge auf, die sich eine Schaufel über die Schulter warfen und in dunklen Stollen verschwanden. Diese Zeiten waren natürlich lange vorbei. Selbst sie, die sich nie für das Thema interessiert hatte, wusste, dass inzwischen nicht mehr mit der Schaufel in engen Schächten gebuddelt wurde. Radlader, Muldenkipper und große Waschrinnen mit Förderband erledigten heute die Arbeit Hunderter Männer. Doch wie förderte man das Edelmetall unter Wasser?

»War es das, was du mir noch zeigen wolltest?«

Owen nickte.

Hazel steckte sich die letzte Gabel gebratene Nudeln in den Mund. Nicht nur das Essen hatte sie gestärkt. Auch die Neugierde, mehr über die Lebensweise ihres Dads hier in Alaska zu erfahren, gab ihr neuen Elan. »Dann los! Schlafen kann ich später noch.«

Kurz darauf erreichten sie den Strand. Ein Wall aus großen grauen Steinen trennte ihn von der letzten Häuserzeile. Als Hazel darüberkletterte, stockte ihr der Atem. Krasser hätte der Unterschied zu ihrem geliebten La Jolla Cove nicht sein können. Kalter Wind wehte vom Meer her, doch das Überraschendste war, dass es nicht aus Gischt und rauschenden Wellen bestand, sondern aus Eis. Weiße Schollen türmten sich an manchen Stellen zu kleinen, schroffen Bergen auf, an anderen schwammen sie träge in bereits geschmolzenen Wasserrinnen.

Hazel zog den Reißverschluss ihrer neuen Jacke bis ganz nach oben und stellte den Kragen auf.

»Schade, dass jetzt gerade nicht Winter ist«, sagte Owen halblaut in die Stille. »Wenn alles weiß ist, ist es noch ein bisschen schöner.«

»Was denn, *noch* schöner?«, gab Hazel in ironischem Tonfall zurück. Sie biss sich sogleich auf die Unterlippe. Nach ihrem ersten Eindruck hätte sie Nome nicht unbedingt als schön betitelt, doch natürlich wollte sie Owen und seine Heimat nicht beleidigen. Der nahm ihr den Kommentar jedoch zum Glück nicht übel. Stattdessen winkte er nur ab und setzte einen Gesichtsausdruck auf, der eindeutig aussagte, dass Hazel in seinen Augen keine Ahnung hatte.

»Der Hafen ist dort vorn, wo die Häuser enden und der Steinwall nach links ins Meer ragt. Wir können allerdings nicht rausschippern, denn es ist ja noch zugefroren. Ein paar Tage musst du dich also noch gedulden, bevor du dein Glück beim Goldtauchen versuchen kannst.«

»Dann muss ich wohl passen. In ein paar Tagen bin ich bereits wieder daheim in San Diego.«

Owen runzelte die Stirn, sagte jedoch nichts. Hazel hatte das vage Gefühl, dass er etwas antworten wollte, sich dann aber dagegen entschied und schwieg.

»Was ist denn? Die ganzen Formalitäten wegen der Erbschaft kann man doch sicherlich auch per Mail und Post klären.«

»Vermutlich«, meinte er achselzuckend.

Dann ließ er seinen Blick über das Eismeer gleiten. Etwas Weiches, Zufriedenes schlich sich in seine Züge. Es war offensichtlich, dass Owen diesen Ort trotz seiner Ecken und Kanten liebte. Ob er eine Freundin oder gar Ehefrau hatte, mit der er hier normalerweise spazieren ging?

»Ich mag es, wenn es hier so still ist.«

Hazel war nicht sicher, ob er mit ihr sprach oder eher mit sich selbst. Dann sah er sie jedoch an. »Manche schürfen auch im Winter. Sie bauen kleine Camps auf dem zugefrorenen Beringmeer und bohren Löcher ins Eis, durch die sie dann hinabtauchen. Doch das war Charlie und mir zu heikel.« Er hob abwehrend beide Hände. Dann sah er auf die Küste. »In den drei Sommermonaten, in denen das Eis weg ist und man rausfahren kann, erkennt man den Strand kaum wieder. Wärst du dann noch hier, würde dich das Goldfieber sicherlich auch packen.«

Hazel musste zugeben, dass sie sich eine Schatzsuche im Taucheranzug durchaus reizvoll vorstellen konnte. Sie drehte sich um und sah ebenfalls über das Eis. Obwohl sie sich am Meer immer zu Hause gefühlt hatte, lag hier eine völlig fremde Welt vor ihr.

»Die Claims für das Public Mining sind da drüben, entlang des Strands und auf der anderen Seite des Hafens«, riss Owen sie aus ihren Gedanken. Er deutete erst zurück auf den Strandabschnitt, der hinter ihnen lag, und dann nach vorn. »Im Sommer ist der Strand

an manchen Tagen regelrecht gespickt mit Zelten und Waschrinnen, und auf dem Meer schaukeln viele Boote.«

Hazel hielt den Blick weiterhin auf das Eis gerichtet, doch an Owens Tonfall hörte sie, dass er beim Gedanken an die Glücksritter lächelte. »Und alle eint die Suche nach dem Gold«, schob er nach. »Es ist echt cool, aber so still ist es mir noch ein bisschen lieber.«

»Und wo ist Dads Claim?«, wollte Hazel nach einer Weile wissen.

»Dort drüben.« Owen, der schräg hinter ihr stand, streckte den Arm neben ihrem Kopf aus und deutete an dem Steinwall der Hafeneinfahrt vorbei auf das Eis.

Plötzlich fühlte sich Hazel tief berührt. Seit seinem Tod hatte sie immer in Traurigkeit an ihren Dad gedacht. Nun griff ein Wirrwarr an Gefühlen nach ihrem Herzen. Er hatte sich hier so vieles aufgebaut, ein komplettes neues und ausgefülltes Leben. Und das alles hatte er ihr hinterlassen. Warum? Wie sie ihren Dad kannte, ging es ihm dabei nicht nur um die Vermögenswerte. Aber er hatte doch wohl nicht ernsthaft erwartet, dass sie hier am Ende der Welt in seine Fußstapfen treten würde, oder?

»Habt ihr eigentlich mal über mich geredet, Charlie und du?« Sie hatte versucht, die Frage beiläufig klingen zu lassen. Doch das war ihr völlig misslungen. Sie fürchtete sich vor der Antwort, egal wie sie ausfallen würde. Die Möglichkeit, er könnte sie nicht nur räumlich in San Diego zurückgelassen haben, schnürte ihr die Kehle zu. Doch wenn er sie nun stattdessen sehr vermisst hatte, während seine Briefe an sie unbeantwortet in ihrem Nachtkästchen gelandet waren, so konnte sie sich dieses Versäumnis niemals verzeihen.

»Manchmal«, antwortete Owen.

Fast war sie erleichtert über seine nichtssagende Antwort.

»Dein Dad hat dich sehr geliebt, Hazel«, hörte sie ihn da leise weitersprechen.

Die Tränen, die sie tapfer hatte zurückhalten wollen, brachen sich Bahn. Schluchzend schlug sie sich die Hände vors Gesicht. Sie spürte, wie Owen sie an sich zog und seine Arme um sie legte. Er roch nach Regenluft und Sandelholz. Seine unerwartete Nähe tröstete sie. Sie musste ihrer Mom dankbar sein, dass sie ihn gebeten hatte, sich ihrer anzunehmen. Sachte strich er ihr über das Haar und den Rücken, bis sie sich wieder beruhigt hatte. Peinlich berührt bemerkte Hazel die nassen Flecken, die ihre Tränen auf seiner Jacke hinterlassen hatten. Sie strich ihm über die Brust, als wollte sie sie wegwischen.

»Komm, ich bringe dich nach Hause. Für heute hast du genug Eindrücke zu verarbeiten.«

Sie nickte beklommen, und sie traten den Rückweg an. Erst als sie das hellblaue Haus mit den Elchgeweihen erreichten und nach links in die West 2nd Ave einbogen, fand Hazel ihre Orientierung wieder.

»Musst du noch weit fahren? Inzwischen dürften wir den Alkohol ja wieder abgebaut haben«, sagte sie, als Dads Haus mit Owens Pick-up vor der Tür in Sichtweite kam.

»Wenn es dir nichts ausmacht, lasse ich den Wagen einfach stehen. Ich wohne nebenan.«

Überrascht sah Hazel zum Nachbarhaus. Es war größer als das ihres Dads und hatte ein Obergeschoss. Mit wem er dort wohl wohnte?

»Klar kannst du das Auto stehen lassen«, murmelte sie.

»Wenn etwas ist oder du was brauchst, komm einfach rüber, ja?«

Sie nickte. »Vielen Dank für alles.«

»Ist doch selbstverständlich.« Er legte ihr zum Abschied kurz die Hand auf den Arm und wünschte ihr eine gute Nacht. Erschöpft schleppte Hazel sich ein Haus weiter. Gerade als sie die Hütte mit der Aufschrift *Scubadoo* passierte, die ihr kurzzeitig den Blick zu Owens Haustür versperrte, hörte sie von drüben eine fröhliche Frauenstimme. »Da bist du ja endlich, Owen!«

Kapitel

6

Als das heiße Wasser Hazel unter der Dusche einhüllte, fiel die Müdigkeit über sie her wie ein unbarmherziges Raubtier. Das Herrenduschgel, das sie im Badschränkchen gefunden hatte, roch, als wäre sie auf einem Gewürzbasar gelandet. Tief atmete sie den süß-herben Duft zusammen mit dem warmen Dampf ein, lehnte sich an die Fliesen und ließ sich das Wasser auf den Rücken prasseln.

Schließlich trocknete sie sich ab und schleppte sich erschöpft ins Schlafzimmer. Hazel hatte das Gefühl, sie könne sich keine zwei Minuten mehr auf den Beinen halten. Deshalb band sie sich das lange nasse Haar einfach zu einem Dutt zusammen, anstatt es zu föhnen, und kroch ins Bett.

Insgeheim hatte sie gehofft, der Bettwäsche würde der vertraute Duft ihres Dads anhaften. Zu gern hätte sie sich der törichten Illusion seiner Nähe hingegeben. Doch Kissen und Decke rochen nach Waschpulver. Ob Owen es ihr etwa frisch überzogen hatte?

Obwohl sie sich körperlich und seelisch durch die Mangel gedreht fühlte, konnte sie nicht einschlafen. Sie warf einen anklagenden Blick zum Fenster, das noch immer das trübe Tageslicht hereinließ. Zwar hatte sie die Vorhänge zugezogen, doch sie boten nicht mehr als

einen leidlichen Sichtschutz. Sie drehte sich vom Fenster weg. *Mitternachtssonne*, hatte Owen gesagt. Na wunderbar! Sie konnte es sich also sparen, auf die Uhr zu sehen. Vor zwölf würde sie sicherlich nicht einschlafen.

Nach einer kurzen Nacht mit wirren Träumen von sich auftürmenden Eisschollen, grimmig dreinblickenden Goldgräbern und einem Labyrinth aus Straßen, in denen ein Haus aussah wie das andere, fuhr Hazel aus dem Schlaf. Sie fühlte sich noch immer erschöpft, doch wenigstens hatte sich ihr Körper etwas erholen können.

Mit schlechtem Gewissen griff sie nach ihrem Handy. Sie hatte ihrer Mom gestern nur einen kurzen Text geschrieben, dass sie gut angekommen sei. Und bei Mike hatte sie sich noch gar nicht gemeldet. Von Betty war als Antwort ein Herzchen-Emoji zurückgekommen und die Bitte, dass Hazel sie mal anrufen solle, sobald sie sich etwas akklimatisiert habe. Mike hatte sich nicht gemeldet. Hazel sah beklommen auf den Bildschirm, unschlüssig, ob sie über Mikes Schweigen enttäuscht oder erleichtert sein sollte. Schnell schrieb sie ihm eine Guten-Morgen-Nachricht.

Ihre zum Dutt zusammengeknüllten Haare waren noch immer feucht. Endlich nahm sie sich die Zeit, sie trocken zu föhnen. Im Schrank fand sie ein kariertes Fleecehemd. Übergroß, weich und kuschlig war es wohl genau das Richtige für einen Sonntag in einer fremden grauen Stadt. Als sie jedoch die Vorhänge zurückzog, begrüßte Nome sie überraschenderweise mit ein paar Sonnenstrahlen. Die dichte Wolkendecke, die gestern noch bis zum Horizont gereicht hatte, war stellenweise aufgerissen und ließ ein bisschen blauen Him-

mels hindurch. Vielleicht hatte der Ort Mitleid mit ihr gehabt und sich heute deshalb in ein freundlicheres Outfit geworfen.

Unschlüssig wanderte sie durch das kleine Haus und wusste nicht, was sie tun sollte. In der Küche gab es Müsli, aber keine Milch, Erdnussbutter und Marmelade, aber kein Brot. Sie musste Owen unbedingt fragen, wo es hier einen Supermarkt gab. Ihr Blick fiel durch das Wohnzimmerfenster auf seinen Pick-up. Wo war eigentlich das Auto ihres Dads? In einem seiner ersten Briefe hatte er erwähnt, dass er sich einen *fahrbaren Untersatz* zugelegt hatte. Sie zuckte mit den Schultern. Vielleicht hatte er den Wagen längst wieder verkauft? Was wusste sie sie denn schon über ihn?

Traurig wollte sie sich vom Fenster abwenden, da fiel ihr die kleine Hütte ins Auge. Das Gesicht, mit dem der *Scubadoo*-Schriftzug verziert war, grinste zu ihr herüber. Hazel schnappte sich ihre neue Jacke, die sie am Vorabend auf den Ohrensessel geworfen hatte, und ging hinaus.

Neugierig spähte sie durch die beschlagenen Fenster in das Innere der Hütte, konnte aber kaum etwas erkennen. Als sie die Türklinke herunterdrückte, musste sie feststellen, dass abgeschlossen war.

Nachdenklich fühlte sie nach dem Hausschlüssel in ihrer Tasche. Owen hatte ihr lediglich einen einzelnen Schlüssel für das Wohnhaus gegeben. Er war unter dem Thermometer neben der Haustür versteckt gewesen. Suchend ließ sie ihren Blick über die Fassade der Hütte schweifen. Doch außer dem Schild mit der Aufschrift *Scubadoo* hing dort nichts. Auch gab es keinen Blumentopf oder Fußabstreifer, wo man einen Schlüssel hätte verstecken können.

Hazel trat ganz nah an die Holzwand heran und schielte nach oben hinter das *Scubadoo*-Schild. Es war leicht schräg angebracht, sodass sie die linke Ecke gerade so erreichen konnte. Sie stellte sich auf die Zehen und tastete mit ihren Fingerspitzen an der Rückseite des

Schildes herum. Tatsächlich stießen ihre Finger auf Metall. Sie musste einige Male hüpfen, um den Schlüssel aus seiner Befestigung zu lösen, da Hazel für das Versteck ein bisschen zu klein war. Schließlich fiel er vor ihr auf den feuchten Boden. Lächelnd hob sie ihn auf. Ihr Dad war immer schon pragmatisch gewesen. Hier in Nome hatte er diese Eigenschaft anscheinend perfektioniert. Sie sperrte auf und trat ein.

Die Innenwände der Hütte waren aus hellem Holz, genauso wie die kleine Theke linkerseits des Eingangs. Auf der anderen Seite waren drei Holztische mit Stühlen verteilt wie in einem kleinen Café. Allerdings waren sie aus unterschiedlichen Stilen zusammengewürfelt. Der einzige gemeinsame Nenner des Ensembles aus Sitzgelegenheiten war, dass sie alle aus hellem Holz oder weiß gestrichen waren. Zu allen Seiten ließen weiße Sprossenfenster Licht durch die angelaufenen Scheiben ins Innere. Der Holzboden knarrte unter ihren Füßen. Alles wirkte aufgeräumt, aber eine Staubschicht lag auf Theke und Möbeln.

Hazel dachte daran, was Owen ihr am Vortag erzählt hatte. Neun Monate des Jahres war das Beringmeer vor Nome zugefroren. Das hieß vermutlich, dass das *Scubadoo* seit der Tauchsaison im letzten kurzen Sommer geschlossen gewesen war. Spontan ging sie ins Haus zurück, holte Putzeimer und Lappen und wischte den Staub des Winters ab. Gerade als sie sich über den letzten der drei Tische beugte, um die Platte sauber zu machen, klopfte es hinter ihr. Erschrocken fuhr sie herum. Ein fremder Mann mittleren Alters stand am Eingang, die Hand noch erhoben. Anscheinend hatte er mit dem Fingerknöchel gegen den Türrahmen geklopft, um auf sich aufmerksam zu machen.

»Guten Tag, mein Name ist William Murphy.«

Hazel nickte etwas ratlos. Der Name sagte ihr nichts.

»Hazel Archer«, stellte sie sich ebenfalls vor. »Was kann ich für Sie tun?«

Der Mann stampfte kurz mit Füßen auf, um zumindest den Großteil des Drecks, der an seinen schweren Stiefeln hing, loszuwerden, und trat ein.

»Ihr Dad war ein Kollege von mir. Herzliches Beileid.« Er zog sich die schwarze Wollmütze vom Kopf und kam näher.

»Danke.«

»Margret hat mir erzählt, dass Sie hier sind«, sagte er. Etwas unbeholfen strich er sich über seinen grau melierten kurzen Bart.

»Dads Kollege«, wiederholte sie, »dann schürfen Sie also auch nach Gold?«

Murphy nickte und schob dabei mit gewichtiger Miene die Unterlippe vor.

»Es tut mir leid, das *Scubadoo* ist nicht wiedereröffnet. Ich wollte nur ein bisschen sauber machen.«

Der Mann winkte ab. »Nein, nein, ich wollte ja zu Ihnen.«

Hazel hatte aufgehört, die Möbel abzuwischen, und sah ihn fragend an. Murphy zog einen Zettel aus seiner Jackentasche und streckte ihn ihr entgegen.

»Ich würde gern Charlies Claim übernehmen. Hier ist meine Telefonnummer. Sie werden ja sicherlich nicht in diesem Nest hier bleiben wollen, oder?« Er lachte ein abgehacktes, freudloses Lachen. Dabei sah er sie forschend an.

Hazel warf einen flüchtigen Blick auf die Zahlenfolge, die in krakeliger Schrift auf dem Zettel geschrieben stand.

»Ja, ähm, nein. Ich meine …« Was wollte sie eigentlich sagen? Natürlich hatte sie nicht vor, hier in dieses rostrote Häuschen am Ende der Welt zu ziehen. Doch Murphys Anfrage überrumpelte sie nicht nur, sie stieß ihr auch sauer auf. Ihr Dad war gerade mal ein paar Tage tot, da kreisten anscheinend schon die Geier über seinem Vermächtnis.

Sie steckte das Papier in die Tasche. »Noch habe ich ja nicht offiziell geerbt. Wenn ich die Pacht irgendwann abgeben möchte, werde ich Sie anrufen.«

Murphy zog die Augenbrauen zusammen. Ihre defensive Antwort war wohl nicht das gewesen, was er hatte hören wollen.

»Stimmt schon, diese ganzen Formalitäten, das kann dauern, nicht wahr?«, murmelte er. »Es macht Ihnen doch nichts aus, wenn ich diese Saison schon mal auf Charlies Claim schürfe, oder? Wissen Sie, der Sommer hier ist kurz, da wäre es doch eine Schande, ein ganzes Jahr zu verschenken.« Er grinste sie an. Sein Mund zumindest war zu etwas verzogen, was wohl ein Lächeln sein sollte, doch seine Augen starrten lauernd statt freundlich.

Hazel fühlte sich mehr und mehr in die Enge getrieben. Alles in ihr sträubte sich dagegen, einem Wildfremden leichtfertig zu geben, was ihr Dad sich hier aufgebaut hatte.

»Also wissen Sie, eigentlich möchte ich das nicht.« Sie ärgerte sich, wie unsicher und kleinlaut sie klang.

»Ach, kommen Sie schon.« Murphy hatte wohl nicht vor, sich so schnell abspeisen zu lassen. Krampfhaft überlegte Hazel, wie sie den ungeliebten Gast loswerden könnte, ohne eine Auseinandersetzung zu provozieren.

»Guten Morgen!«, drang da plötzlich eine bekannte Stimme durch den Raum. Owen stand im Türrahmen. Misstrauisch zog er eine Augenbraue nach oben und fixierte Murphy.

»Guten Morgen!«, begrüßte Hazel ihn erleichtert.

»Aller klar hier?« Owen sah zwischen den beiden hin und her.

»Klar ist alles klar. Ich wollte nur mein Beileid aussprechen«, knurrte Murphy. Dann wandte er sich noch einmal zu Hazel um. »Überlegen Sie es sich.« Schließlich zog er sich die Wollmütze wieder über das kurze lichte Haar und schob sich an Owen vorbei hinaus.

Kapitel

7

Geräuschvoll blies Hazel die Luft durch die halb geschlossenen Lippen. »Puh, du hast mich gerettet.«

Owen sah Murphy mit kritischem Blick hinterher. »Gern. Bei Murphy musst du aufpassen, der ist link.«

»Er meinte, er sei Dads Kollege gewesen.«

»Na ja, so würde ich das nicht nennen.«

Hazel hatte noch immer den Putzlappen in der Hand. Plötzlich wurde ihr bewusst, dass sie ein fusseliges Fleecehemd trug, das ihr einige Nummern zu groß war. Und geschminkt hatte sie sich auch nicht. Im Vergleich zu gestern musste sie ganz schön fade wirken. Unbehaglich zog sie ihre Jacke vorn zusammen, um das Hemd zu verdecken.

Owen bemerkte davon jedoch nichts. Zumindest gab er sich genauso natürlich und freundlich wie am Tag zuvor. Vielleicht war ihm aber auch nur völlig egal, wie sie aussah. Hazel dachte an die Frauenstimme, die ihn gestern so freudig begrüßt hatte, als er nach ihrem Spaziergang zum Strand nach Hause gekommen war.

Owen wechselte das Thema, indem er den Stoffbeutel, den er in der Hand hielt, hochhob. »Ich war nicht sicher, was Charlie noch im Schrank hatte, deshalb habe ich dir Frühstück mitgebracht.«

»Wie schön, vielen Dank!«

»Nicht dass du aus Mangel an Alternativen wieder zum Whiskylikör greifst. Von dem konntest du gestern ja schon nicht genug bekommen«, schob er amüsiert nach.

Hazel schüttelte sich, als würde schon der bloße Gedanke an den starken Alkohol ihr nicht bekommen.

»Willst du die Kaffeemaschine hier draußen aus ihrem Winterschlaf wecken oder gehen wir ins Haus?«

»Lass uns reingehen.« Sie schnappte sich den Putzeimer und verließ mit Owen die Hütte.

»Wie ich sehe, hast du den Schlüssel gefunden«, meinte er, als sie absperrte.

Hazel nickte. »Ja, Dad schwankte stark zwischen überraschend und durchschaubar. Zum Glück gehörte das Schlüsselversteck in die zweite Kategorie.«

Owen schmunzelte versonnen, als sie gemeinsam zum Haus gingen. Ob er ihren Dad auch vermisste? Sie waren Freunde gewesen und hatten zusammen nach Gold getaucht. Spätestens wenn die Sommersaison begann, würde es ihm schmerzlich bewusst werden, dass sein Tauchbuddy nicht mehr da war.

Da bohrte sich plötzlich ein Gedanke in Hazels Kopf. War Owen womöglich auch hinter dem Claim her so wie Murphy? War er etwa nur so nett zu ihr, weil er weiterhin dort schürfen wollte? Sie warf ihm einen unsicheren Seitenblick zu. Immerhin hatte Charlie den Claim gepachtet, und Owen hatte davon profitiert. Sie schluckte beklommen, als sie die Haustür öffnete. Sie würde diese Sache klären müssen, denn der Gedanke erschien ihr unerträglich. Unsicherheit und Misstrauen war das Letzte, was sie gerade gebrauchen konnte.

»Murphy möchte Dads Claim übernehmen«, sagte sie daher, als sie Jacken und Schuhe ausgezogen hatten.

»So was dachte ich mir schon«, brummte Owen. »Du hast ihn hoffentlich zum Teufel geschickt?«

»Das hast du ja für mich erledigt.« Hazel bemerkte unwohl, dass sie sich schnippischer anhörte als beabsichtigt.

»Entschuldige, dass ich dir das Geschäft vermasselt habe«, ätzte er prompt zurück. »Aber Murphy wäre der Letzte, an den Charlie seinen Claim abgetreten hätte.«

»Natürlich, er hätte ihn dir gegeben, nicht wahr?«

»Er hat ihn *dir* gegeben, Hazel. Was ist denn plötzlich los mit dir?«

»Ja, das hat er. Möchtest du ihn haben?«

Nachdenklich schüttelte er den Kopf. »Ich weiß nicht, wie Murphy es geschafft hat, dich gegen mich aufzubringen. Fakt ist, dass dein Dad den Claim dir vererbt hat. Charlie war mein Freund; wenn er wollte, dass du ihn übernimmst, dann will ich das auch. Aber bevor du ihn an das Aas Murphy verscherbelst, hätte ich nichts dagegen, wenn du eher mir eine Lizenz geben würdest. Ist das in deinen Augen etwa verwerflich?«

Owen war ganz ruhig geblieben, was seinen Worten Nachdruck verliehen hatte. Ratlos setzte Hazel sich auf die Eckbank im Esszimmer. »Falls du nur nett zu mir bist, damit ich dir diese Lizenz gebe, kannst du gehen und das Papier meinetwegen aufsetzen.« Sie machte eine wegwerfende Handbewegung und verfluchte sich selbst für ihre harschen Worte. Murphys Anliegen hatte sie völlig durcheinandergebracht. Natürlich wollte sie das nicht an Owen auslassen, doch was, wenn er im Grunde auch nicht besser war als dieser Murphy?

Aus dem Augenwinkel bemerkte sie, dass Owen sie anstarrte. Dann ging er schweigend in die Küche und hantierte mit der Kaffeemaschine herum. Bald blubberte es, und Kaffeeduft zog zu Hazel ins Esszimmer. Wenig später kam er mit zwei Tassen Kaffee zurück.

»Milch oder Zucker?«

Hazel schüttelte den Kopf, und er setzte sich zu ihr.

»Ich bin nicht dein Feind«, sagte er leise.

Da sie nicht wusste, wie sie reagieren sollte, schwieg sie. Ein Teil von ihr kam sich blöd vor, dass sie ihn angegriffen hatte. Der andere Teil hatte Angst, dass es zu Recht gewesen sein könnte.

»Wenn es nach mir ginge, dann würde ich im Sommer wie geplant mit Charlie tauchen.«

Hazel schluckte. Seine Nähe fühlte sich vertraut und fremd zugleich an. Owen war bislang das Einzige hier in Nome, was sie mochte. Das wollte sie nicht verlieren.

»Ich weiß«, murmelte sie, weil sie ihm jedes Wort glaubte. Doch Charlie war eben nicht mehr da. Er war gegangen und hatte ein Loch zurückgelassen, um das sie nun herumstanden – hilflos und unfähig, es wieder zu füllen.

»Aber das geht eben leider nicht mehr.« Seine Stimme wurde immer leiser. »Und wenn ich mir unter den gegebenen Umständen etwas wünschen könnte, dann wäre es, dass du in seine Fußstapfen trittst und wir zusammen ein paar Unzen Gold aus dem Beringmeer holen.«

Überrascht blickte sie ihn an. »Mit mir? Aber ich wohne in San Diego, ich habe ein Leben da, meine Mom, meinen Freund.« Sie verstummte. Dad hatte auch ein Leben in San Diego gehabt, doch aufgehalten hatte es ihn nicht. Überrumpelt suchte sie nach Worten. »Außerdem weiß ich doch gar nicht, wie das geht. Ich habe das noch nie gemacht«

»Ich bin sicher, dass du das kannst. Und Charlie war es auch.«

Um Zeit zu gewinnen, trank Hazel von ihrem Kaffee. Doch der Kloß in ihrem Hals ließ sich nicht hinunterschlucken. »Hat er das gesagt?«

Owen nickte. »Oft hat er das gesagt. Wir hatten natürlich nicht immer nur gute Tage. Wenn das Gold ausblieb, dann sagte Charlie

immer, dass er sicher sei, dass es dort unten am Meeresgrund liege. Und dass er sich ebenso sicher sei, dass du es finden würdest.«

Als Hazel blinzelte, kullerte ihr eine Träne über die Wange. Sie war so traurig und wütend gewesen, als ihr Dad nach Nome gegangen war. Manchmal hatte sie geglaubt, er habe sie einfach vergessen. Nun zu hören, dass er oft an sie gedacht und welches Vertrauen er in sie gehabt hatte, machte sie sprachlos vor Freude und Trauer zugleich.

»Er sagte, du seist seine kleine Meerjungfrau«, flüsterte Owen und legte tröstend den Arm um sie. Schniefend vergrub sie das Gesicht in ihren Händen.

»Ich will nicht mehr weinen, mir ist das alles zu viel.« Sie fühlte sich, als hätte sie in den letzten Tagen mehr Tränen vergossen, als sie geglaubt hatte, dass ihr Körper produzieren konnte. Außerdem fühlte sie sich erschöpft, und ihre Augen brannten. Fahrig strich sie sich die Haare zurück.

»Hmm, ich verstehe, was du meinst. Wenn es dich überfordert, musst du morgen nicht zur Trauerfeier gehen. Vorher soll Charlie im kleinen Kreis auf dem Friedhof beigesetzt werden, das ist die eigentliche Beerdigung. Aber die Gedenkfeier danach ist eher Abbys Ding. Sie wollte das unbedingt, und niemand nimmt es dir übel, wenn du dich dann ausklinkst.«

»Wer ist Abby?«

Owen zog ein Gesicht wie ein geschlagener Hund. »Charlies Freundin.«

Hazel versuchte sich ihre Überraschung nicht zu sehr anmerken zu lassen. Ihr Dad hatte in keinem seiner Briefe eine neue Frau oder gar eine Familie erwähnt. Ob Betty davon wusste? »Freundin?«, fragte sie verunsichert. »Meinst du Freundin wie Kumpel? Oder Freundin wie Geliebte?«

»Nun ja, ich weiß nicht, ob sie sich als seine Geliebte bezeichnen würde, aber ja. Abby und Charlie waren zusammen. Schon eine ganze Weile.«

»Wow.« Hazel atmete aus und starrte auf die Tischplatte vor sich.

»Tut mir leid. Ich dachte, du wüsstest von ihr.«

Hazel kniff die Lippen zusammen. Wenn Owen gedacht hatte, sie wisse Bescheid, konnte das nur bedeuten, dass Betty im Bilde war. Verdammt! Was hatte sie ihr denn noch alles verschwiegen? »Schon okay.«

Es tat gut, sich über ihre Mom zu ärgern, lenkte es sie doch wenigstens ein bisschen davon ab, traurig zu sein. Hazel atmete tief durch. Heute musste sie unbedingt zu Hause anrufen. Nicht nur, um sich bei Betty zu beschweren, auch bei Mike sollte sie sich endlich melden.

Hazel trank den letzten Schluck ihres inzwischen kalt gewordenen Kaffees.

»Wo ist denn der Friedhof, auf dem die Beisetzung stattfindet?«

»Draußen beim Hafen. Wollen wir einen Spaziergang machen? Ich muss sowieso noch die Urne abholen.«

»Macht das nicht Abby?«, fragte sie mit belegter Stimme.

»Nein, ich habe mich in Bettys Namen darum gekümmert. Wir haben telefonisch alles besprochen.«

Zwar fürchtete sie sich jetzt schon vor dem Moment, Dads Urne in den Händen zu halten, doch ein Spaziergang klang nach einer guten Idee.

Da zog Owen ein Päckchen aus dem Stoffbeutel, aus dem er schon Bagels gezaubert hatte, die noch immer verpackt auf der Küchentheke lagen.

»Vorhin habe ich den richtigen Moment irgendwie verpasst. Du warst plötzlich sauer auf mich und dann traurig …«, murmelte er etwas unbeholfen.

Hazel blickte überrascht auf das Päckchen in seinen Händen. Es sah etwas knautschig aus und war in dunkelblaues Seidenpapier eingeschlagen. »Was denn, ein Geschenk für mich?«, fragte sie überrascht.

Owen nickte und streckte es ihr entgegen.

Plötzlich kam Hazel sich unsagbar dumm vor, dass sie ihn so angegangen hatte. Sie konnte es nur auf ihre Traurigkeit und die ungewohnte Stresssituation schieben. »Es tut mir leid, dass ich so patzig war«, flüsterte sie.

»Schon vergessen. Pack aus, ich hoffe, es gefällt dir.«

Vorsichtig schlug Hazel das Seidenpapier auseinander. Zum Vorschein kam ein Schal aus dünnem Leinenstoff. Hazel liebte das natürliche weiche Material. Sie hob ihn ans Gesicht und fuhr sich damit über die Wange. Der Stoff roch frisch gewaschen und ein klein wenig nach Regenluft und Sandelholz.

»Vielen Dank, er ist wunderschön!« Sie wickelte sich den Schal um den Hals.

»Die Jacke hat Margret mir ja weggeschnappt«, erinnerte Owen sie an ihren Besuch in deren Geschäft.

Hazel strich sachte über den Stoff. »Meine Güte, ich mache dir Vorwürfe, und du beschenkst mich.« Sie schüttelte den Kopf über sich selbst.

Owen ging nicht darauf ein. »Der Sommer steht zwar vor der Tür, aber im Vergleich zu deiner Heimat ist es ja trotzdem kühl hier.« Er stockte und sah sie nachdenklich an. »Und wenn du wieder daheim bist und dir den Schal im Herbst oder Winter mal umlegst, vielleicht denkst du dann an Nome.«

KAPITEL

8

Wenig später gingen sie wieder am Strand entlang. Die Sonne ließ das Eis leuchten und die Pfützen aus Tauwasser glänzen. Hazel meinte, die geschmolzene Wasserrinne sei im Vergleich zum Vortag ein bisschen breiter geworden. Sie biss in einen der Bagels, die Owen zum Frühstück mitgebacht hatte, und genoss die Luft, die sich in allem von der ihrer Heimatstadt San Diego unterschied. Kühl und trotzdem frühlingshaft war sie, und irgendwie, als hätte man sie frisch gewaschen.

»Wie lange dauert es noch, bis das Eis geschmolzen ist?«

Owen sah nachdenklich über das Meer. »Kann ich nicht genau sagen. Nicht mehr lange. Ein paar Tage, eine Woche … allerspätestens im Juni ist immer alles weg, aber dieses Jahr sieht es aus, als seien wir etwas früher dran.«

Als Hazel sich vom Eis abwandte, erblickte sie ein Stück weiter vorn einige dunkle Flecken auf dem Wall aus großen Steinbrocken, der den Strand von der Stadt abgrenzte. Sie kniff die Augen zusammen, doch erst als sie näher herankamen, erkannte sie, dass es leere Schnapsflaschen waren, die dort herumlagen. Monarch Canadian Whisky.

Owen fing ihren Blick auf und grinste schief. »Ja, auch das gehört zu Nome. Was ist das beliebteste Getränk in Nome? Monarch on the Rocks. Wir können froh sein, dass derjenige, der die Flaschen geleert hat, nicht mit dort auf den *Rocks* liegt. Das ist nämlich auch keine Seltenheit.«

»Ich merke schon. Ein raues Klima hier, nicht nur wegen des Wetters.«

»Es spielt alles irgendwie zusammen«, murmelte er achselzuckend. »Immer wieder verschwinden hier Menschen. Manche glauben an einen Serienmörder, andere sind der Meinung, Aliens kommen her und entführen die Leute. Aber höchstwahrscheinlich sind es einfach der Schnaps und das Wetter, was die Menschen verschwinden lässt. Sie betrinken sich, verlieren die Orientierung und erfrieren. Und dann holt sie sich vielleicht das Meer oder ein Tier, keine Ahnung. Das ist zumindest meine Theorie.«

Hazel kuschelte sich tiefer in ihre Jacke. »Puh, ganz schön gruselig!«

»Manche nennen Nome sogar *Sin City of the North*. Aber das halte ich dann doch für etwas übertrieben.«

Am Ende des Strandabschnitts, der durch die Hafeneinfahrt begrenzt wurde, bogen sie nach rechts ab und gingen wieder landeinwärts. Sie passierten ein paar rostige Silos und eine niedrige Halle aus Wellblech, deren Fassade eher an einen Flickenteppich erinnerte als an ein Gebäude. Wieder einmal fiel Hazel auf, wie großzügig, ja, geradezu verschwenderisch hier mit dem Platz umgegangen wurde. Wenn im Winter alles weiß war, musste es hier noch weitläufiger aussehen als ohnehin schon.

»Da drüben hinter den Containern versteckt liegt dein Boot.« Owen deutete nach links an ihr vorbei. Doch Hazel sah nur besagte Container, einen Stapel Paletten und einen Bagger in der angezeigten Richtung stehen. Vielleicht würden sie auf dem Rückweg Zeit finden, es sich anzusehen. Owen hatte schließlich gesagt, der Friedhof sei

direkt neben dem Hafen. Weit konnte es also nicht mehr sein. Trotz allem war Hazel neugierig. Sie hatte sich ihren Dad so oft vorgestellt, wie er mit seinem Boot aufs Meer hinausschipperte. Da wollte sie es nun nicht verpassen, diese blassen Vorstellungen mit Farbe zu füllen.

Tatsächlich endete die Straße und sie wandten sich nach links. Am Straßenrand wanderten sie stadtauswärts.

»Hatte Dad eigentlich ein Auto?«

Owen nickte. »Ja, ähm, das steht bei Abby. Er war bei ihr, als es passiert ist. Sie hat den Notarzt gerufen, der ihn ins Krankenhaus gebracht hat.«

Hazel schluckte und schloss für einen Moment die Augen. Sie konzentrierte sich auf das Laufen. Es half ihr, die Tränen diesmal zurückzuhalten.

Sie ließen den Hafen hinter sich. Der Friedhof von Nome schnürte Hazel jedoch regelrecht die Kehle zu. Zwischen braunem Gestrüpp standen weiße Holzkreuze so unregelmäßig und schief verteilt, dass man meinen konnte, man habe sie wahllos in die Erde geklopft. Ihr Lack war an den Rändern abgeplatzt, die Farbe längst nicht mehr leuchtend. Hinzu kam, dass das Tauwetter Teile des Areals mit morastigen Pfützen angefüllt hatte.

»Keine Bange, Charlies Platz ist da vorn. Dort ist es gepflegter.« Owen bemerkte sofort, dass Hazel die Trostlosigkeit dieses Ortes zu übermannen drohte.

Sie blieb stehen und sah sich lange um. Geduldig stand er neben ihr und wartete. Hazel drehte sich langsam um die eigene Achse. Das einzig wirklich Schöne an diesem Friedhof war seine unmittelbare Nähe zum Meer. Mit zusammengekniffenen Augen blickte sie zum Horizont. Ein Gedanke formte sich zögerlich in ihrem Kopf, vage erst, doch schon bald wurde er greifbar. Und noch ehe sie lange darüber nachdenken konnte, befand sie, dass es mit Abstand ihre beste Idee seit Langem war.

»Wir werden Dad hier nicht begraben«, sagte sie entschlossen. Sie wandte sich von der Aussicht ab und schaute Owen ernst an.

Der erwiderte ihren Blick überrascht. »Nicht?«

»Nein.« Hazel grübelte, wie sie ihm ihren plötzlichen Sinneswandel erklären sollte. Im Grunde verstand sie es selbst nicht ganz, doch sie spürte, dass ihr Dad hier nicht hingehörte. Schon bevor er nach Nome gegangen war, hatte er das Meer geliebt. Hazel konnte sich an keinen einzigen Familienurlaub erinnern, in dem sie nicht an einen Strand gefahren waren. Er hatte seine Liebe zum Meer und zum Tauchen schon vor vielen Jahren an sie weitergegeben. Wenn sie auch nicht viel von seinem neuen Leben hier in Alaska wusste, so wusste sie doch ganz genau, dass ihr Dad nicht auf einen trostlosen Friedhof gehörte, der sich nicht entscheiden konnte, ob er nun wie eine Grassteppe oder wie ein Sumpf aussehen wollte.

»Sobald das Eis weg ist, werden wir rausfahren und seine Asche ins Meer streuen. Ich glaube, das hätte ihm viel besser gefallen.«

Owen nickte nachdenklich. »Vermutlich hast du recht. Dann musst du im Juni wohl noch einmal wiederkommen.«

»Ja, sieht so aus.«

Hazel seufzte, als sie an die Kosten für die Reise dachte. In der Sommersaison würde der Flug wahrscheinlich sogar noch etwas teurer sein. Doch dafür hatte sie diesmal etwas Vorlauf für die Buchung, was sich hingegen positiv auf den Preis auswirken konnte. Trotzdem würde das ein ziemliches Loch in ihre Kasse reißen.

Owen sah sie fragend an. »Na, so schlimm ist es hier nun auch wieder nicht!«, meinte er in gespielter Empörung.

»Nein, so war das gar nicht gemeint.« Hazel winkte ab.

»Wie denn dann?«

Sie runzelte die Stirn. Im Grunde lag die Lösung für ihr finanzielles Dilemma ja auf der Hand. Und ganz so schlimm wie noch vor ein paar Tagen fand Hazel den Gedanken, hier ein paar Tage zu

verbringen, auch gar nicht mehr. Also rang sie sich zu der einzigen vernünftigen Entscheidung durch, und insgeheim war sie über sich selbst überrascht, wie leicht ihr das fiel.

»Dann werde ich die zwei Wochen wohl noch hierbleiben. Vielleicht ist der Wettergott ja gnädig und beeilt sich ein bisschen mit dem Tauwetter.«

Owen grinste. »Gute Entscheidung.«

Hazel war sich nicht sicher, ob er recht hatte. Doch sein Grinsen steckte sie an, auch wenn ihres etwas schief geriet.

KAPITEL

9

Ihr Rückweg hatte Hazel und Owen schließlich nicht zum Hafen geführt, sondern zum Bestattungsinstitut. Unverwandt starrte sie auf die Urne in ihren Händen. Die Reste eines Lebens in einer übergroßen Zuckerdose. Hazel empfand die Situation als so surreal, dass sie nicht einmal weinen konnte.

»Ist sie okay?«, flüsterte Owen. »Betty meinte, ich solle die Urne aussuchen. Ich muss zugeben, ich war etwas überfordert mit dieser Aufgabe.«

Hazel fuhr mit den Fingerspitzen über die kühle Oberfläche. Die Urne war in einem hellen Graubraun gehalten und schimmerte matt, ähnlich wie Perlmutt. Den oberen Rand zierte ein dünner goldener Streifen. Bisher hatte sich Hazel nie mit solchen Themen beschäftigt. Im Grunde hatte sie keine Ahnung, wie so eine Urne aussah oder aussehen sollte.

»Hast du gut ausgesucht«, sagte sie mit dünner Stimme.

Owen atmete erleichtert aus.

Auf dem Nachhauseweg sprachen sie nur wenig. Es war nicht, als wären ihnen die Worte ausgegangen. Doch das seltsame Gefühl, die

Asche ihres Dads mit sich herumzutragen, drängte alles andere in den Hintergrund.

Als sie die kleine *Scubadoo*-Hütte erreichten, blieben sie stehen.

»Soll ich dich morgen mit zur Gedenkfeier nehmen?«, fragte Owen. »Ich fahre von der Klinik aus sowieso erst mal hierher, um mich umzuziehen.«

»Klinik? Du bist doch nicht etwa krank?«

Lächelnd winkte er ab. »Nein, zum Glück nicht. Ich mache mein Assistenzarztpraktikum da.«

Hazel wurde unangenehm bewusst, dass sie es versäumt hatte, Owen zu fragen, was er tat, wenn er nicht gerade das Wochenende dafür opferte, ihren Seelsorger zu spielen. Meine Güte, er musste sie für völlig Ich-bezogen und desinteressiert halten!

»Wie schön! Magst du noch mit reinkommen und mir davon erzählen?«, versuchte sie ihren Patzer wiedergutzumachen.

»Ein andermal sehr gern, aber heute bin ich schon verabredet. Außerdem muss ich noch Abby anrufen und ihr schonend beibringen, dass die Bestattung ausfällt.« Er verzog das Gesicht, um anzudeuten, dass ihm da wohl ein heikles Gespräch bevorstand.

Hazel nickte etwas enttäuscht. Doch wenn sie ehrlich war, hatte auch sie Verpflichtungen. Die Anrufe zu Hause, vor denen sie sich bislang gedrückt hatte, standen noch an.

Sie verabschiedeten sich, und Hazel ging ins Haus.

Unschlüssig stand sie im Wohnzimmer und überlegte, wo sie die Urne hinstellen sollte. Am liebsten hätte sie sie in die hinterste Ecke des großen Schlafzimmerschranks gestopft, um sie nicht ständig ansehen zu müssen. Doch das wäre ihr respektlos vorgekommen. Also stellte sie sie erst einmal auf den kleinen Tisch neben dem Ohrenbackensessel.

Sie zog Schuhe, Jacke und Schal aus und setzte sich in den Sessel. Mit angezogenen Beinen starrte sie auf die Urne. Als ihr Handy in

der Hosentasche vibrierte, schreckte sie hoch. Beinahe wäre sie eingedöst. Auf dem Display leuchtete ein Foto von Betty auf. Sie nahm den Anruf an.

»Hi, Mom.«

»Hallo. Wie geht es dir?«

»Geht schon.«

Eigentlich hatte sie Betty mit Fragen und Vorwürfen bombardieren wollen. Jetzt war sie einfach nur müde.

»Bist du wütend auf mich?«, fragte ihre Mom. Anscheinend war ihr durchaus bewusst, dass sie Hazel ruhig einige Infos im Voraus hätte geben können.

»Ein bisschen. Um richtig sauer zu sein, bin ich zu erschöpft.«

»Ich hatte Angst, dass du dichtmachst, wenn du von dem Erbe hörst. Dass dir alles zu viel wird und du dann erst recht nicht nach Nome fliegen willst.«

»Ja, möglich. Aber es wäre trotzdem meine Entscheidung gewesen.« Sie fuhr sich über die Augen.

»Es tut mir leid, Schatz. Wenn du nicht mit mir streiten willst, scheinst du wirklich fertig zu sein. Das wollte ich nicht.«

»Schon gut, Mom. Es ist jetzt, wie es ist.«

»Ach, Mäuschen«, seufzte ihre Mom reumütig. So hatte sie sie seit Jahren nicht mehr genannt. »Hast du dir schon einen Rückflug rausgesucht? Soll ich ihn dir buchen?«

»Nein danke. Ich bleibe ein bisschen länger.«

»Was? Wieso das denn?« Ihre Mom klang ehrlich erstaunt. Dabei hatte Hazel angenommen, dass genau das ihr Plan gewesen war, damit sie hier in Ruhe mit dem zerrütteten Verhältnis zu ihrem Dad abschließen konnte. Vielleicht hatte sie sich getäuscht.

»Dad soll nicht auf diesen Friedhof. Owen und ich werden seine Asche im Meer verstreuen. Das passt viel besser zu ihm. Aber es ist noch zugefroren. In ein paar Tagen wird man rausfahren können.«

Ihre Mom schluchzte unerwartet auf. »Du hast recht, das passt gut zu ihm«, flüsterte sie mit erstickter Stimme. »Du machst das alles großartig. Ich bin so stolz auf dich.«

Betty weinen zu hören ließ den Kloß in Hazels Kehle wieder anwachsen. Deshalb verabschiedete sie sich vorsichtig. Sie konnte die Trauer, die ihr den Brustkorb zusammendrücken wollte wie ein zu eng geschnürtes Korsett, allmählich nicht mehr ertragen. Und dabei stand ihr die Gedenkfeier erst noch bevor.

Nachdem sie das Gespräch beendet hatten, rief sie Mike an. Seit Freitag hatten sie nicht miteinander gesprochen, sich nur am Morgen ein paar Nachrichten geschrieben. Einerseits hatte Hazel nicht die geringste Lust, über Urnen, Friedhöfe und Trauerfeiern zu sprechen, doch andererseits freute sie sich darauf, Mikes Stimme zu hören. Statt ihres Freundes meldete sich jedoch eine Frauenstimme. Hazel erkannte Claire sofort, obwohl sie nicht ihren Namen nannte, sondern etwas affektiert erklärte, dass dies der Anschluss von Michael Fellow sei. Am liebsten hätte Hazel sofort aufgelegt. Was sollte denn dieses Theater? Claire musste auf dem Display doch gesehen haben, dass sie es war.

»Guten Tag, persönliche Assistentin von Michael Fellow«, sagte sie in ironischem Tonfall. »Verbinden Sie mich bitte mit Ihrem Chef.«

Einen Augenblick blieb es still in der Leitung. Hazel dachte schon, die Verbindung sei unterbrochen, da antwortete sie endlich. »Der ist im Wasser. Leo und er machen gerade einen Tauchgang. Soll ich etwas ausrichten?«

Kein Wort zum Tod ihres Dads oder ob sie eine gute Reise gehabt hatte. Sicher, Claire und sie hatten immer ein angespanntes Verhältnis gehabt. Trotzdem traf sie ihre schnippische Art. Hazel fühlte sich gerade nicht bereit für solche kindischen Auseinandersetzungen. »Nein, ich rufe später noch einmal an«, sagte sie und legte auf.

Sie hievte sich aus dem Sessel und wanderte rastlos durch das Haus. Im Schlafzimmer bemerkte sie, dass die Vorhänge noch geschlossen waren. Als sie sie aufzog, fiel ihr Blick auf Owens Haus nebenan.

Hinter einem der Sprossenfenster stand eine junge Frau. Sie trug eine dunkle Stoffschürze und hantierte mit Geschirr herum. Im Hintergrund tauchte eine ältere Frau auf. Vielleicht ihre Mom? Oder Owens Mom? Wie auch immer, anscheinend stand dort drüben heute Mittag ein Familienessen an. Bei dem Gedanken meldete sich prompt Hazels Magen.

Sie beschloss, dem *Gold Rush* noch einmal einen Besuch abzustatten und zog sich warm an. Zwar hatte sie gerade gar keinen so großen Appetit auf vietnamesisches Essen, doch alles war besser, als trübsinnig hier herumzusitzen.

Kaum hatte sie das hellblaue Haus am Ende der West 2nd Ave erreicht, bei dem sie sich gemerkt hatte, dass sie nach rechts abbiegen musste, da platschten ihr dicke Regentropfen ins Gesicht. Grummelnd zog sie den Reißverschluss ihres Parkas bis obenhin zu und sich die Kapuze über den Kopf. Meine Güte, was war das nur für ein beschissener Tag?

KAPITEL

10

Als Hazel am nächsten Morgen aus dem Fenster sah, war Owens dunkelblauer Pick-up verschwunden. Er musste ihn schon früh genommen haben, um zur Klink zu fahren. Hazel hatte davon nichts mitbekommen. Etwas wehmütig blickte sie auf die matschigen Reifenspuren. Gern hätte sie wieder einen Morgenkaffee mit ihm getrunken.

Sie probierte es zweimal bei Mike, doch der ging nicht ran. Sicherlich würde er zurückrufen, wenn er sah, dass sie versucht hatte, ihn zu erreichen.

Die Aussicht, bis zur Gedenkfeier am Nachmittag hier untätig herumzusitzen oder rastlos durchs Haus zu tigern, schlug ihr aufs Gemüt. Sie musste sich ablenken. Und angesichts des leeren Kühlschranks war auch schnell klar womit. Sie schnappte sich ihr Handy und rief eine Karte von Nome auf, die ihr verriet, dass es neben einem Schnapsladen zwei Lebensmittelgeschäfte gab. Einen großen Supermarkt weiter draußen und einen kleineren nur zwei Straßen von ihrem Haus in der West 4th Ave entfernt. Der würde genügen.

Wenig später räumte sie zwei Tüten voller Einkäufe in den Kühlschrank. Die frische Luft draußen und das Gefühl, etwas Sinnvolles

zu erledigen, hatten ihr gutgetan. Zufrieden ließ Hazel sich in den dunkelgrünen Ohrenbackensessel plumpsen. Vielleicht würde sie Mike jetzt erreichen. Tatsächlich meldete er sich schon nach kurzem Klingeln.

»Hey, Schatz. Alles klar?«

»Hi, geht schon.«

»Wie ist es in Alaska?«

»Puh, ich weiß selbst nicht so genau, wenn ich ehrlich bin. Auf jeden Fall kalt. Ich habe eine neue Winterjacke.«

Mike lachte leise.

»Wie war euer Tauchgang gestern?«

»War gut! Die Seelöwen waren ganz aus dem Häuschen. Hat den Kunden natürlich gefallen. Aber woher weißt du, dass wir draußen waren? Hast du mit Leo gesprochen?«

»Nein, mit Claire.«

»Oh. Sie hat nicht gesagt, dass du angerufen hast. Hat sie bestimmt vergessen.«

»Bestimmt.« Nicht. Glaubte Mike eigentlich selbst an den Quatsch, den er da redete?

»Ich habe ein Haus geerbt und ein Boot«, wechselte Hazel das Thema. »Krass, oder?«

»Wow, cool. Kannst ja bei der Gedenkfeier schon mal streuen, dass du das Zeug loswerden willst. Dann hast du bestimmt bald einen Käufer, wenn es so weit ist.«

Sie runzelte die Stirn. Es gefiel ihr überhaupt nicht, wie Mike über Dads Erbe redete. Doch wenn sie ehrlich war, hatte sie es vor ein paar Tagen im Grunde doch genauso gesehen. Was hatte sich seitdem verändert?

»Du bist so still. Hab ich was Falsches gesagt?«

»Nein, schon gut«, winkte sie ab. »Ich weiß auch nicht. Die Gedenkfeier später beschäftigt mich. Keine Ahnung, was da auf mich zukommt. Und es wird bestimmt traurig.«

»Hm. Kann schon sein.«

Vergeblich hoffte Hazel auf ein tröstendes Wort. Sie wusste ja, dass Mike nicht gut war in solchen Dingen. Themen wie Tod oder Krankheit überforderten ihn völlig. Eigentlich ging er allem Negativen lieber aus dem Weg. Das war schon immer so gewesen. Doch nun, da sie allein in Nome saß und auf die Urne mit der Asche ihres Dads neben sich auf dem Beistelltisch blickte, da hätte sie sich so sehr gewünscht, er würde etwas Liebevolles oder Beruhigendes zu ihr sagen.

Hazel wusste, dass er diese Erwartungen enttäuschen würde. Und ebenso wusste sie, dass es fies war, ihm einen Strick zu drehen aus einer Verhaltensweise, die sie vorher jahrelang akzeptiert hatte.

»Ich muss mich noch fertig machen«, sagte sie daher, um einen möglichen Konflikt im Keim zu ersticken.

»Alles klar.«

Sie wollte schon auflegen, da hörte sie wider Erwarten seine Stimme noch mal. »Hazel?«

»Ja?«

»Du schaffst das. Ich denk an dich.«

Als Owen am Nachmittag bei ihr klopfte, war sie so aufgeregt, als müsste sie zu einem Bewerbungsgespräch. Dass ihr Dad so überraschend gestorben war, war einfach nur schrecklich. Eine dumme Gedenkfeier würde nichts daran ändern, nichts besser machen. Im Gegenteil, Hazel fühlte sich noch schlechter, da sie außer Owen dort wohl niemanden kennen würde. Doch wer sie war, würde sich

tuschelnd verbreiten: Charlies missratene Tochter, die ihn kein einziges Mal hier in Nome besucht hatte. Seufzend schälte sie sich aus dem Sessel und öffnete die Tür.

»Hallo!« Er zuckte kurz, als wäre er unschlüssig, ob er sie umarmen sollte. Hazel nahm ihm die Entscheidung der Begrüßungsform ab und ihn in die Arme. Er roch nach Duschgel und irgendwie nach Regen und Wind, der über das Land streichelte. Außerdem war der Dreitagebart vom Wochenende verschwunden.

»Geht es dir gut?«

Hazel nickte. Sie konnte ihm ja schlecht sagen, dass es sie selten vor etwas so sehr gegraut hatte wie vor dieser Gedenkfeier. Schnell schlüpfte sie in Schuhe und Jacke, schlang sich den Leinenschal um den Hals und ging mit ihm hinaus.

Am Auto standen die junge Frau, die Hazel am Vortag durch das Küchenfenster beobachtet hatte, und ein Junge von ungefähr sechs Jahren. Die Frau hatte das dunkelblonde wellige Haar locker hochgesteckt und trug roten Lippenstift passend zu ihrem rot-schwarz karierten Hemd. Sie kam Hazel mit ausgebreiteten Armen entgegen.

»Wie schön, dich kennenzulernen, Hazel. Ich bin Josie. Dein Verlust tut mir so leid!«

Sie drückte sie an sich. Hazel war so überrumpelt, dass sie lieber den Mund hielt. Ansonsten wäre sie wohl ins Stottern geraten.

»Du wirkst so überrascht? Hat Owen wohl gar nichts von mir erzählt?«

Hazel schnappte den Mund auf wie ein Fisch, der auf dem Trockenen lag. Doch Josie plapperte schon weiter. »Das macht er immer! Manchmal denke ich, ich bin ihm peinlich!« Sie gab Owen einen spielerischen Klaps auf den Arm und stellte den Jungen als Tim vor. Der Kleine strahlte dieselbe natürliche Ruhe aus wie Owen. Hazel schluckte. Auf diese geballte Ladung Familie war sie nicht vorbereitet

gewesen. Doch alles war besser, als allein zu dieser Gedenkfeier gehen zu müssen.

Sie kletterte zu Tim auf die Rückbank. Er hatte eine große Schüssel auf dem Schoß, die mit Alufolie bedeckt war. Auweia. Hazel hatte nichts von einem *Pot Luck* gewusst, sonst hätte sie natürlich auch etwas zu essen mitgenommen. Ihr Blick fiel auf Josie. Sie hatte eine große Kunststoffhaube auf den Knien, unter der höchstwahrscheinlich ein Kuchen steckte. Na, das fing ja schon mal gut an.

Die Fahrt dauerte nur wenige Minuten. Überhaupt hatte Hazel das Gefühl, dass man wohl jeden Ort in Nome innerhalb weniger Minuten erreichen konnte. Zu ihrem Erstaunen parkte Owen den Pick-up nicht vor einer Kirche.

»Das ist das Gemeindezentrum«, klärte Owen sie auf, als er ihren skeptischen Blick bemerkte.

»Hoffentlich haben sie die Deko vom Frühlingsfest schon abgebaut«, murmelte Josie. »Wobei, Blumen und Efeuranken gehen eigentlich immer, oder?«

Hazel nickte beklommen. Sie hatte angenommen, dass die Gedenkfeier sie überfordern würde. Dass dies jedoch in so vielfältiger Hinsicht geschehen würde, hatte sie nicht erwartet. Mit bangem Herzen stieg sie aus.

Als sich Owens und Hazels Blicke trafen, bemerkte sie, dass sie für ihn ein offenes Buch sein musste. Er machte ein Gesicht, als würde er sie am liebsten zurück in den Pick-up packen und mit ihr davonfahren. »Heute Abend gönnen wir uns ein Bier als Belohnung. Was meinst du?«, flüsterte er.

Der Vorschlag rührte sie. Hazel nickte und atmete tief durch. Dann streckte Owen ihr den Ellenbogen entgegen, bot ihr den Arm an wie ein Gentleman. Dankbar hängte sie sich bei ihm ein und versuchte den Gedanken zu verdrängen, wie seltsam das wirken musste, während seine Familie nebenherlief und das Essen trug.

Als sie hineingingen, wünschte Hazel sich, sie hätten tatsächlich die Deko des Frühlingsfests hängen lassen. Der Raum wirkte nämlich recht kahl und schmucklos. Tische und Stühle waren aufgestellt worden, und manche davon waren bereits besetzt. Hazel blieb mit Owen am Eingang stehen und sah sich überfordert um. Josie steuerte mit Tim im Schlepptau einen großen Tisch an, auf dem bereits allerlei Platten und Schüsseln abgestellt worden waren.

Wie in Trance starrte Hazel geradeaus. Dort hatte man auf der anderen Seite des Raumes ein großes Foto von ihrem Dad aufgestellt. Eine schwarze Schleife hing daran und Blumen lagen davor. Sie bemerkte, wie immer mehr Augenpaare sich ihr zuwandten. Plötzlich spürte sie Owens Hand auf ihrer. Hazel hätte ihn küssen mögen für diese Geste. Sie war nicht allein.

KAPITEL

11

Als sich Hazel mit Tränen in den Augen vom Foto ihres Dads abwandte, erblickte sie sie. Owen musste es ihr nicht sagen, sie war sich ohnehin sicher, dass das Abby sein musste. Sie hatte direkt an der ersten Sitzgruppe vor dem Foto Stellung bezogen. Die Tischplatte vor ihr war übersät mit Kuverts und Kondolenzkarten. Das Interessanteste jedoch war, dass Abby aussah wie eine rundlichere und blondierte Ausgabe ihrer Mom. Ein paar Jahre jünger war sie vielleicht auch.

Sie starrte Hazel an, und in ihrem Blick lag nichts Freundliches. Sie blieb ruhig sitzen und schien nicht im Traum daran zu denken, auf Hazel zuzugehen, obwohl sie mit Owen an ihrer Seite hundertprozentig wusste, wer sie war. Statt aufzustehen, verschränkte sie gar die Arme vor dem üppigen Busen. Anscheinend erwartete diese Abby tatsächlich, dass Hazel ihr ihre Aufwartung machte. Zorn wallte in ihr auf, und sie wischte sich die Tränen aus dem Gesicht.

»Das ist Abby«, flüsterte Owen neben ihr.

»Ich weiß.«

Energisch überbrückte Hazel die kurze Distanz zwischen ihnen, auch wenn ihr das Herz bis zum Hals schlug. Es war ihr zuwider, diese

abweisend wirkende Frau anzusprechen. Doch ihr Dad hatte sie aus irgendwelchen Gründen geliebt. Das musste sie ihr wohl als Bonus anrechnen.

»Guten Tag, ich bin Hazel«, sagte sie und streckte ihr die Hand entgegen. Abby wirkte überrascht. Langsam löste sie die Arme aus ihrer Verschränkung und schüttelte Hazels Hand.

»Hallo. Wer ich bin, weißt du ja anscheinend schon.«

Hazel nickte. »Ja, vielen Dank, dass du dich um diese Gedenkfeier hier gekümmert hast.«

»Jede Witwe richtet eine Gedenkfeier für ihren Mann aus.«

Sie starrten sich gegenseitig in die ernsten Gesichter. Für einen Moment war Hazel tatsächlich versucht klarzustellen, dass Charlie Bettys Mann gewesen war und Abby faktisch nicht seine Witwe. Sie biss sich auf die Unterlippe. Nein, sie würde sich nicht zu einer unnützen Diskussion hinreißen lassen. Nicht hier und nicht jetzt. Hazel rang um ein Lächeln und wandte sich ab. Dann drehte sie sich doch noch einmal zu Abby um. »Bring mir in den nächsten Tagen bitte Dads Wagen vorbei. Du kannst den Schlüssel einfach in den Briefschlitz werfen.«

Abbys Augen funkelten. Nun war wohl sie es, die sich auf die Lippe beißen musste, um eine Auseinandersetzung zu vermeiden.

»Ich seh schon, ihr werdet richtig gute Freundinnen«, flüsterte Owen mit hochgezogenen Augenbrauen, als sie zur anderen Seite des Saals gingen, wo Josie und Tim sich an einem Tisch niedergelassen hatten.

Auf halbem Weg kam ihnen Murphy entgegen. Er trug mit einem anderen Mann zusammen einen Kasten Bier zum Büfett. Zwei weitere Männer trotteten hinter ihm her. Als er sie passierte, tippte er sich zum Gruß mit dem Finger an die Schläfe. Hazel nickte ihm zu.

»Wer sind denn Murphys Begleiter?«, fragte sie Owen, als sie außer Hörweite waren.

»Sein Sohn, sein Bruder und sein Schwager. Die vier streiten sich meistens wie die Kesselflicker, vor allem, wenn sie etwas getrunken haben. Aber so schnell, wie sie aufeinander losgehen, so schnell vertragen sie sich auch wieder. Spätestens zum Start der Sommersaison sind sie immer ein Herz und eine Seele, da sie seit Jahren gemeinsam schürfen. Murphy behauptet immer, durch die Adern seiner Familie würde kein Blut fließen, sondern Gold.« Aus Owens Tonfall war nur zu gut herauszuhören, dass er nicht besonders viel von dem Konkurrenten und seinen Kumpanen hielt.

Als sie sich schließlich zu Josie und Tim an den Tisch setzten, kam Hazel sich vor wie das fünfte Rad am Wagen. Insgeheim war sie froh, als die beiden sich kurz entschuldigten, um Abby ihr Beileid auszusprechen.

Die Gedenkfeier war bei Weitem nicht so schwermütig und steif, wie Hazel es erwartet hatte. Ein Pastor hielt eine Rede, die viele Floskeln und wenig Inhalt hatte. Hazel hörte nur mit halbem Ohr hin und war froh um deren Oberflächlichkeit, denn sie hatte schon befürchtet, dass die Rede recht traurig werden könnte. Viele Leute nickten ihr zu, und ein paar kamen auch zu ihr, erzählten, woher sie ihren Dad gekannt hatten, und wechselten ein paar Worte mit ihr. Wider Erwarten tat der Kontakt ihr gut. Bis auf Abby hatte sie nicht das Gefühl, dass die Anwesenden ihr feindlich oder skeptisch gesinnt seien. Und Owen hatte sich zu einem Fels entwickelt, an dem sie sich festklammern konnte, sobald sie ins Wanken geriet.

Ein kleiner gemischter Chor aus Frauen und Männern jeden Alters sang *Amazing Grace*. Es war eine wunderbare Vorführung, die Hazel so perfekt inszeniert nicht erwartet hätte und die sie augenblicklich zu

Tränen rührte. Doch nicht nur ihr ging es so. Überall im Saal wurde plötzlich geschnieft und sich über die Augen gewischt, als der Gesang, der nur von leisen Gitarrenklängen begleitet wurde, ertönte.

Schließlich kam Margret an ihren Tisch, herzte sie mit feuchten Augen und drückte ihr ein Kuvert in die Hand.

»Ich habe meine Fotos durchgesehen und bin dabei auf ein schönes von Charlie gestoßen. Ich dachte, vielleicht möchtest du es gern haben«, sagte sie mit Blick auf das Kuvert.

Vorsichtig zog Hazel das Bild heraus. Es zeigte ihren Dad und Owen, wie sie bei einem Bier im *Scubadoo* saßen. Beide grinsten ausgelassen in die Kamera. Sofort schossen Hazel erneut Tränen in die Augen. Doch war es diesmal nicht so sehr die Trauer, die nach ihrem Herzen griff. Vielmehr war sie gerührt, dass Margret ihr diesen Schnappschuss mitgebracht hatte.

»Das war an dem Tag, an dem dein Dad seinen kleinen Tauchertreff eröffnet hat«, erzählte Margret weiter. »Ich weiß noch, dass am Anfang gar keine Goldsucher kamen, das musste sich erst rumsprechen. Aber er hat die Hütte trotzdem jeden Abend für zwei Stunden aufgesperrt. Er war ein echter Idealist.« Sie lächelte beim Gedanken daran. »Ja, und nach ein paar Wochen war die Hütte voll.«

»Vielen Dank, Margret. Das bedeutet mir viel«, sagte Hazel mit belegter Stimme.

Während Margret zwei Tische weiterging, um dort ein Pläuschchen zu halten, steckte Hazel das Foto wieder ins Kuvert und verstaute es dann in ihrer Jackentasche. In dem Moment kamen Josie und Tim mit Getränken zurück. Der Junge schob Hazel eine Cola zu.

»Danke schön.« Sie atmete tief durch.

»Du schlägst dich gut«, sagte Josie unvermittelt.

Hazel trank einen Schluck ihrer Cola und zuckte mit den Schultern. Es war unangenehm warm im Saal. Man hatte es mit dem Ein-

heizen eindeutig etwas zu gut gemeint. Hazel zog ihren Pullover aus, zum Glück hatte sie ein Shirt daruntergezogen. Owen schien es auch warm zu sein, er leerte seine Cola in einem Zug.

»Eine Hitze ist das hier!«, sprach Josie aus, was sie alle dachten. »Hoffentlich matscht mein Kuchen nicht zusammen.«

»Mir ist langweilig«, meldete sich da Tim zu Wort.

Hazel musste schmunzeln. Sie konnte es dem Jungen nicht verdenken. Die meisten Erwachsenen hatten ja schon keine Lust auf solche Veranstaltungen.

Josie tätschelte ihm mütterlich die Hand. »Geh doch noch mal zum Büfett und hol Onkel Owen noch was zu trinken, ja?«, sagte sie zu ihrem Sohn.

Hazel stutzte. »Onkel Owen?«

Tim trollte sich seufzend. Die anderen beiden sahen sie fragend an.

»Ihr seid Geschwister?«

»Natürlich. Was dachtest du denn?«

»Ich dachte, ihr seid ein Paar und Tim euer Sohn«, gab Hazel etwas peinlich berührt zu.

»Gott bewahre!«, rief Owen lachend aus und hob abwehrend beide Hände.

»Nein, also wirklich nicht«, schob Josie kopfschüttelnd nach. »Wir sind Zwillinge! Zweieiige natürlich. Owen hat Freundlichkeit und Verstand bekommen und ich Schönheit und Courage.« Sie grinste ihren Bruder frech an, der zog demonstrativ eine Augenbraue hoch und schüttelte den Kopf.

Hazel fand, dass die beiden durchaus ein schönes Paar abgegeben hätten. Und doch fühlte sie sich eigenartig erleichtert.

Nachdem das Büfett mit den mitgebrachten Speisen geplündert worden war, verabschiedete sich ein Großteil der Gäste. Murphy und seine Begleiter waren gut dabei, ihren Bierkasten zu leeren. Tim sah auf seine Armbanduhr und erntete dafür einen bösen Blick von seiner Mom.

»Möchtest du noch bleiben?«, fragte Owen. Hazel schüttelte den Kopf. Als sei dies das Kommando zum Aufbruch, sprang Tim auf, und Josie sah ihn erneut tadelnd an.

»Schon gut«, sagte Hazel lächelnd. »Du hast dich wacker geschlagen. Hast du mit deiner Mom wenigstens eine Belohnung für das lange Stillsitzen ausgehandelt?« Sie zwinkerte dem Jungen verschwörerisch zu.

»Okay, okay«, lenkte Josie ein. »Wie wäre es mit einem Film deiner Wahl, und ich mache dir frisches Popcorn dazu?«

Tim strahlte.

Sie standen auf und schlüpften in ihre Jacken, die sie hinter sich über die Stuhllehnen gehängt hatten. Hazel winkte Margret zu, dann gingen sie hinaus zu Owens Wagen. Die kurze Heimfahrt über lauschten sie der Musik, die aus dem Autoradio drang. Josie sang leise mit.

Als sie zu Hause ankamen, debattierte sie mit Tim lautstark darüber, welchen Film sie nun ansehen wollten. Unschlüssig blieb Hazel neben dem Wagen stehen. Da drehte Owen sich zu ihr um und kam näher.

»Was ist? Wir wollten noch ein Bier trinken. Oder möchtest du lieber heimgehen?«

Erleichtert schüttelte sie den Kopf. Hazel hatte sich nicht aufdrängen wollen. Schließlich hatte Owen sich ohnehin schon so viel Zeit für sie genommen. Auch wenn Josie und er kein Paar waren, wie sie angenommen hatte, kam sie sich blöd vor, ihn zu sehr in Beschlag zu nehmen.

»Ich hole uns etwas zu trinken raus«, beschloss Owen. »Wie ich die beiden kenne, wird gleich irgendein Disneyfilm durch das Haus dröhnen. Sie bevorzugen die, in denen gesungen wird.« Er rollte mit den Augen.

Schmunzelnd ließ Hazel sich auf den Stufen zur Veranda nieder. Sie sah in den blassblauen Himmel. Wenig später setzte Owen sich neben sie und reichte ihr eine Flasche.

»Weißt du, was ich hier wirklich vermisse?«, fragte Hazel mit Blick in die Ferne.

»Die Nacht.«

Überrascht sah sie ihn an. »Woher weißt du das?«

»Viele Neuankömmlinge haben Probleme mit der Helligkeit. Schläfst du sehr schlecht?«

»Es geht. Die erste Nacht war der Horror. Letzte Nacht ging es einigermaßen.«

Sie stießen mit ihren Flaschen an und tranken. Das Bier war angenehm herb und kühl.

»Aber auch unabhängig vom Schlafen«, fuhr Hazel fort, »wäre es nicht schön, am Abend einen funkelnden Sternenhimmel über sich zu haben?«

»Stimmt schon. Dann wäre unser Treffen hier richtig romantisch.«

Ein Lächeln huschte über ihr Gesicht. Er hatte den Kopf schief gelegt und sah sie forschend an. Hazel wurde warm unter seinem Blick. Sie überspielte die Situation, indem sie einen weiteren Schluck von ihrem Bier nahm.

»Was ist eigentlich mit Tims Dad?«, fragte sie, um das Thema zu wechseln.

»Puh!« Owen stieß geräuschvoll die Luft aus. Sie war sich nicht sicher, ob seine Reaktion ihrem abrupten Themenwechsel oder Tims Dad galt. »Er ist ein Arsch.«

Wenn Owen das so unverblümt sagte, dann musste einiges dahinterstecken. Bisher hatte sie ihn eher als diplomatisch kennengelernt.

»Er hat Josie sitzen lassen, als sie schwanger wurde, und sich auch später nie um die beiden gekümmert.«

Hazel kniff die Lippen aufeinander. »O nein.«

Owen nickte. »O doch.«

»Umso schöner ist es, dass sie dich haben.«

Er schwieg und trank einen Schluck.

»Ich bin auch froh, dass ich dich habe«, flüsterte sie. Hazel spürte seinen Blick, doch sie sah ihn nicht an. »Wie du dich um mich gekümmert hast, seit ich hier angekommen bin … und auch heute bei der Feier. Ich weiß nicht, was ich ohne dich gemacht hätte.«

Er winkte ab. »Ach, du übertreibst.« Ihr Geständnis schien ihm etwas peinlich zu sein.

»Nein, ich übertreibe nicht. Vielen Dank dafür.«

»Ich bin gern für dich da, Hazel.«

Er legte den Arm um sie, und sie lehnte den Kopf an ihn. Vielleicht brauchte es doch keinen funkelnden Sternenhimmel für einen schönen Abend.

Kapitel

12

Hazel hatte lange geschlafen und es sich dann gemütlich gemacht, um sich von George Orwell ins Jahr 1984 entführen zu lassen. Sie hatte das Buch in Dads Wohnzimmerregal entdeckt. Beim Lesen und Tauchen verging die Zeit erfahrungsgemäß wie im Flug, und sie hatte wohl noch ein paar Stunden totzuschlagen, bis das Eis vollständig geschmolzen war. Owen hatte ihr Hoffnungen gemacht, dass sie am kommenden Wochenende vielleicht schon rausfahren konnten.

Plötzlich ließ ein Klappern sie aufschrecken. Es war der Briefschlitz in der Haustür. Jemand hatte einen Schlüsselbund hindurchgeworfen, der lautstark auf den Boden gescheppert war. Abby.

Hazel lauschte einen Augenblick, doch niemand klopfte. Stattdessen meinte sie leise Schritte zu hören, die sich entfernten. Sie stand auf und ging ans Fenster. Tatsächlich sah sie Abby gerade noch in die Straße einbiegen und hinter dem *Scubadoo* verschwinden. Sie atmete erleichtert aus. Im Grunde war sie froh darüber, nicht mit ihr reden zu müssen. Dann fiel ihr Blick auf das Auto, das nun in der Einfahrt vor dem Haus stand. Du meine Güte!

Mit Mühe konnte Hazel erkennen, dass es wohl ein Ford Pick-up war. Das Modell war etwas kleiner als Owens Wagen und hatte keine

Rücksitze. Doch die Farbe war nicht zu sehen. Das Auto war von den Reifen bis zum Dach völlig verdreckt. Ungläubig schnappte sie nach Luft. Das waren keine normalen Gebrauchsspuren. Abby musste den Pick-up absichtlich mit Schlamm einbalsamiert haben. Anders konnte sie sich den Anblick nicht erklären.

Sie hob den Schlüsselbund vom Boden auf. Neben dem Autoschlüssel hingen noch zwei weitere daran. Hazel verglich sie mit dem Hausschlüssel und dem für die *Scubadoo*-Hütte. Sie stimmten überein. Der metallene Anhänger sah aus wie aus einem Souvenirshop. Auf türkisem Hintergrund prangten in leuchtend gelben Buchstaben die Worte *Nome sweet Nome*. Ja, das war genau der Humor ihres Dads.

Sie suchte sich auf ihrem Handy eine Waschstation heraus und zog sich an. So konnte sie das Auto jedenfalls nicht lassen. Was für eine Sauerei!

Als sie hinausging und sich das Fiasko aus der Nähe anschaute, sah sie deutlich Fingerspuren und Handabdrücke in der Schlammkruste, die den Wagen umgab. Anscheinend hatte sie mit ihrer Vermutung richtiggelegen, und Abby hatte sich daran ausgetobt. Owen hatte es ja vorhergesehen, sie würden keine Freundinnen werden. Doch dieses Ausmaß an Feindlichkeit erstaunte Hazel.

Kopfschüttelnd sperrte sie auf und schwang sich auf den Fahrersitz. Natürlich bog sie erst einmal falsch ab, aber wenig später rollte sie auf den Hof einer Autowerkstatt, die auch einen Carwash-Service anbot.

Sie war gerade ausgestiegen, da kam schon ein Mann aus dem Gebäude und auf sie zu. Er trug einen Overall, dem deutlich anzusehen war, dass er damit unter dem einen oder anderen Auto herumgekrochen war. Auf seinem Kopf trug er verkehrt herum eine Basecap, aus der dunkelblonde Locken quollen.

»Verdammt! Da haben Sie wohl jemandem ins Müsli gespuckt, was?« Belustigt strich er sich über den struppigen Bart.

»Sieht fast so aus. Können Sie mir damit helfen?«

»Klar, das kriegen wir hin. Wird aber ein bisschen dauern. Gehen Sie doch einen Kaffee trinken. Die Straße runter ist ein Coffeeshop. In einer Stunde können Sie den Wagen wieder abholen.« Er deutete an Hazel vorbei, um ihr die Richtung zu zeigen.

»Vielen Dank, das klingt wunderbar. Bis dann!« Sie gab ihm den Autoschlüssel und spazierte los. Tatsächlich stieß sie nach wenigen Häusern auf ein kleines Lokal. Der Kaffee war stark, fast bitter. In Verbindung mit der Mitternachtssonne würde sie diese Nacht ihr Buch womöglich noch zu Ende lesen. Sie überflog die Artikel einer Zeitung, die jemand dort am Tisch hatte liegen lassen.

Die Bedienung fragte sie beständig, ob sie sicher sei, dass sie nicht noch etwas bestellen wolle. Doch eine zweite Tasse des Gebräus kam nicht infrage, und Hunger hatte sie auch keinen. Also verließ Hazel das Café einige Minuten zu früh. Dann würde sie eben noch eine Runde um den Block spazieren.

Kaum war sie um die nächste Ecke gebogen, bereute sie ihren Entschluss. Denn sie rannte direkt in Murphy hinein. Wie auch am Vortag bei der Gedenkfeier, hatte er seine drei Verwandten im Schlepptau.

»Hoppla!«, rief er überrascht. »Wie schön, Sie zu treffen!«

Das Vergnügen war ganz seinerseits.

»Entschuldigung.« Sie lächelte unverbindlich und wollte sich an ihm vorbeischieben, doch er trat ihr in den Weg.

»Nicht so eilig, lassen Sie uns doch kurz reden.«

»Tut mir leid, ich habe leider gerade gar keine Zeit.« Sie sollte sich dringend ein Repertoire an besseren Ausreden zulegen, für den Fall, dass sie Murphy in den nächsten Tagen noch öfter über den Weg lief.

Diese hier beeindruckte ihn jedenfalls nicht im Geringsten. Statt den Weg frei zu machen, bauten sich nun auch noch seine Kumpane seitlich von ihm auf, sodass Hazel nicht weiterkam.

»Haben Sie über mein Angebot nachgedacht?«

Angebot? So hätte sie seinen überfallartigen Vorstoß im *Scubadoo* nicht unbedingt genannt.

»Wenn Sie mit *Angebot* meinen, dass Sie wenige Tage nach dem Tod meines Dads versucht haben, für lau auf seinem Claim zu schürfen, nein, darüber habe ich nicht nachgedacht«, platzte sie heraus.

Amüsiert schob Murphy seine Zunge in eine große Zahnlücke hinter seinem Eckzahn und schmatzte abschätzig. »Sieh an, bei der kleinen Archer regt sich der Geschäftssinn, was?«

Hazel schnappte nach Luft, um ihm zu widersprechen, doch er hob abrupt die Hand und brachte sie so zum Schweigen. Für eine Sekunde hatte sie gedacht, er wolle sie ohrfeigen.

»Das war ein Missverständnis. Natürlich bin ich gern bereit, eine Lizenz zum marktüblichen Preis zu erwerben.«

Der bullige Typ schräg hinter ihm rieb sich die Hände. Hazel war sich unsicher, ob er sich auf besagte Lizenz freute oder ob die Geste eine Drohung andeuten sollte. Diese ganze Situation hier allein mit diesen vier wenig vertrauenserweckenden Gestalten fühlte sich ganz und gar nicht gut an.

»Also, abgemacht?« Auffordernd streckte Murphy ihr die Hand entgegen.

Hazel schüttelte den Kopf. »Ich habe Ihnen schon gesagt, dass ich erst darüber nachdenke, wenn alle Formalitäten geklärt sind.«

Ihr Gegenüber schnaubte.

»Außerdem, wer weiß? Vielleicht versuche ich ja selbst mein Glück beim Goldtauchen. Ich muss mir das erst alles in Ruhe überlegen.«

Murphy zog die Augenbrauen zusammen und sah sie finster an. »Ach, daher weht der Wind«, murmelte er und stützte sich mit der Hand neben Hazel an der Hauswand ab. Seine Begleiter rückten auf und umringten sie. Verdammt, sie hätte sofort den Rückzug antreten sollen, als sie ihn erblickt hatte.

»Hat dich also das Fieber schon gepackt, Kleines? Wir könnten uns ja zusammentun. Wir haben einen großen Bagger.«

»Gut zu wissen. Wie gesagt, es ist mir noch zu früh, solche Entscheidungen zu treffen.« Sie bemühte sich, ihre Stimme fest klingen zu lassen, obwohl sie es langsam, aber sicher mit der Angst zu tun bekam.

Murphy beugte sich ihr etwas entgegen. »Das ist ein hartes Geschäft. Du solltest sehr, sehr vorsichtig sein.«

»Wollen Sie mir etwa drohen?«, gab sie sich kämpferisch, obwohl sie längst davongerannt wäre, hätte sie einen Ausweg aus Murphys Fängen gesehen.

Er grinste dreckig. »Ich sehe, wir verstehen uns.«

Mit einem Ruck stieß er sich von der Hauswand ab, tippte sich zum Abschied an die Stirn und verschwand mit seinem stummen Gefolge hinter der nächsten Hausecke.

Regungslos blieb sie stehen. Beinahe wartete sie darauf, dass sie noch einmal zurückkommen würden, um ihren Worten Taten folgen zu lassen und ihr eine Abreibung zu verpassen. Dann ließ sie sich mit dem Rücken gegen die Hauswand fallen und atmete tief durch. Erst Abby und jetzt auch noch Murphy. Sie verstand es anscheinend bestens, den Leuten hier auf die Füße zu treten.

KAPITEL

13

Dads Pick-up glänzte in seiner dunkelgrünen Metalliclackierung, obwohl die Sonne nicht schien. Ein wirklich schöner Wagen.

»Fantastisch, vielen Dank!«, sagte sie und bezahlte.

»Am Heck sind leichte Kratzer. Wahrscheinlich waren ein paar Sandkörner im Schlammbad.«

Kurz spielte sie mit dem Gedanken, Abby eine Rechnung für die Autowäsche und eventuelle Lackierarbeiten zu schicken. Doch nach der Begegnung mit Murphy eben hatte sie keine Lust auf weitere Konfrontationen.

»Aber ansonsten ist der Wagen toll in Schuss. Wenn Sie ihn mal verkaufen möchten, melden Sie sich gern.« Der Mechaniker drückte ihr eine Visitenkarte in die Hand.

Hazel nickte. Wie es aussah, würde sie keine Probleme haben, Dads Erbe an den Mann zu bekommen, egal ob Claim oder Auto. Ein beklemmendes Gefühl legte sich um ihren Brustkorb. Schnell stieg sie in den Pick-up und rollte vom Hof. Der Mechaniker winkte ihr freundlich nach und verschwand dann wieder in seiner Werkstatt.

Erst cruiste Hazel ziellos durch den Ort, hielt schließlich am Supermarkt und kaufte für die nächsten Tage ein paar Lebensmittel und

ein Duschgel mit einem etwas sommerlicheren Duft als das, das sie in Dads Schrank gefunden hatte. Nach dem Einkaufen kam sie an einem Wegweiser vorbei, auf dem *Norton Sound Regional Hospital* stand.

Owen hatte ihr erzählt, dass er dort gerade sein Assistenzarztpraktikum absolvierte. Immer wieder hatte sie seitdem darüber nachgedacht, aber sie konnte sich ihn nur schwer im Arztkittel vorstellen. Sie schmunzelte bei dem Gedanken und bog spontan ab, um wenigstens von außen einmal einen Blick auf seine Arbeitsstelle zu werfen.

Bald tauchte ein mit rostroten Fassadenplatten verkleideter Bau mit großzügigen Fensterfronten vor ihr auf. Trotz der eher dunklen Farbe wirkte er freundlich. Zumindest von außen betrachtet schien Owen es gut getroffen zu haben.

Hazel stellte den Pick-up auf dem weitläufigen Parkplatz vor dem Krankenhaus ab. Sie ließ ihren Blick über die Fassade schweifen, da brummte ihr Handy in der Mittelkonsole. Es war Mike.

»Hi, Mike. Schön, dass du anrufst.«

»Hey, was machst du gerade?«

Hazel fühlte sich ertappt. Alles in ihr sträubte sich dagegen, zuzugeben, dass sie gerade ihren neuen Nachbarn stalkte.

»Ich, ähm, ich fahre ein bisschen rum.«

»Mit dem Auto deines Dads? Was ist es denn für eins?«

Sie erzählte ihm vom Pick-up und wie verdreckt Abby ihn ihr vor die Tür gestellt hatte.

»Ach je, da oben geht's ja ab. Wird Zeit, dass du wieder nach Hause kommst.«

»Hmm.«

»Was ich noch sagen wollte …«

Hazel horchte auf. Mikes Tonfall hatte sich verändert und verriet ihr, dass er ihr gleich etwas erzählen würde, von dem er ausging, dass es ihr nicht gefiel.

»Ich habe Betty gerade zufällig getroffen.«

Hazel entspannte sich. Doch keine unangenehmen Neuigkeiten.

»Und?«

»Na ja, Claire und ich waren im Supermarkt, um ein paar Besorgungen zu machen. Ich wollte dir das sagen, damit du es nicht von deiner Mom erfährst. Ich weiß ja, dass du etwas sensibel auf Claire reagierst.«

Zu früh gefreut. Was sollte das denn? Hazel überlegte, warum Mike extra anrief, um sich zu rechtfertigen, wenn es doch angeblich gar keinen Grund dafür gab. Und wieso waren Claire und er denn am Vormittag zusammen unterwegs, um einzukaufen? Das ergab doch alles keinen Sinn.

»Ist Claire jetzt inzwischen rund um die Uhr bei dir, oder was?«, fragte sie in die unangenehm werdende Stille hinein.

»Sie hilft mir eben. Du bist ja nicht da«, kam es trotzig zurück.

»Ist das dein Ernst? Du ersetzt mich prompt, weil ich mal ein paar Tage weg bin?«

»So war das doch überhaupt nicht gemeint!«

»Wie war es denn dann gemeint?«

»Hey, ich habe dich angerufen, weil ich einen Streit vermeiden wollte, und nicht, damit du mich jetzt anmeckerst.«

Angestrengt rieb Hazel sich über die Augen. Selbst mit knapp dreitausend Meilen Abstand ging ihr Claire noch auf die Nerven.

»Hättest du es mir denn auch erzählt, wenn Betty euch nicht begegnet wäre?«, fragte sie müde.

»Wahrscheinlich nicht. Aber wundert dich das bei deiner Reaktion?«

»Es wundert mich nicht, nein«, gab Hazel zurück. Mit jedem Wort wurde sie wütender. Mike verstand es mal wieder ausgezeichnet, den Unschuldsengel zu spielen. »Aber ein bisschen seltsam finde

ich es schon, dass du nicht ein paar Tage ohne weiblichen Beistand auskommen kannst. Ich dachte, du bist ein Mann und kein Baby.«

Eine lange, spannungsgeladene Pause entstand.

»Das raue Klima in Alaska hat anscheinend schon auf dich abgefärbt. Bleib lieber nicht mehr so lange dort, sonst …«

»Sonst was?«

Mike schnaubte. »Sonst erkenne ich dich nicht wieder, wenn du zurückkommst!«

Hazel biss sich auf die Unterlippe. Irgendwie hatte sie das ungute Gefühl, dass Mike etwas anderes hatte sagen wollen.

»Habt ihr heute wieder einen Tauchgang?« Sie wollte das Gespräch nicht im Streit beenden.

»Ja, Leo kommt in gut zwei Stunden vorbei.«

Es lag Hazel auf der Zunge, zu fragen, ob Claire sie wieder fahren würde, doch sie schluckte die Frage mühsam hinunter.

»Na, dann viel Spaß. Falls du einen Delfin triffst, streichle ihn von mir, ja?«

Sie bemühte sich um einen lockeren Tonfall, und auch Mike wollte sich anscheinend wieder mit ihr vertragen.

»Mach ich«, sagte er. »Pass auf dich auf.«

Nachdem die Verbindung längst unterbrochen war, starrte Hazel noch eine Weile trübsinnig vor sich hin. Die räumliche Distanz zwischen ihnen tat Mike und ihr nicht gut. Ein paar Tage erst war sie aus San Diego fort, doch sie hatte schon jetzt das Gefühl, dass sie sich nicht nur auf der Landkarte voneinander entfernt hatten. Seit sie sich im Studium kennengelernt hatten, war kaum ein Tag vergangen, an dem sie nicht zusammen gewesen waren. Vielleicht hatten sie nie gelernt, aufeinander zu warten.

Das Martinshorn eines Krankenwagens riss sie aus ihren Grübeleien. Meine Güte, sie stand immer noch auf dem Parkplatz und

glotzte die Mauern an, hinter denen Owen gerade arbeitete. Vielleicht war sie nicht besser als Mike? Vielleicht waren sie es einfach nicht gewohnt, allein zu sein? Vielleicht war Claire ihm eine Freundin, so wie Owen ihr ein Freund war?

Unwillig schüttelte sie die Gedanken ab und startete den Motor. Das waren eindeutig zu viele *Vielleichts* für ihren Geschmack. Und außerdem war es ein Fakt, dass Claire Mike seit Langem anhimmelte. Wenn sie zurück in San Diego war, würde sie die Fronten ein für alle Mal klären und dafür sorgen, dass die Kleine ihre Fahrdienste in Zukunft jemand anderem anbot.

KAPITEL

14

Dank George Orwell kam bei Hazel keine Langeweile auf. Sie las den ganzen Nachmittag, und auch am nächsten Tag unterhielt der Klassiker sie noch für ein paar Stunden. Als es Abend wurde, fragte sie sich jedoch unwillkürlich, ob ihr Dad womöglich nur etwas mit dieser schrecklichen Abby angefangen hatte, weil in seinem Haus ein Fernseher fehlte.

Gerade stöberte sie sich erneut durch sein Bücherregal, da klopfte es an der Haustür.

Sie öffnete sie einen Spalt und spähte hinaus, es war Owen. Sein dunkelbraunes Haar hing ihm in feuchten Strähnen in die Stirn. Es hatte zu regnen begonnen.

»Hey, wir haben Pizzateig vorbereitet. Möchtest du vielleicht mit rüberkommen?«

Hazel freute sich, ihn wiederzusehen, und nach dem einsamen Lesemarathon war sie dankbar für die Einladung.

»Sehr gern! Soll ich etwas zum Belegen mitbringen? Ich hätte Mais und Salami.«

»Nicht nötig. Josie hat alles Mögliche eingekauft. Ich habe den Fehler gemacht, ihr meine Karte mitzugeben. Jetzt haben wir ausgesorgt für die nächsten Wochen.«

»Warte, wenigstens ein kleines Dankeschön!« Sie lief schnell in die Küche und schnappte sich die Rotweinflasche, die sie im Supermarkt mitgenommen hatte.

»Oh, da wird sich die Köchin freuen. Josie liebt Rotwein.«

Hastig zog sie sich Jacke und Schuhe an und schlüpfte zu Owen hinaus. Nach ein paar Schritten kam ihr die Begegnung mit Murphy in den Sinn. Deshalb drehte sie noch einmal um und sperrte die Tür ab. Zwar war sie sich ziemlich sicher, dass er es erst einmal dabei belassen und nicht gleich wieder auftauchen würde, aber sicher war sicher.

»Hey, du hast ja den Wagen wieder!«, bemerkte Owen mit Blick auf Dads Pick-up.

»Frag nicht«, winkte Hazel ab.

Als sie Owens Haus betraten, kamen ihnen leise Klänge entgegen. Sie erinnerte Hazel sofort an die Musik, die immer in dem italienischen Lokal gegenüber ihrer Wohnung in San Diego lief.

»Hallo, Hazel, schön, dass du Zeit hast!«, rief Josie aus der offenen Küche. Sie hatte sich wieder die Schürze umgebunden. Ihre Wange war mit Mehl verschmiert. Sie sah süß aus und als wäre sie voll in ihrem Element.

»Wir machen heute einen Italienischen Abend!« Sie drehte sich zur Musik um die eigene Achse und schwang dabei das Salatbesteck.

»Oje, ich habe Wein aus Südafrika statt aus Italien mitgebracht«, bemerkte Hazel grinsend.

»Wein passt immer!« Fröhlich tanzte Josie zu einer Vitrine im Esszimmer und nahm zwei Weingläser heraus.

»Für mich nicht. Ich trinke lieber ein Bier«, winkte Owen ab.

»Ich ehrlich gesagt auch«, sagte Hazel.

Josie rollte mit den Augen und murmelte etwas von Banausen, während sie ihre Jacken auszogen.

Tim tauchte mit einer Flasche Sprite auf und begrüßte sie.

»Denk dir nichts, Mom hat gerade wieder einmal ihre Fernwehphase«, erklärte Tim altklug. Er und Owen zwinkerten sich verschmitzt zu.

»Schön, dass ihr mich eingeladen habt. Heute habe ich zum ersten Mal hier einen Fernseher vermisst.«

Owen lachte auf. »O nein, so schlimm? Gestern ist es im Krankenhaus spät geworden, sonst hätte ich nach dir gesehen.«

Hazel winkte ab. Das Letzte, was sie wollte, war, dass Owen dachte, er müsse nach einem langen Arbeitstag noch nach ihr sehen. »Halb so wild. Ich habe in Dads Bücherregal gestöbert.«

Sie setzten sich an den großen Holztisch, der in dem offenen Bereich zwischen Küchentheke und Wohnzimmer stand. Das Haus war in hellen Farben und Erdtönen gehalten. Das Einzige, was farblich aus dem Rahmen fiel, waren bunte Kindergemälde, die die Wand neben der Treppe zierten. Hazel fühlte sich sofort wohl.

Tim kam aus einer Tür hinter der Küchentheke, wo Hazel eine kleine Speisekammer vermutete, und stellte ihnen zwei Bier auf den Tisch. Anscheinend hatte er ihre Unterhaltung über die Getränke vorhin mitbekommen. Dann ging er in die Küche zurück und naschte unter Josies Gezeter aus den vorbereiteten Schüsselchen für den Pizzabelag.

»Was hast du denn gelesen?«, nahm Owen das Thema wieder auf.

»1984 von George Orwell.«

»Ach ja?«, fragte er überrascht.

Sie öffnete ihr Bier. »Wieso verwundert dich das?«

»Ich weiß nicht.« Er zuckte mit den Schultern. »Ich dachte, ihr Mädels lest lieber Liebesromane.«

»Denkst du ernsthaft, ich würde in Dads Regal einen Liebesroman finden?« Sie kicherte. Ihr Dad hatte gern und viel gelesen. Die meis-

ten seiner Bücher waren allerdings *furztrocken*, wie Betty immer zu sagen pflegte. Da hatte sie mit Orwell gerade noch Glück gehabt.

»Vielleicht, Charlie steckte voller Überraschungen.«

Sie prosteten sich zu.

»Wenn Hazel auf Dystopien mit Staatsgewalt und Überwachung und so etwas steht, solltet ihr vielleicht mal einen Ausflug zu den White-Alice-Towers machen!« rief Josie von der Küchentheke her. Sie zwinkerte ihrem Bruder so auffallend zu, dass Hazel sich unweigerlich fragte, ob sie ihren Vorschlag so grandios fand oder ob sie sie womöglich verkuppeln wollte. Etwas irritiert sah sie zwischen den beiden hin und her.

»Na ja«, ging Owen nur zögerlich darauf ein. »Das ist thematisch jetzt schon etwas sehr weit hergeholt.«

»Meine Güte, du wieder.« Schließlich wandte Josie sich einer Schüssel zu, lüftete das Geschirrtuch, das darüber lag, und warf einen prüfenden Blick hinein.

»Was sind denn die White-Alice-Towers?«, fragte Hazel, während Owen anscheinend peinlich berührt imaginäre Fusseln von der Tischplatte wischte.

»Das sind große Funktürme. Sie gehörten zu einem Kommunikationssystem der Air Force und entstanden irgendwann im Kalten Krieg.«

»Das hört sich an, als würden sie heute nicht mehr benutzt werden.«

»Nein, sie fielen dem technischen Fortschritt zum Opfer. Das Richtfunksystem wurde durch die Satellitenkommunikation ersetzt. Irgendwann in den Siebzigern, glaube ich.«

»Ah, verstehe. Und die Türme stehen da jetzt einfach so rum?«

»Ja, es ist ein interessanter Ort. Unwirklich irgendwie. Josie weiß, dass ich gern dort bin. Aber das ist nicht jedermanns Sache. Deshalb

fände sie es wohl cool, wenn dich so etwas auch interessieren würde. Sie will bestimmt vorbeugen, dass sie mich nicht begleiten muss.« Er lächelte ihr entschuldigend zu. Seine Worte klangen verdammt nach einer Ausrede. Josies direkte Art machte es ihm anscheinend nicht immer leicht. Insgeheim fragte sie sich, woher dieser Verkupplungsversuch kam. Fand Josie einfach, dass sie gut zusammenpassen würden, oder hatte Owen womöglich irgendetwas gesagt? Irgendetwas, was sie glauben ließ, er würde sie mögen?

»Ich würde sehr gern mitkommen, wenn du Lust hast, mir die Türme zu zeigen.«

»Super! Es sind nur etwa fünf Meilen von hier. Wir könnten abends mal hochfahren. Ich kann nur meistens schlecht vorhersagen, wann ich aus der Klinik komme.«

»Das ist kein Problem. Ich habe ja keine Verpflichtungen hier. Nicht mal einen Fernseher«, antwortete sie. »Ich werde auf dich warten.« Der Satz hatte witzig klingen sollen, war aber nur halb so lustig rübergekommen wie beabsichtigt. Hazel biss sich auf die Unterlippe, als Owen sie aufmerksam anblickte. In seinem Mundwinkel hing noch der Rest eines Lächelns. Doch mit seinen dunkelbraunen Augen fixierte er sie forschend und intensiv, als tastete er sie ab oder gar in sie hinein. Hazel erwiderte seinen Blick, und für einen Moment war sie versucht, an Dinge zu denken, die sie nicht denken durfte.

Da setzte das Gezeter in der Küche wieder ein, und Josie gab ihrem Sohn einen Klaps auf die Finger. »Der Teig ist ausgerollt, kommt schnell und belegt eure Pizzen! Dieses kleine Fressmonster hier hat schon fast die ganzen Oliven verdrückt!«

Die Pizza schmeckte auch ohne Oliven fantastisch. Hazel genoss den Abend sehr. Zu Owen hatte sie ja von Anfang an einen sehr guten Draht gehabt, doch auch Tim und Josie hatten sich schnell in ihr Herz geschlichen. Josie war eine lebensfrohe, schillernde Persönlichkeit. Im Grunde bewunderte Hazel sie. Manchmal wünschte sie sich auch, selbstbewusster zu sein und einfach ihr Ding zu machen, ohne daran zu denken, wie andere sie sahen oder gar haben wollten.

Als die Pizzen bis auf den letzten Krümel aufgegessen waren, brachte Tim einen großen Bottich gesalzenes Karamelleis und Uno-Karten an den Tisch. Josie stand auf und holte Schälchen und Teelöffel aus der Küche für alle. Es wurde viel gelacht, sich gegenseitig angeschrien, und einmal flog eine Handvoll Karten quer über den Tisch. Nach den vergangenen traurigen Tagen tat es Hazel unheimlich gut, zu spielen und zu lachen. Und auch die Gesellschaft ihrer neuen Freunde tat ihr gut. Sie hatten sie in einer ihrer dunkelsten Lebensphasen kennengelernt, und trotzdem schienen sie sie zu mögen. Sie akzeptierten sie, egal ob sie weinte oder lachte, ob sie gestylt war oder Dads Fleecehemd trug. Selbst als sie Owen unterstellt hatte, er habe es womöglich wie Murphy auf den Claim ihres Dads abgesehen, war er ruhig und freundlich geblieben und hatte ihr ihr Misstrauen nicht übel genommen. Wenn sie daran dachte, dass in Zukunft fast die gesamte Westküste der Vereinigten Staaten zwischen ihnen liegen würde, wurde ihr flau in der Magengrube.

»So, junger Mann.« Josie fuhr den Zeigefinger aus und pikste Tim in die Brust. »Du hast uns jetzt genug abgezockt. Wenn ich nicht wüsste, dass du bei Uno immer gewinnst, würde ich ja behaupten, du hast gemogelt.«

Grinsend leerte der Junge sein Limoglas. »Ich hab nicht gemogelt. Ich spiele einfach besser als ihr.«

Josie fasste sich theatralisch an die Brust. »Das halte ich nicht aus. Jetzt wohne ich schon mit zwei Klugscheißern zusammen!«

»Hey, lasst mich da raus!«, verteidigte sich Owen.

»Na, er hört sich schon ein bisschen an wie du«, stichelte Hazel. »Aber es gibt schlimmere Vorbilder.«

Josie und Tim verabschiedeten sich schließlich und verschwanden die Treppe nach oben. Owen lehnte sich zurück und verschränkte die Hände hinter dem Kopf. »Dass du ernsthaft dachtest, ich sei mit Josie zusammen, ich fass es nicht!«

»Wieso? Sie ist fantastisch.«

Er lachte auf. »Lass sie das bloß nicht hören.«

»Ich sollte auch gehen. Du musst ja morgen wieder früh raus.«

»Hmm.« Mit nachdenklicher Miene trank er sein Bier aus. »Du wolltest mir noch erzählen, was mit Charlies Wagen war.«

»Wollte ich das?«

Owen grinste sie entwaffnend an.

»Tja, was soll ich sagen. Abby hat mir den Autoschlüssel durch den Briefschlitz geworfen, wie ich es ihr gesagt hatte.«

»Aber?« Er beugte sich vor und zog die Augenbrauen zusammen.

Hazel nahm ihr Handy aus der Tasche. Sie hatte den verdreckten Pick-up fotografiert und die Bilder ihrer Mom geschickt, um gemeinsam mit ihr über Abby zu lästern. Sie rief die Fotos auf und schob Owen das Handy zu.

Der machte große Augen. »Ach du Scheiße!«

»Na, das hoffentlich nicht. Ich denke, es war nur Matsch«, sagte sie und gluckste.

Er gab ihr das Handy zurück und schüttelte missbilligend den Kopf. Dann lächelte er sie an. »Eine Cola trinkst du noch mit mir, oder?«

Anscheinend wollte er sie noch nicht gehen lassen. Ein schönes Gefühl. Hazel nickte und lächelte zurück.

KAPITEL 15

Zufrieden betrachtete Hazel das Foto, das Margret ihr geschenkt hatte. Gut zwei Stunden war sie mehr oder weniger ziellos durch den Ort gefahren, um einen passenden Rahmen dafür zu finden. Letztendlich war es ein etwas kitschiger weiß gebeizter Holzrahmen mit kleinen Löchern in Herzform geworden.

Vorsichtig wischte sie mit einem Lappen ihre Fingerabdrücke von der Glasplatte.

In der Garderobennische stand neben einem kleinen Schuhregal ein roter Werkstattwagen aus Metall. Bei seinem Anblick zog sich Hazels Herz jedes Mal schmerzhaft zusammen. Nichts in dem kleinen Häuschen, das angefüllt war von Dads Gegenwart, war so typisch für ihn wie dieser kleine fahrbare Werkzeugschrank. Sie zog ein paar der Schubladen auf und wurde schnell fündig. Mit Hammer und Nagel bewaffnet ging sie hinaus in die *Scubadoo*-Hütte.

Die Sprossenfenster rundherum ließen nur wenige Möglichkeiten, wenn sie das Foto nicht in eine unbeachtete Ecke hängen wollte. Und so platzierte sie es links vom Eingang direkt hinter der Theke. Von dieser Position aus würde Dad immer einen guten Überblick über seinen Tauchertreff haben.

Sie sah auf Owens Abbild. Die beiden wirkten glücklich und schienen sich wirklich gut verstanden zu haben. Schade, dass sie es verpasst hatte, mit ihnen beiden einmal so ausgelassen zusammenzusitzen und ein Bier miteinander zu trinken. Sie presste die Lippen aufeinander und wischte sich über die Augen. Dann setzte sie Kaffee auf. Margret hatte ihr erzählt, dass ihr Dad den Goldsucher-Treff jeden Tag für Gäste geöffnet hatte. Solange sie hier in Nome war, würde sie diese Tradition fortführen. Schließlich stand die Sommersaison bereits vor der Tür, und als sie vorhin mit dem Wagen unterwegs gewesen war, hatte sie gesehen, dass das Meer die letzten Eisreste bereits verschlungen hatte. Hazel hoffte, dass Owen am Wochenende Zeit haben würde, um mit ihr hinauszufahren.

Sie fand ein handgemaltes *Open*-Schild hinter der Theke. Kurzerhand holte sie einen zweiten Nagel aus dem Haus, schlug ihn an der Straßenseite in die Außenwand der Hütte und hängte es auf. Als Hazel wieder hineinging, erfüllte der herbe Duft nach Kaffee bereits den ganzen Raum.

Sie hatte sich eine Tageszeitung und ein paar Illustrierte mitgenommen. Doch als sie nun so dasaß und ihren heißen Kaffee schlürfte, da war ihr gar nicht nach Lesen. Vielmehr fühlte sie sich völlig damit ausgelastet, ihren Gedanken nachzuhängen. Hazel sah aus dem Fenster und beobachtete die Menschen und Autos, die vorbeikamen, als plötzlich Owens Gesicht vor der Scheibe auftauchte. Er hatte sich anscheinend unter dem Fenster angeschlichen, um sie zu erschrecken. Und tatsächlich zuckte sie kräftig zusammen und verschüttete beinahe ihren Kaffee.

Lachend kam er herein. »Entschuldige, das war einfach zu verlockend!«, rief er.

»Möchtest du einen Kaffee? Ich könnte einen Löffel Salz reinschütten als Revanche!«

»Lass mal, ich nehme ihn mir selbst«, antwortete er schmunzelnd. Dann kam er wenig später mit einem dampfenden Becher zu ihr an den Tisch und setzte sich neben sie.

»Sorry, ich bin gestern erst spät rausgekommen. Aber wenn du Lust hast, könnten wir heute zu den Türmen fahren, von denen ich dir erzählt habe.«

»Gern. Und würdest du morgen vielleicht mit mir rausfahren? Du weißt schon, wegen Dads Asche.«

Seine Miene wurde ernst. »Klar.«

Schweigend tranken sie ihren Kaffee. Hazel spürte, dass die Frage nach ihrer Rückreise zwischen ihnen herumwaberte. Sie war geblieben, um die Überreste ihres Dads dem Meer zu übergeben. Und spätestens wenn sie morgen wieder an Land ging, konnte sie theoretisch ihren Flug buchen. So war es geplant gewesen, und eigentlich hatte sie lieber früher als später wieder abreisen wollen. Warum nur fühlte sie sich nun, als sei sie nicht bereit dazu?

Seufzend schwenkte sie den letzten Rest Kaffee in ihrem Becher und trank ihn aus.

»Soll ich irgendetwas mitnehmen? Zu unserem Ausflug, meine ich«, fragte sie, um sich von ihren Grübeleien abzulenken.

Owen schüttelte den Kopf. Auch er wirkte nachdenklich, sagte aber nichts weiter.

»Okay, ich bin gleich so weit. Ich sperre noch schnell das Haus ab. Heute werden wohl eh noch keine Gäste eintrudeln. Die Saison beginnt ja erst.«

Sie griff nach seinem Becher, der ebenfalls leer war, um ihn mit ins Haus zu nehmen. Wider Erwarten ließ er den Becher nicht los. Sie sah auf und begegnete seinem Blick. Tausend ungesagte Worte schienen darin miteinander zu ringen.

Wenige Minuten später verließen sie Nome in Richtung Norden. Sie kamen an einem Gebiet vorbei, das aussah, als hätte man sie auf dem Mond ausgesetzt. Ein einsamer Bagger und der Straßenname *Alaska Gold's Access Road* legten den Verdacht nahe, dass es hier nicht immer so ausgesehen hatte und das Goldfieber der Landschaft auf den Leib gerückt war. Sie fuhren noch ein Stück den Berg hinauf, dann tauchten sie auf. Vier Türme waren es, so angeordnet, als würden sie in den Winkeln eines unsichtbaren Quadrats stehen. Jeder von ihnen erinnerte mit seiner Form an ein großes, vom Wind geblähtes Segel, wenn es auch keines aus Stoff war, sondern eine Stahlkonstruktion mit zahlreichen Verstrebungen, die Hazel spontan an den Eiffelturm denken ließen.

»Wow!«, entfuhr es ihr.

»Ja, es ist ein besonderer Ort.«

Sie stiegen aus dem Wagen und spazierten auf die Türme zu. Zwischen ihnen angekommen, drehte Hazel sich fasziniert um die eigene Achse. »Jetzt verstehe ich auch, warum Josie meinte, sie würden zu meiner Lektüre passen. Sie versprühen tatsächlich einen dystopischen Charme.«

»Ja, da ist schon ein bisschen was dran«, gab Owen zu. Er ließ seinen Blick einen der Türme hinaufwandern. »Diese White-Alice-Towers haben die Kommunikation damals revolutioniert. In den Fünfzigern gab es hier in Alaska nur ein recht rudimentäres Telefonsystem. Das kann man sich heute gar nicht mehr vorstellen, aber zum Beispiel zwischen Nome und Fairbanks konnte immer nur ein Anruf zeitgleich erfolgen.«

Hazel hob überrascht die Augenbrauen. Owen schien sich über ihr Interesse zu freuen. Sie hätte ihm ewig zuhören können.

»Die Nähe zu Russland war im Kalten Krieg dann ausschlaggebend, dass man dachte, da müsse man was machen. Ich meine, hier hätten Bomben niedergehen können, und niemand hätte es gemerkt. Deshalb hat man solche Funktürme in Alaska verteilt.«

»Und woher kommt der Name? Mit Alice im Wunderland werden sie ja nichts zu tun haben.«

»Das *White* deutet auf die meist schneebedeckten arktischen Locations hin, wo man die Türme aufgestellt hat. Und Alice steht ganz unspektakulär für *Alaska Integrated Communications Enterprise.* Diese Erklärung enttäuscht dich hoffentlich nicht zu sehr. Ich kann weder mit einer Grinsekatze noch einer rauchenden Raupe dienen.«

Gemächlich schlenderten sie weiter. In der Ferne vermischte sich der dunstige Horizont mit dem Beringmeer.

»Ich sagte dir ja schon vor Kurzem: Im Winter, wenn alles weiß ist, dann ist es hier noch schöner.«

Mit einem Anflug von schlechtem Gewissen dachte Hazel an die schnippische Antwort, die sie ihm vor ein paar Tagen auf diese Bemerkung hin gegeben hatte. Sie konnte kaum glauben, dass es erst eine Woche her war, dass sie in San Diego aufgebrochen war.

»Ja, ich erinnere mich«, sagte sie. »Und ich glaube, langsam fange ich an, es zu verstehen.«

Owen sah sie von der Seite an. Vielleicht war er sich nicht sicher, was er von ihrem Sinneswandel halten sollte.

»Du musst froh gewesen sein, dass du direkt hier eine Stelle für dein Assistenzarztpraktikum bekommen hast, oder?«

»Einerseits schon, ja.« Er wirkte nachdenklich. Fast hatte Hazel das Gefühl, sie habe, ohne es zu ahnen, einen wunden Punkt getroffen. »Das Studium in Anchorage war toll, die vielen neuen Eindrücke, mal

was anderes sehen. Aber für mich war immer klar, dass ich irgendwann nach Nome zurückkommen will. Ich hatte gehofft, später einmal hier in der Klinik arbeiten zu können, wenn ich fertig bin. Aber dass es nun sogar früher geklappt hat, ist natürlich auch okay.«

Hazel betrachtete ihn aufmerksam. Sie hatte das deutliche Gefühl, dass er etwas zurückhielt. Nachdenklich biss sie sich auf die Lippe und fragte nicht nach. Vielleicht würde er ihr mehr darüber erzählen wollen, wenn sie sich besser kannten.

Der Wind fuhr ihnen in Haar und Kleidung. Hazel kuschelte sich in ihren Leinenschal und wandte den Blick wieder der wunderbaren Aussicht zu. Sie hatte nicht gelogen. Inzwischen konnte sie tatsächlich verstehen, was Owen an der Gegend fand und warum es ihrem Dad hier gefallen hatte. Auch wenn sie sich Letzteres kaum eingestehen mochte.

KAPITEL

16

Nome machte Hazel immer mehr zu einer Langschläferin. Zwar störte sie die Mitternachtssonne nicht mehr so extrem, doch sie brauchte trotzdem länger, um einzuschlafen, und kam dann morgens schlechter aus den Federn. Gähnend streckte sie sich, als sie aufwachte. Heute war es also so weit, heute würde sie die Asche ihres Dads im Beringmeer verstreuen. Sie seufzte tief. Hazel hatte das Gefühl, dass sie trotz des Aufschubs seit der ursprünglich geplanten Beisetzung nicht bereit war, endgültig Abschied zu nehmen. Doch wahrscheinlich war man das nie.

Sie drehte sich zur Seite und zog ein gerahmtes Bild aus der Schublade des Nachtkästchens. Es war das Foto, das sie mit ihrem Dad in Tauchermontur zeigte. Sie hatte es nicht ertragen, es täglich im Esszimmer stehen zu sehen und es deshalb in die Schublade gesteckt. Lange blickte sie das Bild an und dachte an den Tag zurück, an dem Betty es geschossen hatte. Hätte sie damals geahnt, was alles kommen würde, sie hätte den wunderbaren Tauchgang noch um Stunden ausgedehnt. Meine Güte, es fühlte sich an, als würde sie an ein früheres Leben zurückdenken. Schniefend legte sie das Foto zurück in die Schublade.

Es klapperte. Hazel tastete in die Schublade hinein und stieß auf einen kleinen Gegenstand, der unter den Bilderrahmen gerutscht war. Sie zog ihn heraus. Überrascht erblickte sie ein Goldnugget in ihrer Hand. Es war länglich, und seine Oberfläche sah beinahe poliert aus, wenn man von den Minikratern und wellenartigen Strukturen absah. Ob die Beringsee dieses Schmuckstück geformt hatte? Der Klumpen war in etwa so groß wie die zwei vorderen Glieder von Hazels kleinem Finger und fast doppelt so dick. Wow, was musste es für ein Gefühl sein, ein Nugget von dieser Größe zu finden? Spätestens nach so einem Fund würde wohl jeden das Goldfieber packen.

Andächtig legte Hazel den Klumpen in die Schublade zurück und stand auf. Irgendwie hatte sie das Gefühl, dass sie den Tag etwas festlich und andächtig gestalten sollte. Deshalb machte sie sich spontan auf zum Supermarkt und kaufte die Zutaten für Dads Lieblingsessen und einen Kuchen. Und so hatte Hazel um die Mittagszeit einen Topf Chili con Carne auf dem Herd stehen und einen Apfelkuchen im Backofen. Während das Chili vor sich hin köchelte und der Kuchenteig in der Röhre langsam fest wurde, telefonierte sie ausgiebig mit ihrer Mom. Entgegen ihrer üblichen Gespräche war es Hazel, die überwiegend redete. Sie erzählte von ihrem Ausflug zu den White-Alice-Towers, dem Bild, das Margret ihr geschenkt und sie im *Scubadoo* aufgehängt hatte, und von dem italienischen Abend mit Owen, Josie und Tim.

»Ach, ich wünschte, ich hätte mit dir kommen können«, seufzte Betty.

»Oh, Mom, entschuldige. Ich wollte nicht …«

»Nein, nein, Schatz. so war es nicht gemeint. Ich bin froh, dass du das alles erleben und Dads Umfeld kennenlernen kannst. Und noch mehr freue ich mich, dass du dort in Alaska so herzlich aufgenommen wirst.«

Hazel dachte an Murphy und Abby. Die Begegnungen mit den beiden waren alles andere als herzlich gewesen, doch Hazel hatte ihrer Mom absichtlich nichts davon erzählt. Sie würde sich nur unnötige Gedanken machen. Und ihre Worte bestärkten sie nun darin, dass es besser war, es ihr zu verschweigen. Trotzdem fühlte sie sich unwohl dabei.

»Ich habe übrigens Mike getroffen«, sagte Betty da unvermittelt.

Hazel war dankbar für den Themenwechsel. »Ich weiß. Im Supermarkt, nicht wahr?«

»Das hat er dir erzählt?«

»Ja, er hatte Angst, wir könnten es in den falschen Hals bekommen, dass er Claire im Schlepptau hatte.«

»Ach, deshalb war er so kurz angebunden. Ich habe mich schon gewundert«, murmelte sie nachdenklich.

Hazel runzelte die Stirn. Eigentlich war es eher ungewöhnlich, dass Mike sich so viele Gedanken machte.

»Er hat doch nichts mit dieser Claire, oder?«, fragte Betty geradeheraus. Hazel schätzte die direkte Art ihrer Mom. In diesem Fall jedoch überforderte sie die Frage.

»Nein, natürlich nicht«, sagte sie im Brustton der Überzeugung. Doch wie sicher war sie sich da wirklich? Mike war immer jemand gewesen, der das Leben leichtnahm. Im Grunde hatte sie sich wohl genau deshalb in ihn verliebt. Alles war so einfach mit ihm, und ihre gemeinsame Liebe zum Tauchen hatte noch ihr Übriges dazugetan. Doch nun, Tausende Meilen entfernt, an dem Tag, an dem sie ihren Dad bestatten würde, da fragte sie sich unweigerlich, ob neben dem Sonnyboy auch ein Mann für dunklere Stunden in ihm steckte, einer, auf den sie sich verlassen konnte. Sie erinnerte sich daran, wie überfordert er mit Bettys Herzinfarkt gewesen war. Er hatte sich tagelang nicht gemeldet. Damals hatte sie es ihm nachgesehen, weil sie ohne-

hin so sehr mit sich selbst und ihren Ängsten beschäftigt gewesen war. Trotzdem erinnerte sie sich deutlich an das Gefühl, plötzlich allein und auf sich selbst gestellt gewesen zu sein.

Sie hörte Stimmen vor dem Fenster, das sie geöffnet hatte, um den Kochdunst hinauszulassen. Als sie nach draußen sah, erblickte sie ein Pärchen, das neugierig durch die Fenster der kleinen *Scubadoo*-Hütte spähte. Hazel verabschiedete sich von ihrer Mom und ging hinaus.

»Tut mir leid, der Tauchertreff hat geschlossen«, rief sie ihnen zu, während sie näher kam. Die beiden fuhren erschrocken herum, lächelten Hazel dann aber offen an.

»Schade, wir sind nämlich gestern hier angekommen, und man sagte uns, das sei Nomes erste Adresse, um sich übers Goldtauchen auszutauschen.«

Wehmut griff nach Hazels Herz. Ihr Dad hatte es also geschafft. Das *Scubadoo* war etabliert, und die Gäste warteten schon auf die Eröffnung zur Sommersaison. Die beiden sahen sie erwartungsvoll an. Der Eifer und der Durst nach dem Tauchen, und nicht zuletzt sicher auch nach dem Gold, standen ihnen in die Gesichter geschrieben. Hazel brachte es nicht übers Herz, ihnen zu erklären, dass es das *Scubadoo* im Grunde schon gar nicht mehr gab, auch wenn sie es wohl im Andenken an ihren Dad noch ein paarmal aufsperren würde. »Kommt morgen Abend wieder, okay? Dann könnt ihr auch gleich berichten, wie euer Tag in der Beringsee so lief«, sagte sie stattdessen.

Dads Boot sah genauso aus, wie sie es sich vorgestellt hatte. Hazel vermutete, dass es einmal ein Fischerboot gewesen war. Es hatte hinten eine freie Fläche, und die vordere Hälfte wurde von einer großen Steuerkabine dominiert, die nach allen Seiten hin verglast war. Die

äußeren Holzplanken und die Streben der Kabine waren dunkelblau gestrichen, und jemand hatte mit weißer Farbe *Little Blue Elephant* auf eine Seite des Bugs geschrieben. Ihr Dad mit seiner Krakelschrift konnte das nicht gewesen sein.

Little Blue Elephant? Das ist ja ein außergewöhnlicher Name«, wunderte sich Hazel.

Owen nickte. »Ja, dein Dad hatte die Idee wegen des Saugers. Den hat er auch immer Rüssel genannt, der Spaßvogel.«

Sie blickte sich verständnislos um. Weder der blaue Elefant noch sonst irgendeines der Nachbarboote hatten irgendetwas an sich, was auch nur annähernd so aussah wie ein Rüssel.

Owen legte den Kopf schief und musterte sie. »Kann es sein, dass du keine Ahnung hast, wie das Goldtauchen funktioniert?«

Hazel fühlte sich ertappt und zog die Schultern hoch.

»Wir legen einen Schlauch hinunter zum Meeresgrund. Das Wasser ist ja hier nicht sehr tief. Ein Taucher führt das Schlauchende unten und hält es an der betreffenden Stelle über den Boden. Das kannst du dir vorstellen wie einen riesigen Staubsauger. Er saugt Sand, Steinchen und im Idealfall natürlich auch Gold ein, und das Ganze landet dann an Deck in einer Waschrinne.«

Ungläubig starrte sie ihn an. Für einen Moment war sie sich nicht sicher, ob er sie womöglich auf den Arm nahm. Er quittierte ihre skeptische Miene mit einem wissenden Lächeln.

»Ich zeige es dir später, der Sauger liegt bei mir im Schuppen hinterm Haus. Dann kannst du es dir vielleicht besser vorstellen.«

Hazel nickte. Die Urne in ihren Händen erinnerte sie schmerzlich daran, dass sie nicht zur Goldsuche hier waren. Owen hatte einen großen Strauß weißer Lilien mitgebracht. Nun sprang er auf das Boot hinüber und legte die Blumen auf eine schmale, lehnenlose Bank, die mit den Bodenplanken verschraubt war. Dann streckte er die Hand

nach Hazel aus, um ihr zu helfen. Sie übergab ihm erst einmal die Urne. Das Boot hatte auf Owens Anwesenheit mit kräftigem Schaukeln geantwortet, das sich gerade erst wieder beruhigte. Und Hazel wollte auf keinen Fall Gefahr laufen, dass Dads Asche mitsamt der Urne in das Hafenbecken platschte.

Schließlich hüpfte sie an Deck und landete ungestüm in Owens Armen. Peinlich berührt strich sie sich das Haar zurück und brachte schwankend etwas Abstand zwischen sie. Sie ließ sich auf der kleinen Bank nieder und umklammerte die Urne auf ihrem Schoß, während Owen in die Steuerkabine verschwand. Ratternd verließen sie den Hafen. Hazel sah über den Strand, den kleinen Felsenwall und die Häuser dahinter. Auf den ersten Blick war Nome nicht unbedingt eine Schönheit. Doch der Ort hatte ihr in den letzten Tagen immer wieder gezeigt, dass er einen zweiten Blick verdiente.

Owen steuerte den kleinen blauen Elefanten aufs Meer hinaus und hielt sich dabei rechts, weg von Nome. Die Küste wirkte hier ursprünglicher. Einsam wurde es trotzdem nicht, denn auch auf dieser Seite des Hafens gab es einen Claim, der für das Public Mining freigegeben war. Einige Boote tanzten dort bereits auf dem Meer.

Weiter draußen entdeckte Hazel eine schwimmende Plattform, die sie erst bei genauerem Hinsehen als plattes, großes Boot erkannte. Darauf stand ein riesiger Bagger. Owen hatte ihr gesagt, das Wasser sei hier nicht sehr tief. Trotzdem staunte Hazel nicht schlecht, als sie sah, wie der Bagger Schaufel um Schaufel Meeresgrund heraufholte und in eine große Waschrinne hinter sich warf. Die Plattform wippte im Takt seiner Bewegung leicht vor und zurück. Es war wirklich faszinierend, dieses Goldschürfen in all seinen Facetten.

Als sie an dem Ungetüm vorbeikamen, erkannte Hazel erstaunt den Baggerfahrer. Es war Murphy. Er schien das Goldmining anscheinend wirklich im großen Stil zu betreiben. Schon seine Aus-

rüstung musste ein Vermögen wert sein. Kein Wunder, dass er nach Profit gierte.

Hazel wandte sich von ihm ab, schloss die Augen und hielt ihr Gesicht in den Wind. Dieser Tag gehörte ihrem Dad. Sie würde sich jetzt sicherlich nicht um diesen schrecklichen Murphy kümmern.

Kapitel

17

Hazel war froh darüber, dass Owen weit aufs Meer hinausfuhr und sie das geschäftige Treiben von Bagger, Booten und Tauchern hinter sich ließen. Als das Rattern des Motors verstummte, war Murphys schwimmende Mining-Station nur noch ein harmloser Punkt in der Ferne. Die Weite der Beringsee lag vor ihr, die Wellen schaukelten das Boot. So hatte sie es sich gewünscht für ihren Dad. Sie schluckte gegen die Traurigkeit an.

Owen kam aus der Steuerkabine und warf den Anker aus. Dann setzte er sich neben sie und nahm die Lilien auf den Schoß. Schweigend sahen sie über das Meer. Jeder von ihnen hing seinen Gedanken nach. Hazel spürte, dass auch Owen gerade an ihren Dad dachte. Als sich ihre Blicke trafen, bemerkte sie, wie feucht seine Augen waren.

Sie würde keine Rede halten, und singen konnte sie nicht. Deshalb war sie froh, das Gefühl zu haben, dass Owen nichts dergleichen von ihr erwartete und sich im Stillen von seinem Freund verabschiedete.

Die Wolken rissen auf und ein Sonnenstrahl brach sich Bahn. Er traf auf die See wie ein Fingerzeig Gottes. Hazel schluchzte ergriffen auf. Dann stand sie mit weichen Knien auf und stakste zum Heck des Bootes. Owen folgte ihr. Mit der einen Hand umklammerte sie

die Reling, im anderen Arm hielt sie die Urne fest. Für einen Augenblick meinte sie, ihre Beine könnten ihr bei der nächsten Welle nachgeben. Deshalb ging sie vorsichtig in die Knie. So war sie näher an den schwankenden Planken und musste sich nicht festhalten, um im Gleichgewicht zu bleiben. Owen fragte nicht lange und ließ sich neben ihr ebenfalls auf die Knie sinken. Sie öffnete die Urne und starrte unverwandt auf die Asche. Plötzlich hatte sie das Gefühl, sie würde sich in Zeitlupe bewegen, als sie sich über das Heck beugte und das graue Pulver ins Meer rieseln ließ. Sie spürte Owens Hand an ihrer Seite. Anscheinend hatte er Angst, sie könnte das Gleichgewicht verlieren und vornüberkippen. Die Asche teilte sich in einen matten Fleck auf der Wasseroberfläche und ein Wölkchen, das davongeweht wurde.

»Bye, Daddy«, flüsterte sie mit erstickter Stimme. Sie hätte gern etwas Schlaues gesagt, das dem Anlass angemessen gewesen wäre. Doch schon diese beiden Worte bekam sie beinahe nicht über die Lippen.

Als Hazel auf ihre Füße zurücksank, ließ Owen sie los und warf den Lilienstrauß in den Aschefleck. Dann legte er den Arm um Hazel, und sie klammerte sich an ihn, als hätte sie Angst, doch noch über Bord zu gehen. Sanft strich er ihr über den Rücken und drückte ihr einen Kuss ins Haar. Hazel war überwältigt von der Mischung aus Trauer, Ergriffenheit und Owens Nähe. Völlig überfordert wagte sie kaum, sich zu rühren.

Als sie sich schließlich schweren Herzens von ihm löste, bemerkte sie, dass die Wolkendecke sich verdichtet hatte. Kein Lichtstrahl und nicht einmal ein Fitzelchen Blau drangen nun noch hindurch. Auch Wind und Wellengang schienen von Sekunde zu Sekunde zuzunehmen.

Owen sah prüfend in den Himmel. »Wir sollten zurückfahren«, beschloss er.

Hazel nickte und schleppte sich erschöpft zu der kleinen Holzbank. Als das Rattern des Motors einsetzte, zuckte sie unweigerlich zusammen. Bald verschwanden die Lilien in der Ferne zwischen den Wellen der Beringsee.

Murphy baggerte noch immer stoisch eine Schaufel nach der anderen in seine Waschrinne. Obwohl Owen das Boot in einem weiten Bogen um ihn herumsteuerte, hielt er inne, als sie ihn passierten. Mit einem übertriebenen Grinsen tippte er sich seitlich an die Stirn und sah dabei fast aus, als wollte er salutieren. Ob er mitbekommen hatte, was eben geschehen war? War sein Grinsen ein höhnischer Affront gegen ihre Trauer? Angestrengt fuhr Hazel sich mit beiden Händen über das Gesicht. Sie war nicht gemacht für solche Feindschaften. Wahrscheinlich waren es einfach nur ihre aufgewühlten Emotionen, die sie in den Kampfmodus trieben. Ja, Murphy war ein unangenehmer Zeitgenosse. Doch Hazel war sich sicher, dass selbst er seine Grenzen hatte.

Als sie an dem Claim für das Public Mining vorbeikamen, waren die drei Boote, die Hazel vorhin schon gesehen hatte, noch immer da. Die Goldsucher ließen sich vom aufziehenden Sturm noch nicht aus der Ruhe bringen. Ob das Pärchen, das am Mittag um das *Scubadoo* herumgeschlichen war, auch dabei war? Hazel kniff die Augen zusammen, konnte aber keine Gesichter erkennen. Am Strand erblickte sie eine einsame kleine Waschrinne. Owen hatte gesagt, während der Saison sei der Stand förmlich gespickt davon. Anscheinend war dies der Auftakt. Die Ersten, die es wohl nicht mehr erwarten konnten, waren eingetroffen, und nun würden es womöglich jeden Tag mehr werden. Ob die beiden morgen wie verabredet im *Scubadoo* auftauchen würden? Sie war gespannt darauf, ein paar Geschichten übers Goldschürfen zu hören. Noch war es eine völlig fremde Welt für sie,

aber langsam begann sie zu verstehen, was ihren Dad an dieser so fasziniert hatte.

Wenig später war das Boot sicher im Hafen angelangt und vertäut. Owen und Hazel sprangen von Bord.

»Danke«, sagte sie. »Ich glaube, wir haben es richtig gemacht. Dort in der Beringsee ist Dads Asche besser aufgehoben als auf diesem Friedhof.«

Owen nickte. »Ja, das glaube ich auch. Bestimmt hätte er sich es so ausgesucht.«

Hazel schluckte trocken. Natürlich war ihr klar, dass Owen in dieser Situation kaum etwas anderes sagen konnte. Trotzdem war sie dankbar für seine Worte, und vor allem, dass er sie bei diesem Vorhaben so unterstützt hatte, ohne es auch nur einmal infrage zu stellen.

Schweigend gingen sie zu seinem Pick-up. Sie waren gerade eingestiegen, da platschten die ersten Regentropfen auf die Windschutzscheibe. Spätestens jetzt würden die Goldsucher wohl ihre Zelte für heute abbrechen.

»Owen?«

Er hatte gerade den Zündschlüssel umdrehen wollen. Nun hielt er inne und sah sie fragend an.

»Bevor ich abreise, würde ich hier gern einmal tauchen«, sagte sie zaghaft.

Sein Gesicht hellte sich auf.

»Würdest du das mit mir zusammen machen?«

»Natürlich.« Er schien sich ehrlich zu freuen. »Ich sehe dann gleich mal nach der Ausrüstung. Charlies Anzug wird dir sicherlich nicht passen. Aber wir können einen für dich leihen.«

Hazel nickte.

»Falls das Wetter einigermaßen mitspielt, schaffen wir es ja vielleicht gleich morgen«, meinte er nachdenklich. »In einer Woche habe

ich Urlaub, da ich mit Charlie die Saison einläuten wollte. Aber so lange wirst du nicht warten wollen. Du möchtest jetzt ja wahrscheinlich bald wieder nach Hause fliegen, oder?«

Plötzlich war da eine Spannung zwischen ihnen, und Hazel hatte das unbestimmte Gefühl, dass viel von ihrer Antwort abhing. Sie räusperte sich etwas befangen. »Ich weiß nicht, ich habe noch keinen Flug gebucht.«

»Hmm.«

Sie sah ihn unsicher an. Schon nach der kurzen Zeit, die sie sich nun kannten, war ihr manchmal, als würden sie einander blind verstehen. Und dann gab es hin und wieder Situationen wie diese, die Hazel überforderten, weil sie plötzlich keine Ahnung hatte, was in Owen vorging. Es war, als würde er einen Vorhang zuziehen, um ihr den Blick in sein Inneres zu verwehren.

»Ich habe Apfelkuchen gebacken«, sagte sie unvermittelt, als ihr das Schweigen zu viel wurde.

»Ist das eine Einladung?« Das Lächeln war in sein Gesicht zurückgekehrt.

Sie nickte und drückte sich in den Autositz, als Owen den Wagen startete.

KAPITEL

18

Hazel tat die halbe Nacht kein Auge zu. Doch diesmal lag es nicht an der Mitternachtssonne, sondern am Sturm, der durch Nome pfiff und ihr kleines Häuschen erbärmlich knarzen ließ. Sie versuchte sich damit zu beruhigen, dass diese Wände sicherlich schon dem ein oder anderen Unwetter standgehalten hatten, und doch zuckte sie bei jedem Knacken und Pfeifen wieder zusammen. Das *Scubadoo* hatte sie an diesem Abend gar nicht aufgesperrt, und wenn das Wetter so blieb, würde sie damit auch noch eine Weile warten müssen. Ein paarmal hatte sie mit schlechtem Gewissen aus dem Fenster gesehen, ob das Taucherpärchen womöglich auftauchte und enttäuscht vor verschlossenen Türen stand. Doch der Sturm hatte die Straße leer gefegt.

Den Tauchgang mit Owen, den sie für den nächsten Tag ins Auge gefasst hatten, konnte sie sich auch abschminken.

»Wenn du willst, können wir am Strand einen kleinen Tauchtest machen, aber rauszufahren ist heute nicht die beste Idee, fürchte ich«, sagte er prompt, als er am Spätvormittag vor ihrer Tür stand. Sie bat ihn herein und schloss schnell die Haustür hinter ihm. Er brachte einen Schwall kühler Luft mit und tropfte aus Haaren und Kleidung. Schon die wenigen Schritte von Haus zu Haus hatten ihn ziemlich durchnässt.

Nachdenklich schüttelte Hazel den Kopf. »Lieb von dir, dass du bereit wärst, bei dem Sauwetter mit mir ins Wasser zu gehen. Aber das muss wirklich nicht sein. Ich fühle mich bei dem Sturm ja im Haus schon kaum sicher.« Sie lächelte gequält.

»Hat der Wind dich wach gehalten?«

»Ja, deshalb koche ich gerade einen starken Kaffee. Möchtest du einen? Es ist auch noch Kuchen da.«

»Da sag ich nicht Nein.« Er zog Jacke und Schuhe aus und wuschelte sich durch das nasse Haar.

Hazel holte ihm ein Handtuch. Sie ließen sich gemeinsam an der Küchentheke nieder, tranken Kaffee und aßen Apfelkuchen. Plötzlich fand Hazel das Wetter nicht mehr ganz so schlimm. Im Trockenen zu sitzen und Kuchen zu essen hatte etwas Gemütliches, wenn es draußen stürmte.

»Du kannst ja vielleicht irgendwann mal wiederkommen«, murmelte Owen kauend. »Dann können wir zusammen tauchen.« Sein schüchterner Vorstoß rührte Hazel.

»Darüber wollte ich ohnehin mit dir sprechen.« Sie suchte seinen Blick. »Du meintest gestern, dass du in einer Woche Urlaub hast.«

Er nickte mit abwartendem Gesichtsausdruck.

»Na ja, ich wollte dich fragen, ob du die Sommersaison vielleicht mit mir statt Charlie einläuten möchtest. Ich meine, jetzt bin ich schon mal da, da wäre es ja irgendwie auch Quatsch, überhastet abzureisen …« Sie verstummte, als sie merkte, dass sie ins Stottern geriet. Die Wahrheit war, dass ihr der Gedanke, das alles hier nun zurückzulassen, plötzlich gar nicht mehr so verlockend erschien.

»Wow«, murmelte Owen. »Das kommt überraschend.«

Sein verdutztes Gesicht gab Hazel das Gefühl, sich weiter erklären zu müssen. »Außerdem wollte Dad das ja vielleicht. Ich meine, er

wird sich irgendwas dabei gedacht haben, dass er mir das alles hinterlassen hat, oder?«

Plötzlich breitete sich ein Lächeln auf Owens Gesicht aus. »Du musst dich nicht rechtfertigen, Hazel. Und überzeugen musst du mich auch nicht. Ich finde, das ist eine ganz großartige Idee.«

Erleichtert nahm sie einen Schluck Kaffee. Für einen Moment hatte die seltsame Angst sie ergriffen, dass er sie vielleicht doch als Verpflichtung sehen könnte, als Belastung womöglich gar. Doch sein offenes Lächeln erstickte diese Angst im Keim. Er schien sich wirklich auf ihre gemeinsame Goldsuche zu freuen. Und Hazel tat es auch. Sehr sogar.

Als Owen gegangen war, rief Hazel bei Mike an. Eigentlich hätte sie ihn vorher fragen sollen, ob er weiterhin ohne sie auskam. Doch sie wusste, dass Leo seit längerer Zeit damit liebäugelte, bei ihnen ins Tauchergeschäft mit einzusteigen. Vielleicht war das ja eine gute Gelegenheit für die beiden, ohne den offiziellen Touch eines Probearbeitens auszutesten, wie gut sie miteinander arbeiten konnten. Und wenn es nicht ging, konnte sie noch immer ihre Zelte hier abbrechen und zurückfliegen.

»Hi, Hazel, was gibt's?«, meldete Mike sich.

Gerade als Hazel Luft holte, um zu sprechen, hörte sie Claire im Hintergrund kichern. Inzwischen schien die Kleine ja Tag und Nacht bei Mike abzuhängen.

»Ich habe heute meinen Dad beerdigt, das gibt's«, antwortete sie barsch.

Mike verstummte. Sie hörte ein Murmeln und wie eine Tür geschlossen wurde. Diese Geräusche brachten sie nur noch mehr in

Rage. Dachte er etwa, er könnte Claires Anwesenheit vor ihr geheim halten?

»Sorry. Jetzt kann ich reden«, sagte er leise.

»Ich habe mich entschlossen, noch eine Weile hierzubleiben. Ist das okay für dich?« Sie hatte nicht den Nerv, lange um den heißen Brei herumzureden. Außerdem hatte sie das Gefühl, dass Mike es inzwischen sowieso egal war, wie lange sie in Nome blieb.

»Natürlich«, antwortete er. Es klang nicht feindselig, sondern einfach ehrlich.

Hazel hatte erwartet, dass er nach dem Grund fragen würde, doch Mike schwieg. Am liebsten hätte sie ihm von Owen erzählt, nur um zu sehen, ob er vielleicht eifersüchtig reagieren würde. Wie viel lag Mike denn eigentlich noch an ihr? Hazel schluckte, als ihr eine andere Frage in den Sinn kam. Wie viel lag ihr denn eigentlich noch an Mike? Sie hatte keine Antwort darauf.

Nachdem sie wusste, dass Claire im Nebenzimmer auf seine Rückkehr wartete, fiel es ihr schwer, sich unbefangen zu unterhalten. Das Gespräch plätscherte träge vor sich hin. Als es an Hazels Tür klopfte und sie sich verabschiedete, wirkte Mike ebenfalls erleichtert. Das Telefonat war anscheinend für sie beide anstrengend gewesen. Was war nur plötzlich kaputt zwischen ihnen? Und seit wann? Enttäuscht tappte sie zur Tür.

»Tock, tock, tock, Überraschung!«, flötete eine wohlbekannte Stimme, als sie öffnete. Ihre Hochsteckfrisur hatte durch den Regen etwas von ihrem üblichen Volumen eingebüßt, doch Josie strahlte gegen die grauen Wolken an wie die Sonne persönlich.

»Oh, hi, Josie. Das ist wirklich eine Überraschung. Komm doch rein.«

»Ich wollte dir nur kurz etwas vorbeibringen.« Sie schob sich an Hazel vorbei ins Haus. Die schloss verdutzt die Tür. Jetzt erst fiel ihr auf, dass Josie eine große Plastiktüte dabeihatte.

»Owen hat mir erzählt, dass du ein paar Tage länger bleiben wirst als geplant.«

Sie nickte.

»Nun, da du ja ursprünglich nur für einen Kurztrip gepackt hattest, dachte ich mir, dir müssen doch allmählich die Klamotten ausgehen, oder?« Sie grinste Hazel an, als würde sie sich selbst sehr über ihren Einfall freuen. Dann drückte sie ihr die Plastiktüte in die Hand. »Ich habe dir eine Jeans, eine Strickjacke und ein paar Shirts zusammengepackt. Das kannst du gern behalten, solange du hier bist. Du sollst ja schließlich mit Owen tauchen gehen und nicht jeden Tag waschen!« Sie kicherte fröhlich.

»Wow, das ist echt toll von dir«, sagte Hazel. »Sehr aufmerksam. Vielen Dank!«

»Nicht der Rede wert. Die Hosenbeine wirst du vielleicht etwas krempeln müssen, aber der Rest passt hoffentlich.« Sie wandte sich wieder zum Gehen.

»Ich werde mir etwas überlegen, wie ich mich revanchieren kann.«

Josie winkte ab. »Das mach ich doch gern. Owen freut sich so sehr auf eure gemeinsame Goldsuche, und so hat er die nächsten Wochen bestimmt blendende Laune. Da war es eher an mir, mich zu revanchieren.« Sie lachte schallend, und schwups, war sie wieder weg. Hazel sah noch einen Moment auf die Tür, die hinter Josie ins Schloss gefallen war. Dann ging sie beschwingt ins Schlafzimmer und veranstaltete eine kleine private Modenschau.

In den Sachen fühlte Hazel sich teilweise etwas ungewohnt, da sie üblicherweise weit weniger farbenfroh unterwegs war als Josie. Doch alles passte, und Hazel war wirklich erleichtert. Am nächsten Tag würde sie sich bei Margret noch Unterwäsche und Socken holen. Denn sie hatte wirklich jeden zweiten oder dritten Tag ihre wenigen Kleidungsstücke waschen müssen. In der nächsten Zeit wollte sie sich lieber aufs Goldwaschen konzentrieren. Da hatte Josie schon recht.

KAPITEL

19

Hazel, wie schön, dich zu sehen!« Margret stand hinter der Verkaufstheke, hatte ein paar Papiere in der Hand und eine kleine goldene Lesebrille auf der Nase.

Über Nacht hatte der Sturm nachgelassen, doch es regnete noch immer Bindfäden. Obwohl Margrets Laden nur ein paar Hundert Yards von ihrem Haus entfernt war, hatte Hazel deshalb den Wagen genommen.

»Hallo.«

Sie legte die Papiere beiseite und nahm die Brille ab, die dann an einer dünnen goldenen Kette vor ihrer Brust baumelte. »Was kann ich für dich tun?«

»Ich habe mich entschlossen, ein bisschen länger hier in Nome zu bleiben als geplant«, antwortete Hazel.

Margret fing sofort an wissend zu schmunzeln. »Das Goldfieber, nicht wahr, Liebes? Gib es zu, es hat dich auch gepackt!«

»Noch nicht direkt«, wich sie aus, »aber Owen und ich wollen es zumindest mal ausprobieren.«

»Das ist ja wunderbar!«, rief sie. »Ich glaube, das würde deinen Dad sehr freuen.«

Hazel nickte. »Ja, vermutlich.«

»Aber ich muss dich enttäuschen. Taucheranzüge und solche Dinge habe ich nicht. Da musst du zu Billy gehen. Dort gibt es neben dem Shop auch einen Verleih. Warte, ich schreib dir die Adresse auf.« Geschäftig schnappte sie sich Zettel und Stift.

»Danke, die Adresse nehme ich gern. Aber wegen Tauchequipment bin ich eigentlich gar nicht hier.«

Margret hatte sich ihre Lesebrille wieder aufgesetzt und sah sie nun über deren Rand hinweg fragend an, als sie ihr den Zettel entgegenstreckte.

»Ich hatte ursprünglich nur für ein paar Tage gepackt. Zwar hat mir Josie schon ein einige Sachen geliehen, aber ich bräuchte noch Unterwäsche und Socken.«

»Na, da kann ich helfen.« Sie umrundete den Verkaufstresen. »Komm mit!«

Sie führte sie in den hinteren Teil des Ladens, der nun beim Hindurchlaufen wesentlich größer wirkte, als Hazel erwartet hatte. Mit einer solchen Auswahl hatte sie nicht gerechnet. Sie hatte eher gedacht, die Herausforderung würde darin bestehen, überhaupt etwas zu finden. Doch nun konnte sie sich gar nicht entscheiden, was sie nehmen sollte. Als sie mit acht Slips, drei BHs, zehn Paar Socken, einem Nachthemd, einer Hose und zwei dünnen Sommerpullis an der Kasse stand und ihre Bankkarte in das Lesegerät steckte, wünschte sie sich tatsächlich inständig einen großen Goldfund. In dem Zusammenhang kam ihr Murphy in den Sinn. Hatte er bei ihrer ersten Begegnung nicht gesagt, er habe mit Margret gesprochen? Waren die beiden womöglich befreundet? Abgesehen davon, dass Margret mit ihrem sonnigen Gemüt wohl mit jedem gut auskam, würde ihm das durchaus etwas von seiner Düsternis nehmen.

»William Murphy ist zu mir gekommen«, sagte Hazel und bemühte sich um einen neutralen Tonfall.

Margret schnaubte. »Der hat es auf Charlies Claim abgesehen. Das hatte er immer. Ich habe ihm gesagt, das kann er sich abschminken, weil du jetzt da bist.«

Hazel nickte nachdenklich. Das klang nicht nach einer innigen Freundschaft.

So unvermittelt, wie sich Zorn in Margrets Züge geschlichen hatte, so schnell ebbte er anscheinend auch wieder ab. »Ich habe schon geahnt, dass Nome dich nicht so schnell wieder loslassen wird. Schließlich sind ja nicht alle Männer hier so wie Murphy.« Sie zwinkerte ihr verschwörerisch zu.

Sofort musste Hazel an Owen denken. Sie spürte, wie ihre Wangen heiß wurden. Konnte es sein, dass bereits über sie getratscht wurde, weil sie so viel Zeit miteinander verbrachten?

»Ja, ich muss zugeben, dass es mir hier besser gefällt, als ich am Anfang gedacht hatte«, antwortete Hazel diplomatisch. »Dieser Murphy, ich habe bisher nicht viel Gutes von ihm gehört.«

»Tja, das liegt wohl daran, dass es nicht viel Gutes über ihn zu sagen gibt.« Zum Glück ließ Margret sich nun bereitwillig auf das Thema ein, ohne weitere Andeutungen in andere Richtungen zu machen.

»Er und Dad haben sich nicht sonderlich gut verstanden, oder?«, hakte Hazel nach.

Margret schüttelte nachdenklich den Kopf. »Nein, die beiden waren sich von Anfang an nicht grün. Das fing schon an, als die Claims vergeben wurden. Murphy lag damals mit Fieber im Bett, die Grippe. Deshalb hat er das Ganze seinem Bruder überlassen müssen. Als er erfahren hat, dass Charlie ihn gerade bei dem Claim, den er unbedingt hatte haben wollen, überboten hat, ist er total ausgerastet.

Trotz Grippe ist er aus dem Bett gesprungen und hat im Schlafanzug draußen randaliert. Der Familie war das total peinlich, und das will bei den Murphys schon was heißen.«

Hazel zog die Augenbrauen hoch und atmete tief durch. Wie es aussah, hatten Murphy und sie wohl keine Chance auf Frieden, wenn sie ihm den Claim nicht herausrückte. Doch das kam für sie jeden Tag weniger infrage.

»Na, und als Charlie dann das *Scubadoo* ins Leben gerufen hat, sind sie wieder aneinandergeraten«, fuhr Margret fort.

»Wieso das denn?«, fragte Hazel verwundert. »Soweit ich weiß, hat mein Dad damit doch gar kein Geld verdient, eher im Gegenteil.«

»Nein, da ging es Murphy ausnahmsweise mal nicht ums Geld. Es war ihm einfach zuwider, dass sich dort die ganzen *Schmarotzer von außerhalb* sammeln, wie er sich ausdrückte. Wenn es nach ihm ginge, würde er einfach eine riesige Käseglocke über sich und die Claims stülpen.«

»Verstehe«, murmelte Hazel. Eine Frage lag ihr noch auf der Zunge. Doch es fiel ihr schwer, sie auszusprechen. »Hat er Dad denn auch mal angegriffen? Ich meine, nicht nur mit Worten?«

Margret musterte Hazel. »Hat er dir Angst gemacht?"

Sie schluckte unwohl. »Er hat mir nichts getan«, stellte sie klar. Das Letzte, was sie wollte, war, dass Murphy wegen falschen Anschuldigungen bei ihr auftauchte.

Die alte Dame seufzte. »Liebes, ich würde jetzt gern sagen, dass er blöd, aber harmlos ist. Aber ehrlich gesagt weiß ich es nicht. Er ist nicht vorbestraft oder so, aber immer wieder in Schlägereien verwickelt, vor allem, wenn er was getrunken hat. Ich würde an deiner Stelle vorsichtshalber lieber auf Abstand gehen.«

»Das habe ich sowieso vor.« Hazel war ganz und gar nicht scharf auf Murphys Gesellschaft, so viel stand fest. Doch bisher hatten sich Begegnungen mit ihm leider nicht ganz vermeiden lassen.

»Warte.« Margret ging hinter der Theke in die Hocke. Als sie wieder auftauchte, hatte sie ein rotes Fläschchen in der Hand. »Ich habe hier hinten immer Pfefferspray für den Notfall. Bisher wurde ich zwar noch nie überfallen, aber man weiß ja nicht, was noch kommt, nicht wahr?« Sie blickte Hazel zustimmungsheischend an. »Nimm dir eins mit. Es ist eigentlich gegen Bären gedacht, aber was einen Grizzly abwehrt, dürfte gegen Murphy auch wirken, egal wie viel Zorn er sich antrinkt.«

Hazel nahm das Fläschchen dankend entgegen. Auf dem weißen Etikett war neben Unmengen an Text ein Bärenkopf abgebildet. Wenn sie ehrlich war, hatte sie nicht vor, es einzusetzen. Die Schmerzen mussten höllisch sein. Trotzdem war es ein beruhigendes Gefühl, sich das Spray in die Tasche zu stecken. Sie bezahlte und verließ Margrets Laden.

Es regnete noch immer. Als sie in Dads Pick-up steigen wollte, fiel ihr Blick auf zwei junge Frauen auf der gegenüberliegenden Straßenseite. Sie drückten sich zusammen unter einen Regenschirm und starrten neugierig zu ihr herüber. Als sich ihre Blicke trafen, sahen sie schnell weg und unterhielten sich geschäftig. Hazel überlegte, ob sie die beiden schon einmal gesehen hatte. Es war offensichtlich, dass sie sie beobachtet hatten und es nun peinlich vermieden, zu ihr herüberzusehen. Nun setzten die beiden sich in Bewegung und gingen davon. Nachdenklich sah Hazel ihnen nach. Dann schob sie die Grübeleien beiseite. Sicherlich wurden in so einem kleinen Ort Fremde öfter mal neugierig beäugt. Vielleicht hatte sich auch bereits herumgesprochen, dass Charlies Tochter noch immer hier war. Er war ja nicht zuletzt wegen des *Scubadoos* bestimmt relativ bekannt in Nome gewesen. Achselzuckend stieg Hazel in den Wagen und fuhr nach Hause.

Kapitel

20

Als Hazel am Dienstagvormittag verschlafen ins Wohnzimmer stakste, um sich in den Sessel zu kuscheln und bei einem Kaffee langsam aufzuwachen, fiel ihr Blick auf ein Kuvert, das innen vor der Haustür auf dem Boden lag. Es sah nicht aus wie eines der offiziellen bürokratischen Schreiben, die bisher eingetrudelt waren. Außerdem hatte es keine Briefmarke. Jemand musste es persönlich eingeworfen haben. Neugierig hob sie es auf.

Anstatt der Adresse ihres Dads stand dort einfach nur *Hazel*. Sie drehte es um. Auch der Absender bestand nur aus einem Vornamen, und als sie ihn erblickte, tat ihr Herz unweigerlich einen kleinen Hüpfer. Owens Schrift war schwungvoll und etwas krakelig, die Buchstaben hatten einen starken Rechtsdrall. Kein Wunder, dass er Arzt war! Gespannt riss sie das Kuvert auf.

Liebe Hazel,

in der letzten Woche vor dem Urlaub gibt es mal wieder tausend Dinge, die noch erledigt werden müssen, und einige Neuzugänge haben wir auch in die Klinik bekommen. Es tut mir leid, ich komme deshalb erst spät heim und werde bis Freitag vermutlich schlecht Zeit finden für unseren ersten Probetauchgang. Falls du um sechs Uhr schon wach bist, könnten wir stattdessen vielleicht mal gemeinsam frühstücken?

Melde dich einfach, wenn du Lust hast.

Owen

Hazel warf einen Blick auf die Uhr. Es war halb elf. Gut, morgen würde sie also fast fünf Stunden früher aufstehen müssen, wenn sie sich mit Owen treffen wollte. Ach du meine Güte!

Sie drehte den Brief um und fand als P.S. seine Handynummer. Trotz der Aussicht auf eine verdammt kurze Nacht freute sie sich sehr über seine Zeilen. Sie speicherte die Nummer gleich in ihr Handy ein, wünschte ihm per Textnachricht einen schönen Tag und schlug vor, sich am nächsten Morgen zu treffen.

Ein warmes, leises Flattern breitete sich in ihrer Magengegend aus, als sie das Papier wieder zusammenfaltete und in das Kuvert zurücksteckte. Sie konnte sich nicht daran erinnern, dass sie, abgesehen von Geburtstags- und Weihnachtskarten, schon einmal einen handschriftlichen Brief bekommen hätte. Ein schönes Gefühl.

Wenig später stand Hazel im Supermarkt und überlegte, was sie für das gemeinsame Frühstück einkaufen sollte. Würde es womöglich etwas übertrieben ankommen, wenn sie ihm mehrere Gerichte vorsetzte? Schließlich wusste sie ja nicht, was er gern aß. Rührei mit Speck? Oder Pancakes? Ratlos spazierte sie durch die Regalgänge und ging schließlich mit einer bunten Mischung aus Obst, Gemüse, Eiern, Speck und Ahornsirup in Richtung Kasse.

Gerade als sie sich dort in die Warteschlange einreihen wollte, fiel ihr Blick auf Murphy. Er stand einige Yards vor ihr und war gerade dabei, vier Flaschen Cola und einen ganzen Haufen an Sandwiches auf das Kassenband zu legen, vermutlich das Mittagessen für seine Goldsucher-Kameraden und sich selbst. Zwar regnete es noch immer, doch Hazel war sich sicher, dass es mehr als das brauchte, um Murphy vom Schürfen abzuhalten.

Spontan machte Hazel kehrt. Wenn es irgendwie ging, würde sie es vermeiden, dem Blödmann wieder in die Arme zu laufen. Noch hatte er sie anscheinend nicht bemerkt, also sah sie zu, dass sie schleu-

nigst zurück hinter das nächste Regal kam. Geduckt spähte sie von dort zur Kasse wie ein Dieb auf der Flucht. Ein älterer Herr kam vorbei. Er sah Hazel an, als sei sie ihm äußerst suspekt, wie sie sich mit einem Armvoll Einkäufe hinter dem Regal versteckte, und sie kam sich reichlich blöd vor. Sie rang sich ein Lächeln ab und tat, als würde sie sich brennend für das Katzenfutter neben sich interessieren. Zum Glück konnte ja niemand hier wissen, dass sie allergisch gegen alle möglichen Arten von Felltieren war.

Der Mann warf ihr noch einen skeptischen Blick zu und ging dann weiter zur Kasse, wo Murphy gerade bezahlte. Der wandte sich bald ab und verließ den Supermarkt. Hazel atmete erleichtert aus und richtete sich auf. Es grollte in ihr, dass sie ihm so viel Macht über sich gab und er es mit seiner Einschüchterungstaktik tatsächlich geschafft hatte, dass sie sich lieber vor ihm versteckte als ihm entgegenzutreten. Und doch war sie einfach nur froh, dass er weg war.

Irgendwie schaffte Hazel es unerklärlicherweise, am nächsten Morgen vier Minuten vor dem Klingeln ihres Weckers aufzuwachen. Und wider Erwarten fühlte sie sich nicht halb tot oder als wäre sie erst gerade eben eingeschlafen. Sie duschte, um die letzten Reste an Müdigkeit zu vertreiben, und stand wenig später in der Küche, um Kaffee aufzusetzen.

Der war gerade durchgelaufen, als Owen vor der Tür stand. Er hatte eine Bäckertüte in der Hand und wirkte unglaublich frisch und ausgeschlafen.

»Hey, schön, dich zu sehen!«, begrüßte Hazel ihn. Er machte einen Schritt auf sie zu und nahm sie kurz in den Arm. Seine plötzliche Nähe, seine Wärme und sein Duft brachten Hazel für einen Moment

aus dem Konzept. Sie hatte das Gefühl, sich einen Augenblick zu lang an ihm festzuhalten, ließ ihn hastig los und strich sich nervös die Haare hinters Ohr.

»Möchtest du Rührei oder Pancakes oder so?«, fragte sie ihn über die Schulter, als sie in die Küche gingen.

»Wow, Kaffee ist ja auch schon fertig. Du überraschst mich.« Er lachte vergnügt. »Eigentlich hatte ich erwartet, ich würde dich aus dem Bett klopfen. Deshalb habe ich vorsichtshalber ein paar Hörnchen mitgebracht.« Sie schlug ihm spielerisch gegen die Schulter und holte die Tassen aus dem Küchenschrank. »Du unterschätzt mich anscheinend«, stichelte sie gut gelaunt zurück.

Sie setzten sich gemeinsam an die Theke und frühstückten. Dabei fragte Hazel ihn ein bisschen über seine Arbeit in der Klinik aus.

»Ein Kollege von mir hat mich gefragt, ob du das *Scubadoo* öffnen wirst, solange du noch hier bist«, meinte er schließlich.

»Hier taucht wirklich jeder, oder?«

»Nein, nicht jeder. Die Wasserscheuen schürfen an Land«, antwortete er schmunzelnd.

Ja, das traf es wohl. Dem Goldrausch konnte man sich hier in Nome kaum entziehen.

»Ich habe wirklich vor, das *Scubadoo* aufzumachen«, gab sie zu. »Irgendwie habe ich das Gefühl, dass das Dad gefallen würde. Außerdem wird Murphy es hassen, also zwei Fliegen mit einer Klappe.«

Owen lachte auf. »Du übst dich also in taktischer Kriegsführung. Sehr interessant.«

Sie winkte ab. »Lass uns nicht über Murphy reden.« Dafür war ihr die gemeinsame Zeit mit Owen zu schade.

»Gut, dann lass uns über dich reden. Zwar hat Charlie dich natürlich oft erwähnt, aber außer dass du tauchst weiß ich trotzdem nicht viel.«

Es gefiel Hazel, dass er mehr über sie erfahren wollte. »Ja, das stimmt, ich liebe das Tauchen.« Sie lachte, als sie das Offensichtliche aussprach. »Aber es ist nicht nur der Sport, sondern einfach das Meer an sich. Ich wollte eigentlich immer seine Tiefen erforschen, deshalb habe ich auch Biologie studiert.«

»Wow, interessant! Was hat dich davon abgehalten, in die Forschung zu gehen?«

»Ich weiß nicht so genau. Das Leben.« Sie konnte nicht verhindern, dass die Wehmut nach ihrem Herz griff. Im Grund war es Mike gewesen. Doch so hatte sie es nie gesehen, denn als Tauchguide zu arbeiten hatte sich für Hazel nie wie eine Notlösung angefühlt. Deshalb hatte sie auch nie darüber nachgedacht, ob sie dadurch womöglich etwas anderes verpasst hatte. Bis jetzt.

»O nein, jetzt habe ich es geschafft und dir schon so früh am Morgen die Stimmung verdorben.« Owen hatte wohl ihre nachdenkliche Miene bemerkt.

»Nein, nein, es ist alles gut. Ich musste nur gerade an meinen Freund zu Hause denken.« Es war komisch, mit Owen darüber zu reden. Doch vielleicht war das längst überfällig. »Mike und ich, wir verstehen uns nicht mehr so gut wie früher. Manchmal denke ich, dass es nur das gemeinsame Tauchen ist, was uns zusammenhält.«

Owen sah sie lange an, als würde er sorgfältig abwägen, was er sagen sollte. Dann wandte er sich abrupt ab und nahm seine Kaffeetasse zur Hand. »Es ist bestimmt nur die Entfernung, die euch gerade zu schaffen macht. Wenn du zurück in San Diego bist, ist wahrscheinlich alles wieder gut.«

Hazel war unschlüssig, wie sie Owens Reaktion finden sollte. Eigentlich hätte sie froh sein sollen über seine Freundschaft und Gelassenheit. Mit beidem hatte er ihr in den letzten Tagen so oft geholfen und den Rücken gestärkt. Und trotzdem wünschte sich ein

kleiner Teil von ihr, dass er eifersüchtig wäre statt gelassen, wenn sie von Mike sprachen.

»Hm, vielleicht«, murmelte sie und biss missmutig in ihren Bagel.

KAPITEL 21

Fast fünf Tage hatte es ununterbrochen geregnet und teilweise gestürmt, bis am Donnerstag endlich wieder der blaue Himmel hinter den verbliebenen Wolken hervorlugte. Nun, da es aufklarte und die Goldtaucher sicherlich aus ihren Löchern kriechen würden, in denen sie sich während des Sturms möglicherweise verschanzt hatten, wollte Hazel ihren Plan endlich in die Tat umsetzen und das *Scubadoo* eröffnen. Sie spazierte zu Margret und bat sie, die Info bei ihren Kunden zu streuen. Die freute sich über die Aufgabe, die anscheinend ganz nach dem Geschmack der redseligen alten Dame war. Dann schrieb sie Owen eine Nachricht, dass er seinem Kollegen ausrichten könne, dass sie den Tauchertreff ab heute immer gegen siebzehn Uhr aufsperren wolle.

Sie machte die Hütte noch einmal komplett sauber. Dann stellte Hazel eine Spardose in Form einer Muschel auf den Tresen, die sie hinter der Theke entdeckt hatte. Sie füllte eine Thermoskanne mit Tee und eine mit Kaffee, beschriftete sie und baute eine Donutpyramide auf einem großen Pizzateller auf.

Dann ließ sie sich mit dem *Report der Magd*, den sie im Wohnzimmer entdeckt hatte, bei einer Tasse Kaffee in der Hütte nieder.

Margaret Atwood stand in Dads Bücherregal direkt neben George Orwell, deshalb war Hazel guter Dinge, dass auch diese Geschichte ihr vielleicht gefallen würde. Und sollte heute noch kein Goldsucher hier eintrudeln, dann wäre sie wenigstens trotzdem gut unterhalten.

Das Buch fesselte Hazel tatsächlich sofort. Schließlich hörte sie Stimmen vor der Tür und stellte erstaunt fest, dass sie fast eine Stunde lang gelesen hatte. Als sie aufsah, streckten gerade ein Mann und eine Frau neugierig ihre Köpfe herein. Es war das Pärchen, das Hazel am Wochenende abgewimmelt hatte.

»Hi, kommt doch rein!«, rief sie und legte das Buch zu ihrer inzwischen leeren Kaffeetasse auf den Tisch.

»Wir kommen zwischen Strand und unserer Unterkunft immer hier vorbei. Da haben wir gerade das Schild hängen sehen, dass geöffnet ist«, erklärte der Mann. Womöglich hatte er angesichts des leeren Raumes Angst, wie ein Stalker zu wirken. Hazel grinste in sich hinein.

»Super, ihr seid meine ersten Gäste. Bedient euch, und dann erzählt mir, wie eure Saison angelaufen ist.«

Der Mann atmete erleichtert aus, und seine Begleiterin ging sogleich zielstrebig zur Theke und füllte zwei der bereitstehenden Tassen mit Tee. Dann kamen sie zu ihr an den Tisch und stellten sich als Michael und Phyllis vor.

»Schön, ein guter Freund von mir heißt auch Michael.« Hazel stockte. Du meine Güte, was redete sie denn da für einen Unsinn? Mike war nicht ein guter Freund. Er war *ihr* Freund, sie teilten sich Wohnung und Job und im Grunde doch ihr Leben in San Diego! Unwohl zog sie sich Josies Strickjacke um die Schulter, die sie hinter sich über die Stuhllehne gelegt hatte. Die Sonnenstrahlen hatten die Hütte tagsüber gut aufgeheizt.

Zum Glück bemerkten die beiden nicht, was in Hazel vorging. Sie hätte ihnen ihr komisches Verhalten nicht erklären können, denn gerade in diesem Moment verstand sie sich selbst nicht.

Michael nahm dankend seinen Tee in Empfang und nippte daran, während Phyllis sich auf Hazel konzentrierte. »Unser Saisonstart wurde erst mal gleich durch den Sturm wieder abgebrochen. Samstag war unser erster Tag, leider sind wir erst am frühen Nachmittag raus. Hätten wir geahnt, dass wir kurze Zeit später wieder an Land gehen müssen, dann wären wir früher aufgestanden.« Sie lachte, und Michael stimmte ihr nickend zu.

»Wir waren dann erst heute wieder draußen«, ergänzte er.

»Und, wie gefällt es euch hier?«

»Also zum Leben wäre Nome nichts für mich!«, stellte Phyllis fest. »Vielleicht hat der Regen der letzten Tage diesen Eindruck noch verstärkt, aber ich glaube, ich würde an diesem trostlosen Ort depressiv werden.«

Michael gab ihr einen Stoß mit dem Ellenbogen, worauf sie Hazel einen etwas betretenen Blick zuwarf. Anscheinend hatten sie Bedenken, sie könnte Phyllis' Worte als Beleidigung auffassen. Und tatsächlich verspürte Hazel kurz den Impuls, Dads Wahlheimat zu verteidigen. Heute war wohl der Tag der seltsamen Empfindungen.

»Habt ihr denn schon etwas gefunden?«, wechselte sie schnell das Thema.

Ein stolzes Grinsen flog in ihre Gesichter.

»Wir haben nur einen ganz kleinen, schwachen Sauger«, erklärte Michael, während er sich zurücklehnte, um im Sitzen in seine Hosentasche greifen zu können. Er zog ein kleines verschraubtes Glasfläschchen von etwa einem halben Zoll Durchmesser heraus. Kleine Körnchen waren darin, die an goldenen Sand erinnerten.

»Wow, toll«, sagte Hazel. Im Vergleich zu dem Klumpen, der in ihrem Nachtkästchen lag, war es zwar eine geradezu winzige Portion Gold. Doch dass die beiden so prompt fündig geworden waren, beeindruckte sie.

»Wir haben es am Strand ausgewaschen, aber gerade in unserer Unterkunft noch schnell gewogen. Deshalb sind wir erst so spät hier eingetrudelt«, erklärte er entschuldigend.

»Und? Wie viel ist es?«, wollte Hazel natürlich wissen.

»Gut drei Gramm, also ziemlich genau eine zehntel Unze.«

»Wir sind zwei Wochen hier und hatten uns insgesamt eine Unze vorgenommen. Mal sehen, ob das nach dem Wetterdesaster noch klappt.« Phyllis nahm ihm das Fläschchen aus der Hand, hielt es hoch und ließ die Körnchen im hereinfallenden Sonnenlicht funkeln. Mit zufriedener Miene gab sie es ihm schließlich zurück, und Michael schmatzte ihr einen Kuss auf die Lippen.

»Na, dann drücke ich euch auf jeden Fall die Daumen, dass ihr euer Ziel erreicht«, sagte Hazel.

In diesem Moment polterte Margret zur Tür herein. Sie hatte eine große Kunststoffbox in den Händen.

»Ah, wie ich sehe, ist der Laden schon angelaufen«, meinte sie fröhlich mit Blick auf die ersten Gäste. Hazel stand auf und ging zu ihr, um sie zu begrüßen.

»Hallo, was für eine schöne Überraschung, dass du vorbeikommst.«

»Ich habe Sandwiches gemacht!« Damit drückte sie Hazel die Box in die Hände.

»Oh, wow, vielen Dank.« Hazel nahm den Deckel ab und stellte die Sandwiches neben den Donutteller. »Setzt du dich zu uns?«

»Wenn es Donuts gibt, bin ich immer dabei!« Lachend griff sie nach der Kaffeekanne.

Hazel atmete erleichtert aus. Die erste Hürde war also genommen. Sie würde den Abend hier nicht allein mit ihrem Buch verbringen.

Vielmehr waren Margret, Phyllis und Michael nur der Anfang gewesen. Je mehr Zeit verging, desto mehr Menschen strömten in die kleine Hütte. Bald waren alle Plätze besetzt, obwohl die ersten sich schon wieder auf den Heimweg gemacht hatten.

»Herzlichen Glückwunsch zur Neueröffnung!«, hörte sie da Owens Stimme durch das allgemeine Gewirr an Geräuschen. Sie hatte gerade neuen Tee gekocht und in die Thermoskanne gefüllt. Als sie aufsah, fiel ihr Blick erst einmal auf einen bunten Blumenstrauß. Den streckte Owen ihr nun über die Theke hinweg entgegen.

Hazel nahm ihn überrascht an sich. »Vielen Dank. Der ist ja hübsch!« Sie umrundete die Theke und umarmte Owen.

»Sieht aus, als hättest du hier alles bestens im Griff«, sagte er lächelnd, als sie sich wieder voneinander lösten.

»Hast du etwas anderes erwartet?«

Owen hob sich ergebend die Hände.

»Um ehrlich zu sein, bin ich ziemlich froh, dass der Treff gleich wieder so gut angenommen wurde«, gab sie zu. »Ich habe mich vorsichtshalber mit einem Buch bewaffnet, aber sehr weit bin ich mit dem Lesen nicht gekommen.« Sie nickte mit dem Kopf hinter die Theke, wo sie den Roman hingelegt hatte.

»Das freut mich. Auch wenn es ein fantastisches Buch ist, das du, wenn die Gäste weg sind, unbedingt weiterlesen solltest.«

»Gibt es denn auch einen Roman in Dads Bücherregal, den du nicht gelesen hast?«

»Irgendwer musste ihn im langen arktischen Winter doch mit Buchtipps versorgen, oder?« Er zwinkerte ihr verschmitzt zu.

Da sah sie durch das Fenster hinter ihm eine junge Frau hinter Dads Pick-up stehen. Sie kam ihr bekannt vor. »Hat sie uns etwa nicht gesehen und denkt, der Goldsuchertreff findet im Haus statt?«, mutmaßte Hazel.

Owen folgt ihrem Blick durch die Scheibe. »Ich glaube nicht, dass sie wegen des *Scubadoos* hier ist. Das ist Nora, Abbys Tochter. Wir haben sie bei der Gedenkfeier gesehen, erinnerst du dich?«

Hazel erinnerte sich nicht daran, doch in dem Moment fiel Hazel ein, dass sie die junge Frau an anderer Stelle schon einmal gesehen

hatte. Sie war eine der beiden gewesen, die sie beobachtet hatten, als sie aus Margrets Geschäft gekommen war! Stellte sie ihr etwa schon längere Zeit nach?

Während sie noch überlegte, ob sie zu dem ungebetenen Gast nach draußen gehen sollte, machte Nora abrupt kehrt und ging davon. Anscheinend hatte sie kurz mit dem Gedanken gespielt, Hazel zu besuchen, es sich dann aber anders überlegt. Schließlich schob sie den Gedanken beiseite. Wenn diese Nora etwas wollte, würde sie sich bestimmt in den nächsten Tagen melden.

»Ich geh mal schnell ins Haus und hole eine Vase«, sagte Hazel und verließ die Hütte.

Draußen ging sie trotzdem erst zur Straße, doch von Nora war bereits keine Spur mehr zu sehen. Kopfschüttelnd wandte sie sich ab, ging hinein und stellte die Blumen ins Wasser.

KAPITEL

22

Verdammt, das darf doch nicht wahr sein!«, rief Hazel aus. Grimmig sah sie sich den linken Vorderreifen ihres Pick-ups an. Er war völlig platt! Wie konnte das denn passiert sein? Als sie am Vortag die Donuts geholt hatte, war doch noch alles in Ordnung gewesen!

Da fiel ihr Blick auf den Hinterreifen. Fassungslos schüttelte sie den Kopf. Auch ihm war die Luft ausgegangen. Sie umrundete das Fahrzeug. Doch wenigstens die Reifen auf der rechten Seite waren unbeschädigt.

Im Grunde war es nicht so schlimm. Sie hatte nur ein paar Lebensmittel einkaufen und Margret ihre Sandwichbox vorbeibringen wollen. Nichts Wichtiges also. Trotzdem waren die platten Reifen natürlich ärgerlich. Wenn sie damit nun zur Werkstatt rollte, würde sie sich die Felgen wahrscheinlich auch noch ruinieren.

Ratlos setzte sie sich auf die Stufen der Veranda. Owen war gerade in der Klinik. Ob sie Josie herausklopfen sollte? Sie wirkte, als würde sie sich in jeder Situation zu helfen wissen. Hazel grübelte noch eine Weile, was sie tun sollte, bis ihr die Karte einfiel, die der Mann von der Autowäsche ihr in die Hand gedrückt hatte. Zwar sollte sie ihn anru-

fen, wenn sie den Pick-up loswerden wollte, doch er würde sicherlich auch nichts dagegen haben, ihr zwei neue Reifen zu verkaufen.

Sie ging ins Haus, stellte Margrets Box auf den Ohrenbackensessel und schnappte sich die Karte, die noch immer in der Tasche ihrer warmen Jacke steckte. Der Sommeranfang machte seinem Namen – zumindest für Nomer Verhältnisse – gerade alle Ehre, weshalb sie sich nur Josies Strickjacke übergeworfen hatte.

Jonathan Quinn hieß der Mann also. Hazel wählte seine Nummer. Es dauerte einige Zeit, bis er sich meldete, doch dafür war er gleich selbst am Apparat. Hazel begrüßte ihn und schilderte ihr Problem.

»Ich erinnere mich an Ihren Pick-up. Sorry, wenn ich das so sagen muss, aber das war der dreckigste Wagen, den ich je gesehen habe!« Er lachte schallend ins Telefon. Hazel konnte es ihm nicht verdenken. Das war wirklich eine richtige Sauerei gewesen.

»Können Sie mir vorsichtshalber ein Bild von den Reifen machen und zuschicken? Ich habe auf jeden Fall passende da, nur dass ich auch die richtigen mitnehme. Hier ist allerdings gerade einiges los, ich kann erst heute Nachmittag vorbeikommen.«

»Das ist kein Problem. Und das Foto schicke ich Ihnen gleich aufs Handy.« Sie gab ihm ihre Adresse durch und verabschiedete sich. Dann nahm sie Margrets Box wieder zur Hand und ging hinaus. Ein kleiner Spaziergang konnte nicht schaden, wenn die Sonne hier schon einmal so schön schien.

Als der Mechaniker auftauchte, war Hazel gerade dabei, den letzten übrig gebliebenen Donut zu vertilgen. Sie hatte sich zwei Stühle aus dem *Scubadoo* auf die Veranda gestellt und entspannt die Füße hochgelegt.

Jonathan Quinn sah genauso aus wie bei ihrer ersten Begegnung, sogar die Basecap hatte er sich wieder über seine dunkelblonden Locken gestülpt. Auch seine freundliche, aufgeschlossene Art war dieselbe. Nur sein Bart kam Hazel nicht ganz so lang und struppig vor.

»Schön, Sie wiederzusehen!«, rief er ihr zu, als er aus seinem Pick-up stieg.

Hazel stand auf und ging ihm entgegen. »Die Freude ist auf meiner Seite. Sie müssen mich wieder einmal retten.«

Sie trafen neben Hazels Wagen aufeinander, und sie deutete zu dem platten Hinterreifen. Quinn ging in die Knie und besah ihn sich genauer.

»War das derselbe, der Ihren Wagen mit Schlamm eingeschmiert hat?«, fragte er über die Schulter.

»Wie meinen Sie das?«

»Sehen Sie mal hier.« Er winkte sie näher heran und zeigte ihr einen Schlitz in der Reifenseite direkt oberhalb der Felge.

Sie hatte schon überlegt, ob vielleicht Glasscherben auf der Straße gelegen hatten, doch das sah nicht aus, als hätte sie sich irgendetwas eingefahren. Ein unschöner Verdacht meldete sich in Hazels Kopf, doch sie war nicht sicher, ob sie Quinns Worte und den ominösen Schlitz richtig interpretierte. »Meinen Sie etwa, jemand hat da reingestochen?«, fragte sie deshalb verunsichert.

Quinn nickte mit ernster Miene. »Das sieht für mich ganz danach aus, ja.«

Hazel stieß geräuschvoll die Luft aus und richtete sich wieder auf. »Puh, damit habe ich nicht gerechnet.«

Gemeinsam gingen die beiden zum Vorderreifen. Hazel traute ihren Augen kaum, doch der zeigte exakt dieselbe Beschädigung.

»Es geht mich ja nichts an, aber Sie sollten Anzeige erstatten«, meinte Quinn. »Den Matsch konnte man ja mit viel Wohlwollen noch irgendwie witzig finden. Aber das geht nun zu weit.«

Hazel nickte gedankenverloren. Sollte wirklich Abby hinter dieser neuerlichen Attacke stecken? Sie konnte sich das kaum vorstellen, doch wenn sie ehrlich war, hatte sie sich auch nicht vorstellen können, dass sie Dads Wagen eine Schlammpackung der besonderen Art verpassen würde.

Oder steckte womöglich Murphy hinter den zerstochenen Reifen? Hatte er sich nachts hierhergeschlichen, um ihr das Leben schwer zu machen, damit sie bald abhaute und ihm den Claim überließ?

Während Quinn zwei neue Reifen von der Ladefläche seines Pick-ups wuchtete und sich daranmachte, sie zu wechseln, setzte sie sich wieder auf die Veranda. Der Appetit war ihr allerdings vergangen.

Gestern noch hatten sie so eine schöne Zeit im *Scubadoo* gehabt, und jetzt plötzlich das. Hazel stockte. War nicht Nora um ihren Wagen herumgeschlichen? Leider hatte Hazel, als sie am Abend ins Haus ging, nicht auf die Reifen geachtet. Außerdem war sie auf der anderen Seite am Auto vorbeigegangen. Ob sie da wohl schon kaputt gewesen waren? Interessanterweise waren ja nur die beiden Reifen zerstochen worden, die man vom *Scubadoo* aus nicht sehen konnte. Hazels Gedanken überschlugen sich förmlich, als sie über Nora und ihr komisches Verhalten am Vorabend nachdachte. Und leider erschien es ihr immer wahrscheinlicher – Nora hatte nicht ins *Scubadoo* und auch nicht zum Haus gewollt, wie Hazel fälschlicherweise angenommen hatte. Sie hatte es lediglich auf den Pick-up abgesehen.

Als Quinn zu ihr an die Veranda trat, schreckte sie regelrecht hoch, so war sie in ihre Gedanken versunken gewesen.

Er sagte ihr, dass sie bald noch einmal bei ihm in der Werkstatt vorbeischauen solle, dann würde er die Radmuttern noch einmal nachziehen. Hazel bedankte sich und bezahlte. Anstatt zu gehen, blieb Quinn jedoch vor der Veranda stehen und ließ den Blick über das Grundstück bis hin zum *Scubadoo* schweifen.

»Ich kannte Ihren Dad«, sagte er unvermittelt.

Hazel war nicht weiter verwundert. Hier kannte doch ohnehin jeder jeden, oder?

»Ja, ich bin ein paarmal mit ihm getaucht«, fuhr er fort.

Hazel horchte auf. »Ach ja?«

Quinn nickte. »Sein Tauchbuddy war ja Owen.« Er nickte hinüber zum Nachbarhaus. »Aber wenn der arbeiten musste, hat er mich manchmal als Ersatz angeheuert. Man kann mich als professionellen Taucher buchen, wissen Sie? Das habe ich beim Militär gelernt, ich war eine Zeit lang Waffentaucher, war mir aber auf Dauer, ehrlich gesagt, zu stressig.«

»Interessant«, bemerkte Hazel. »Mir scheint, alle hier in Nome sind auf irgendeine Art mit der Goldsuche verbunden.«

Er nickte. »Direkt oder indirekt sicherlich.« Dann musterte er sie. »Sie tauchen auch?«

»Ja, schon immer.«

»Na, dann passen Sie gut hierher. Wenn Sie mal einen Tauchbuddy brauchen, dann rufen Sie mich an. Ihr Dad hat mich fürs Tauchen nicht bezahlt, dafür hab ich ein Drittel des Tagesfundes bekommen. Dieses Angebot mache ich Ihnen auch.«

»Danke, ich hebe mir Ihre Karte auf«, versprach Hazel.

Dann verabschiedete sich Quinn, warf die alten, kaputten Reifen auf die Ladefläche seines Pick-ups und verschwand.

Kapitel

23

Hazel und Mike hatten nie viel telefoniert, schließlich hatten sie sich in der Uni täglich gesehen und waren dann bald zusammengezogen. Vielleicht war ihr deshalb nie aufgefallen, wie schwierig es sein konnte, ein Gespräch mit ihm in Gang zu halten. Oder war das früher anders gewesen?

»Denkst du eigentlich manchmal an mich, seit ich weg bin?«, platzte sie heraus, da sie in einer neuerlichen Schweigeminute das Gefühl hatte, er wäre gerade eigentlich mit anderen Dingen beschäftigt oder zumindest mit seinen Gedanken nicht bei der Sache.

Die Antwort war ein Seufzen.

»Bitte sprich mit mir und weich mir nicht aus. Du merkst doch auch, dass etwas mit uns nicht stimmt, oder?«

»Was soll denn nicht stimmen?«

Die Gegenfrage ärgerte sie. »Na, für ein Paar haben wir erstaunlich wenig Kontakt. Natürlich bin ich gerade nicht vor Ort, aber selbst hier in Alaska gibt es Telefon und Internet, ziemlich gutes sogar.«

»Was willst du von mir hören?«

Wieder eine Frage. War es denn wirklich so schwierig, einfach mal eine Aussage zu treffen? Hazel war wieder einmal so weit, dass sie

am liebsten aufgelegt hätte. Doch das distanzierte Verhältnis zwischen ihnen war mit jedem Tag seltsamer geworden. Irgendwann mussten sie darüber reden, also warum nicht jetzt?

»Ich möchte hören, was du darüber denkst und dass du dich nicht wieder vor diesem Gespräch drückst.«

Mike schwieg, und Hazel überlegte, ob dies nun eine bessere Reaktion war als seine Gegenfragen zuvor. Gerade als sie fast schon aufgegeben hatte, dass noch etwas von ihm kommen würde, fing er plötzlich an zu reden.

»Dass du so weit weg bist, das ist für mich auch nicht einfach. Aber ich habe das Gefühl, dass ich das eigentlich gar nicht sagen darf, da du ja diejenige bist, die ihren Dad verloren hat und die es schwer hat.«

Hazel dachte überrascht über seine Worte nach. Sie musste sich eingestehen, dass sie wirklich nicht darüber nachgedacht hatte, wie es ihm ging.

»Hast du Probleme mit den Tauchgängen? Hat Leo doch keine Zeit?«, fragte sie nach.

»Nein, das ist es nicht.« Er machte eine Pause, als müsste er erst die richtigen Worte suchen. »Ich bin das nicht gewohnt, dass du nicht hier bist. Das ist komisch, ich hatte gedacht, ich würde besser mit dem Alleinsein zurechtkommen. Eigentlich hatte ich mir darüber überhaupt keine Gedanken gemacht, bis ich gemerkt hab, wie verdammt langweilig es in einer leeren Wohnung ist.«

Wenn sie ehrlich war, konnte sie seine Argumentation nicht nachvollziehen. Hätte er sich dann nicht erst recht öfter bei ihr melden können, wenn ihm ohne sie so langweilig war? Außerdem hatte er doch anscheinend ständig Leo und Claire um sich. »Ist Claire deshalb so oft bei dir?« Sie merkte selbst, dass sie vorwurfsvoll klang, konnte es aber nicht verhindern.

»Vielleicht. Sie ist da, immer. Egal wann ich sie anrufe, sie kommt.«

Hazel schluckte. Sie hatte sich ein offenes Gespräch gewünscht, doch nun fiel es ihr nicht leicht, ruhig zu bleiben.

»Solange ich täglich verfügbar war, hat unsere Beziehung wunderbar funktioniert. Und jetzt, wo ich es nicht bin, nimmst du einfach die nächstbeste Verfügbare?«

»Du bist gemein.« Mike klang weder eingeschnappt noch aufgebracht, eher müde.

»Ich bin mir gerade nicht so sicher, wer von uns beiden gemein ist«, gab sie zurück.

»Ich will nicht streiten.«

Hazel atmete tief durch. Sie wollte auch nicht streiten. Doch dieses Telefonat führte zu nichts. Und das enttäuschte sie.

»Vielleicht sollten wir mal Pause machen«, sagte Mike kleinlaut.

»Wie meinst du das?«, fragte Hazel ungläubig nach.

»Na, so wie es jetzt ist, ist es ja nicht besonders gut, oder?«

Er wollte sich trennen. Die Erkenntnis machte Hazel sprachlos. Niemals hätte sie für möglich gehalten, dass Claire zu einer ernsthaften Konkurrentin werden könnte. Dabei hatte sie sie anscheinend schon klammheimlich ersetzt.

»Ich will nicht Schluss machen«, stellte er klar, als ob er ihre Gedanken erraten hätte. »Aber dass du in Alaska bist und ich hier, das funktioniert für mich nicht. Lass uns einfach eine Pause machen, bis du wieder zurück bist. Nicht mehr und nicht weniger. Okay?«

»Okay«, sagte sie mit belegter Stimme.

Kurz darauf beendeten sie das Gespräch. Hazel fühlte sich, als hätte man sie durchgekaut und wieder ausgespuckt. Erschöpft und verwirrt ließ sie sich auf ihr Bett fallen und starrte an die Decke.

Eine Beziehungspause. Diese Idee hatte sie bei anderen Paaren immer als völlig lächerlich empfunden, und nun steckte sie plötzlich

selbst in einer. Dabei verstand sie noch immer nicht genau, wie das passiert war. Wollte Mike etwa einen Freifahrtschein, um mit Claire in ihrer Abwesenheit in die Kiste zu hüpfen? Oder war er wirklich einfach mit der Situation überfordert?

Sie dachte an Owen, dachte an seine Unterstützung, seine Wärme, den Blick, mit dem er sie manchmal ansah, und das Kribbeln, das schon seine flüchtigen Berührungen in ihr ausgelöst hatten. Hazel ärgerte sich über diese Gedanken, denn eine kleine böse Stimme flüsterte ihr zu, dass sie genauso war wie Mike und es nur nicht zugeben wollte. War sie vielleicht einfach nur feiger als er? Oder gar verlogener?

Angestrengt fuhr sie sich über die Augen. Egal wie viel sie grübelte, sie kam zu keinem richtigen Ergebnis. Und Mike ging es wohl genauso, sonst hätte er diesen Vorschlag nicht gemacht.

Mühsam rappelte sie sich auf. Sie musste an etwas anderes denken. Diese Grübelei schlug ihr aufs Gemüt. Ziellos wanderte sie durch das Haus und überlegte, was sie tun sollte, um sich abzulenken. Als ihr Blick auf die Quittung fiel, die Quinn ihr in die Hand gedrückt hatte, kam ihr eine Idee, wodurch sie das Nachdenken über ihre verkorkste und nun gar auf Eis gelegte Beziehung ersetzen konnte. Abbys Adresse hatte sie übers Internet schnell herausgefunden, und so machte sie sich gleich auf den Weg an eine andere Front. Wie es aussah, hatte sie diesbezüglich zurzeit ja eine richtige Auswahl angesammelt.

Abby bewohnte das Erdgeschoss eines großen braunen Hauses. Davor standen mehrere Autos, die alle schon bessere Zeiten gesehen hatten, und ein Schuppen nebenan quoll über vor Gerümpel. Das Mietshaus selbst wirkte gepflegt. Hazel versuchte sich vorzustellen, wie ihr Dad hier ein und aus gegangen war, vielleicht mit einem Lächeln auf den

Lippen oder einem Blumenstrauß in der Hand. Es gelang ihr nur schwer.

Sie drückte den Klingelknopf. Wenig später drangen Geräusche aus der Wohnung, und Abby öffnete die Tür. Sie hatte den ganzen Kopf voll Lockenwickler und trug einen violetten Frotteebademantel. Ihre Züge erstarrten zu einer grimmigen Maske, als sie Hazel erblickte.

»Was willst du hier?« Mit vor der Brust verschränkten Armen lehnte sie sich an den Türrahmen.

»Ich möchte zu Nora.«

»Sie ist nicht hier. Wüsste auch nicht, was sie mit dir zu schaffen hat.«

Hazel streckte ihr die Quittung entgegen, und Abby las sie mit gerunzelter Stirn. Sie hatte im ersten Moment wohl etwas Mühe, Quinns Schrift zu entziffern.

»Was soll ich damit?«, fragte sie schließlich. Hazel stutzte. Natürlich hatte sie damit gerechnet, dass Abby nicht freudestrahlend versprechen würde, gleich zur Bank zu gehen. Aber sie wirkte tatsächlich, als hätte sie keine Ahnung. Hazel fragte sich, ob sie eine gute Schauspielerin war oder wirklich nichts von Noras Angriff wusste.

»Ich möchte, dass deine Tochter oder du mir die beiden Reifen ersetzt, die Nora zerstochen hat«, sagte sie geradeheraus. Sie hatte nach Abbys abweisendem Empfang keine Lust, lange und diplomatisch um den heißen Brei herumzureden.

Nach einem kurzen Moment der Überraschung zog sie empört die Mundwinkel nach unten. »Du spinnst wohl!«, rief sie aufgebracht. »Hau ab, du bist mit deinen Unterstellungen hier nicht erwünscht!«

Abby wich zurück und wollte ihr die Tür vor der Nase zuschlagen. Hazel rückte auf und stellte ihren Fuß vor, um sie daran zu hindern. Kurz dachte sie, Abby würde die Tür einfach gegen ihren Fuß knallen. Doch sie stoppte in der Bewegung und funkelte Hazel wütend an.

»Das sind keine Unterstellungen. Ich habe Nora gesehen.« Ja, sie hatte sie beim Wagen gesehen. Dass sie ihr nicht direkt beim Zerste-

chen der Reifen zugesehen hatte, verschwieg Hazel lieber. Sie hatte lange darüber nachgedacht, was Nora dort sonst noch gewollt haben könnte, doch ihr war nichts eingefallen. Hazel war sich sicher, dass sie den Schaden Abbys Tochter zu verdanken hatte. Daran änderte auch nichts, dass Abby die ganze Sache abstritt.

Sie ging noch einen Schritt vor und stand nun direkt vor Abby im Türrahmen, deren Wut längst auf sie übergesprungen war. Sie hatte die Schnauze voll, sich ständig dafür zu rechtfertigen, dass sie hier war – vor Abby und Nora, vor Murphy, vor Mike und letztlich auch vor sich selbst. Damit war jetzt Schluss. Es war verdammt noch mal ihr gutes Recht, genau dort zu sein, wo sie eben gerade sein wollte. Und sie würde sich nicht mehr dafür entschuldigen oder verbiegen. Und vor allem würde sie sich nicht schikanieren lassen.

»Entweder ihr bezahlt mir den Schaden oder ich zeige Nora an, so einfach ist das«, zischte sie.

Wider Erwarten ließ Hazels Drohung Abby plötzlich süffisant grinsen. »Wenn du uns ans Bein pinkeln willst, musst du früher aufstehen. Es steht Aussage gegen Aussage, dein Quatsch hier interessiert uns überhaupt nicht. Aber bitte, wenn du dich unbedingt lächerlich machen willst, dann zeig uns gern an.«

Hazel war so sauer, dass sie unweigerlich die Hände zu Fäusten verkrampfte. »Ich habe an dem Abend das *Scubadoo* wiedereröffnet.«

»Na und?«

»Nicht nur ich habe Nora gesehen. Es waren zu der Zeit mindestens zehn Gäste da.«

Endlich wirkte Abby nicht mehr ganz so arrogant. Sie war offensichtlich verunsichert. Womöglich überlegte sie gerade, ob sie ihrer Tochter solch eine Tat zutraute. Ohne Hazel aus den Augen zu lassen, griff sie nach der Tür, um sie zu schließen. Diesmal ließ Hazel es zu. Sie hatte alles gesagt.

Kapitel 24

Grimmig stapfte sie zu ihrem Pick-up zurück. Erst als Hazel in den Wagen stieg, wurde ihr bewusst, wie sehr sie die Begegnung mit Abby aufgeregt hatte. Wenn sie wütend war, konnte sie immer schlecht still sitzen. So geräumig der Pick-up auch war, in ihrem plötzlichen Bewegungsdrang kam er ihr beengend vor. Sie dachte an die White-Alice-Towers. Gern würde sie nun dort oben stehen, um Weite und Aussicht zu genießen und ihre Wut einfach vom Wind wegtragen zu lassen. Vielleicht würde Owen bald mal wieder mit ihr hinauffahren. Allein hatte sie keine Lust. Doch wenn Owen heute von der Arbeit heimkam, würde nicht nur das Wochenende, sondern auch sein Urlaub beginnen. Sie konnte es kaum erwarten, mit ihm die Beringsee zu entdecken.

Die Vorfreude zog sie zum Meer. Spontan beschloss Hazel, eine Runde am Strand spazieren zu gehen und nach den Goldsuchern zu sehen.

Tatsächlich herrschte dort reger Betrieb. Ein paar der Glücksritter kannte sie bereits aus dem *Scubadoo*. Sie winkten und nickten sich zu. Auf einem kleinen Boot in unmittelbarer Strandnähe saß Michael. Als er sie erblickte, reckte er die Faust zur Siegerpose in die Höhe.

Anscheinend waren Phyllis und er ihrem Ziel von einer Unze ein gutes Stück näher gekommen. Hazel freute sich darauf, später mit einer Tasse Tee mit ihnen darauf anzustoßen. Bestimmt würden sie nach einem erfolgreichen Tag im *Scubadoo* auftauchen, um ihr von ihrem Finderglück zu berichten.

Hazel ließ ihren Blick über die Beringsee schweifen. Owen hatte nicht zu viel versprochen. Wenn sie an das stille Eismeer dachte, das sie an ihrem ersten Tag hier empfangen hatte, dann war der Strand nun kaum wiederzuerkennen. Und über allem waberte das hoffnungsvolle Streben nach dem goldenen Glück und verströmte eine ganz eigene Atmosphäre. Hazel genoss es, ein Teil davon zu sein.

Wenig später fuhr sie mit ihrem Wagen durch die Nomer Straßen auf der Suche nach dem Shop für Taucherausrüstung, den Margret ihr aufgeschrieben hatte. Sie hatte den Zettel zu Hause vergessen, aber zum Glück hatte sie am Vortag schon nachgesehen, wo das Geschäft ungefähr lag. Dank seiner farbenfrohen großen Beschilderung war der Laden glücklicherweise nicht zu übersehen. Das Innere hielt, was die äußere Aufmachung versprach. Der gut sortierte Shop wartete mit allem auf, was das Taucherherz begehrte. Anscheinend baute dieser Billy darauf, dass die Goldsucher mit leichtem Gepäck reisten und sich dann vor Ort ausstatteten. Seine Rechnung schien aufzugehen.

Hinter der Ladentheke stand eine junge Frau. Wie Margret hatte sie die typischen Gesichtszüge einer arktischen Ureinwohnerin, das lange schwarze Haar hatte sie zum Zopf zurückgebunden. Als Hazel näher kam, blickte sie von ihrem Handy auf. »Was kann ich für dich tun?«

Hazel erreichte die Theke und warf einen Blick auf das Namensschild der jungen Frau. Sie hatte *Billy* gefunden, auch wenn sie ihn sich ganz anders vorgestellt hatte.

»Ich möchte gern eine Taucherausrüstung leihen.«

Billy ließ ihren Blick an Hazel hinunterwandern. »In deiner Größe habe ich nicht sehr viel Auswahl«, meinte sie nachdenklich. »Aber wir werden schon einen passenden Anzug finden. Moment bitte.«

Sie verschwand in einen Raum hinter der Ladentheke. Hazel besah sich inzwischen eine Vitrine, in der hochwertige Taucheruhren lagen.

Wenig später hatte sie sich in zwei Neoprenanzüge gezwängt, von denen einer zum Glück passte. Billy stellte ihr zusätzlich zum Anzug eine komplette Ausrüstung aus Flossen, Bleigurt und Neopren-Füßlingen zusammen. Eine neue Maske suchte Hazel sich im Shop aus. Ihre zu Hause war ohnehin schon etwas in die Jahre gekommen, da wollte sie die Gelegenheit nutzen und sich eine neue gönnen. Billy packte alles in eine rote Kunststoffkiste mit dem Logo des Ladens und trug sie ihr zum Pick-up, während Hazel zwei Sauerstoffflaschen auflud.

»Wie lange brauchst du die Sachen?«, fragte Billy, als sie zum Kassieren zur Ladentheke zurückgekehrt waren.

Ratlos knabberte Hazel an ihrer Unterlippe. Owen hatte ganze sechs Wochen Urlaub. Bisher hatte sie nur zugesagt, einen Probetauchgang mit ihm zu machen. Doch wenn sie an das Flair am Strand dachte, an ihre Sehnsucht, endlich wieder zu tauchen, an Owen … Er hatte gesagt, am liebsten würde er den ganzen Sommer mit ihr nach Gold schürfen. Plötzlich konnte Hazel es sich überhaupt nicht vorstellen, schon nächste Woche abzureisen. Ein beklemmendes Gefühl machte sich in ihrer Brust breit. Sie dachte an Owens Lächeln.

»Wollen wir es so machen, dass du für zwei Wochen bezahlst? Und dann bringst du mir entweder die Sachen zurück oder du kommst vorbei und bezahlst für die nächsten zwei? Was hältst du davon?« Auch wenn Billy keine Ahnung von Hazels plötzlichem Gefühlswirrwarr haben konnte, hatte sie wohl ihre Unsicherheit deutlich gespürt.

Dankbar nickte Hazel und gab ihr ihre Adresse und die Leihgebühr für zwei Wochen.

»Ich wünsche dir viel Spaß und Glück bei der Goldsuche«, sagte Billy lächelnd. Hazel erwiderte ihr Lächeln. Zurück im Wagen atmete sie erst einmal tief durch.

Wie erwartet, tauchten am Abend Michael und Phyllis mit freudestrahlenden Gesichtern im *Scubadoo* auf. Sie hatten ihren anfänglichen Fund von einer zehntel Unze inzwischen mehr als verdreifacht.

»Wow, das ist großartig!« Hazel klopfte ihnen auf die Schultern. »Wenn ihr eure Unze zusammenhabt, dann gibt es hier Sekt statt Tee und Kaffee«, sagte sie und zwinkerte den beiden zu.

»Wir nehmen dich beim Wort!« Phyllis lachte.

Immer mehr Menschen strömten in die kleine Hütte. Es wurde geplauscht, gelacht, stolz von Funden berichtet und getröstet, wenn es nicht so toll gelaufen war.

Als Hazel nach einiger Zeit eine Packung Cracker aus dem Haus holte, lugte sie zu Owens Grundstück hinüber. Durch das Fenster erblickte sie Josie und Tim am Esszimmertisch sitzen, doch von Owen sah sie keine Spur. Anscheinend hatte er einen langen letzten Arbeitstag vor seinem Urlaub zu bewältigen.

Zurück im *Scubadoo,* erzählte Hazel schließlich, dass sie am bevorstehenden Wochenende wohl zum ersten Mal in der Beringsee tauchen würde. Die Leute klatschten und freuten sich mit ihr. Der Zusammenhalt und die gute Laune hallten später noch in Hazel nach, als alle gegangen waren und sie Tische und Theke abwischte. Schließlich sperrte sie ab und ging in Richtung Haus. Owens Wagen stand nun in seiner Einfahrt. Erst auf den zweiten Blick entdeckte sie eine

Hängematte auf seiner Veranda. Jemand saß quer darin, die Beine berührten lässig übereinandergeschlagen den Bretterboden der Veranda, um sachte auf und ab zu schaukeln. Durch die hochgezogenen Enden der Hängematte konnte Hazel nicht sehen, wer es sich darin bequem gemacht hatte, doch die Hosenbeine und Schuhe hatten definitiv nicht viel mit Josies engen Jeans und Absatzstiefeln gemein.

Sie ging zu Owen hinüber. Er hatte die Augen geschlossen und ein Bier in der Hand. Anscheinend hatte er sie gehört, denn er lächelte. »Ich hatte gehofft, dass du noch kurz rüberkommst«, sagte er. Dann öffnete er die Augen und blinzelte sie müde an.

»Hattest du einen harten Tag?«, fragte Hazel.

»Sagen wir so, den Urlaub habe ich mir jetzt redlich verdient.«

Er griff seitlich hinter sich zum Verandaboden und holte eine zweite Flasche hervor, die er ihr entgegenstreckte. »Magst du dich zu mir setzen?«

Hazel nahm das Bier. Es rührte sie, dass er es für sie bereitgestellt hatte. Dann kletterte sie zu ihm in die Hängematte. Durch die hochgespannten Seiten rutschte sie automatisch an ihn heran. Owen zog seinen eingequetschten Arm unter ihr hervor und legte ihn um sie. Ein wohliges Gewühl durchströmte sie. Hazel lehnte ihren Kopf in die Mulde unter seinem Schlüsselbein.

»Was hast du heute alles gemacht?«, fragte er sie.

Während Owen die Hängematte sachte vor und zurück schaukeln ließ, dachte Hazel an ihr Gespräch mit Mike. Sie wusste nicht recht, wie sie mit diesem Thema beginnen sollte, doch sie hatte eindeutig das Bedürfnis, Owen davon zu erzählen. Sie mochte ihn, und das mit jedem Tag mehr. Und insgeheim hoffte sie natürlich, dass es ihm genauso ging. Er musste es also wissen. Sie räusperte sich etwas unbeholfen. »Ich habe heute mit meinem Freund telefoniert. Wir haben eine Beziehungspause beschlossen.«

»Oh«, antwortete Owen.

War das alles, was er dazu zu sagen hatte, oder war er einfach Gentleman genug, um sich nicht gleich anmerken zu lassen, dass er sich darüber freute?

Hazel sah zu ihm auf und suchte in seinem Gesicht nach einem Hinweis.

»Das ist die Entfernung«, sagte er schließlich. »Vielleicht versteht ihr euch wieder besser, wenn du zurück in San Diego bist.«

Sie wandte sich ab und dachte über Owens Worte nach. Innerlich schüttelte sie den Kopf. So einfach war es nicht. Doch sie hatte auch keine Lust, den schönen Abend hier mit Owen damit zu verschwenden, ihre verlorengegangenen Gefühle für Mike zu analysieren. Stattdessen wechselte Hazel nach einer Weile des Schweigens das Thema und erzählte, dass sie sich eine Ausrüstung bei Billy geholt habe.

»Das freut mich«, meinte er und streichelte ihr übers Haar.

»Mich auch«, flüsterte sie.

Sie schmiegte sich an ihn und spielte mit den Knöpfen an seinem zerknautschten Hemd. Der Duft nach Sandelholz und Regenluft löste ein Flattern in ihrem Bauch aus. Sie atmete tief ein.

Das Sonnenlicht streichelte Hazels Sinne. In Momenten wie diesen erkannte selbst sie die Schönheit der scheinbar endlosen Sonnenuntergänge, die sie nachts nicht schlafen ließen. Das goldene Licht tauchte alles um sie herum in ein warmes Leuchten. Hazel drehte den Kopf und sah zu Owen auf. Er wirkte erschöpft und seine Frisur war verstrubbelt. Eine Welle der Zuneigung rollte durch Hazel hindurch. Sie hob die Hand an seine Wange und streckte sich ihm entgegen. Er wirkte überrascht, doch für Hazel gab es kein Zurück mehr. Sie hatte lange genug gebraucht, um sich einzugestehen, wie sehr sie sich nach Owen sehnte, sobald sie nicht zusammen waren. Jetzt und hier in dieser Hängematte, wo plötzlich keinerlei Abstand mehr zwischen

ihnen war, fühlte sie deutlich wie nie zuvor, dass sie ihn wollte. Hazel legte ihre Lippen auf seine. Hitze stieg in ihr auf, als er den Kuss erwiderte. Vorsichtig stupste er mit der Zunge zwischen ihre Lippen und zog sie fester an sich. Hazel öffnete leicht den Mund. Überraschung und Scheu perlten von ihnen ab und ließen nur Verlangen und Zuneigung zurück. Sie streichelte seinen Hals entlang und über die Brust. Seine Küsse wurden drängender. Hazel rutschte weiter zu ihm hinauf. Jede Faser ihres Körpers wurde von seinem angezogen. Ein quietschendes Geräusch, das sie nicht einordnen konnte, ließ sie innehalten. Lauschend verharrte sie an seinen Lippen.

»Owen, kommst du dann bitte zu Tim rein? Ich muss los.« Josies Stimme kam von irgendwoher über ihnen. Vermutlich rief sie aus einem der Fenster heraus und hatte keine Ahnung, was sich da gerade unter ihr auf der Veranda abspielte.

Hazel spürte an Owens Lippen, dass er lächelte. Als sie sich von ihm löste, erwiderte sie es glücklich, auch wenn sie ihn am liebsten bei sich in der Hängematte behalten hätte.

KAPITEL

25

Als Hazel am nächsten Morgen aus dem Bett krabbelte, war das Erste, woran sie dachte, Owens Kuss. Der Gedanke entzündete prompt ein heftiges Kribbeln in ihrem Bauch und setzte sich hartnäckig dort fest. Sie dachte daran beim Duschen, beim Kaffeekochen und beim Aufräumen. Als es klopfte, flog sie förmlich zur Tür. Doch ihr »Guten Morgen!« blieb ihr im Hals stecken. Draußen stand nicht Owen, sondern Abby. Und was die Überraschung perfekt machte, war, dass sie ihre Angriffslust zu Hause gelassen hatte. Abby legte den Kopf schief, und ihr Gesichtsausdrück erinnerte Hazel an Mikes Bruder Leo, wenn er das letzte Stück Pizza verdrücken wollte.

»Darf ich reinkommen?«, fragte sie.

»Natürlich«, stammelte Hazel irritiert. So abweisend, wie Abby bei ihrer letzten Begegnung gewesen war, war sie die Letzte gewesen, die sie hier erwartet hätte.

Hazel führte sie ins Esszimmer und deutete auf die Eckbank. Abby nickte. Ihr Blick blieb einen Moment lang an dem Foto von Hazel und ihrem Dad in Taucheranzügen hängen, das Hazel beim Aufräumen wieder an seinen angestammten Platz zurückgestellt hatte. Dann ließ Abby sich langsam nieder.

»Möchtest du etwas trinken?«, fragte Hazel unbeholfen.

»Ein Wasser bitte.«

Während Hazel ihr das Getränk holte, beobachtete sie Abby verstohlen über die Küchentheke hinweg. Was wollte sie hier? Und wieso war sie auf einmal so freundlich? Sollte ihre Drohung, sie würde Nora anzeigen, sie doch eingeschüchtert haben?

Hazel setzte sich ihr schräg gegenüber und reichte ihr das Wasser. Abby trank jedoch nicht, sondern starrte das Glas nur nachdenklich an. »Es tut mir leid, Hazel«, sagte sie unvermittelt und sah auf.

Hazel konnte ihre Überraschung nicht verbergen. Ihre Augenbrauen waren bei Abbys Worten sofort in die Höhe geschossen. Diese reagierte mit einem erneuten Seufzen.

»Ich habe Nora auf deine kaputten Reifen angesprochen. Du hattest recht, sie ist es gewesen.« Abby zog ein Kuvert aus der Jackentasche und schob es Hazel über den Tisch zu. »Hier ist das Geld. Den Schaden ersetze ich dir natürlich.«

Unverwandt blickte Hazel auf das Kuvert. »Warum hat sie das gemacht?«

Abby nahm einen Schluck von ihrem Wasser. »Als wir erfahren haben, dass Charlie dir alles hinterlassen hat, haben wir uns betrogen gefühlt.« Sie schnaubte. »Das ist nicht gerade rühmlich, ich weiß. Aber er war auch unser Charlie, das endet doch nicht einfach mit seinem Tod.« Verkniffen fixierte sie wieder das Glas vor sich, als wollte sie es vermeiden, Hazel anzusehen. »Versteh mich nicht falsch, wir nagen nicht am Hungertuch, sodass wir es unbedingt nötig hätten. Und geldgeil sind wir auch nicht.« Unwirsch winkte sie ab und unterbrach sich selbst. »Aber Charlies Testament war für uns trotzdem ein Schlag vor den Kopf. Wir sind doch auch seine Familie gewesen!« Ihre Stimme hatte einen fast flehentlichen Ton angenommen.

Hazel hatte das Gefühl, etwas Tröstliches sagen zu müssen, doch ihr fiel beim besten Willen nichts ein. Die Gedanken in ihrem Kopf schlugen Purzelbäume, und es fiel ihr schwer, Abby zu verstehen. »Und deshalb versaut ihr den Pick-up und zerstecht Reifen?«, rief sie eine Spur zu schrill.

Abbys Blick zuckte kurz zu ihr, um sich dann wieder an das Wasserglas zu heften. »Ich weiß, dass der Schlamm an dem Wagen kindisch und dumm war«, gab sie kleinlaut zu. »Der Pick-up war die einzige Hinterlassenschaft von Charlie, die bei uns gelandet ist. Und gleich bei unserer ersten Begegnung hast du ihn eingefordert.« Ein vorwurfsvoller Unterton schlich sich in ihre Worte, doch sie streifte ihn schnell wieder ab. »Aber das mit den Reifen geht natürlich zu weit. Ich habe mit Nora gesprochen und ihr das Versprechen abgenommen, dich in Zukunft in Ruhe zu lassen.«

Hazel nickte überfordert. Sie war nicht gerade feinfühlig gewesen, was Dads Wagen betraf. Das war ihr durchaus bewusst.

»Wir haben ja mitbekommen, dass er dir ständig geschrieben hat. Wieder und wieder hat er den Kontakt zu dir gesucht. Und obwohl du ihn immer hast abblitzen lassen, hat er dir alles vermacht.« Sie machte eine Pause und starrte Hazel durchdringend an. »Und wir, wir waren jeden Tag für ihn da, haben mit ihm gelacht und geweint und gelebt. Und am Ende hat er uns vergessen.« Die Bitterkeit von Abbys Worten schlug Hazel entgegen wie eine schallende Ohrfeige. Unwillkürlich traten ihr die Tränen in die Augen. Denn im Grunde hatte Abby ausgesprochen, was sie selbst wusste. Sie hätte ihrem Dad nicht so lange vorhalten dürfen, dass er sich für ein neues Leben in Nome entschieden hatte. Und sie hatte dieses Erbe nicht verdient.

»Wir werden keine Freundinnen, Hazel. Aber Charlie hätte nicht gewollt, dass wir uns bekriegen. Damit würden wir sein Andenken

mit Füßen treten.« Dann stand sie auf und ging zur Tür. Ohne sich noch einmal nach Hazel umzusehen, verließ sie das Haus.

Hazel sank in sich zusammen. Hätte Abby sie mit Fäusten statt Worten geschlagen, hätte es sie auch nicht mehr treffen können. Schluchzend legte sie den Kopf auf die Tischplatte und lugte zu dem Foto in der Ecke hinüber. »Es tut mir so leid, Dad«, flüsterte sie. »Es tut mir so furchtbar leid!«

»Hey, alles okay?«, hörte sie Owens Stimme neben sich. Zwar waren ihre Tränen inzwischen wieder versiegt, doch Abbys Vorwürfe füllten sie noch immer aus wie dunkle Gewitterwolken. Überrascht sah sie zu Owen auf und wischte sich fahrig über das Gesicht.

»Entschuldige, dass ich so hereinplatze. Die Tür stand offen, und da habe ich dich hier sitzen sehen wie ein Häufchen Elend.« Er setzte sich zu ihr und nahm sie in die Arme. »Ist etwas passiert?«, fragte er besorgt.

Hazel schmiegte sich in seine Umarmung. Es tat so gut, ihn wieder bei sich zu haben. Gerade jetzt, nach der aufwühlenden Unterhaltung mit Abby, war Hazel doppelt froh, dass Owen zu ihr gekommen war.

»Schon gut, es ist schön, dass du da bist«, krächzte sie. »Abby war nur gerade hier und hat mich ein bisschen aus dem Konzept gebracht.«

»O nein. Machen Nora und sie schon wieder Ärger?« Mit mitfühlendem Blick streichelte er ihr über den Rücken.

»Im Gegenteil«, gab Hazel mit belegter Stimme zu. »Abbys Besuch war eher der Beginn eines Waffenstillstandes, denke ich.« Stockend berichtete sie ihm von dem Gespräch und sparte auch Abbys schmerzhaften Vorwürfe nicht aus.

»Nimm dir ihre Worte nicht so zu Herzen, Hazel.« Er zog sie näher an sich und gab ihr einen Kuss auf die Schläfe, ehe er weitersprach.

»Ich glaube, es ist in dieser Situation ganz normal, dass ihr euch nicht versteht.«

»Wie meinst du das?«

»Na ja, du hast Charlies Leben in San Diego mit ihm geteilt, Abby sein neues hier in Nome. Und wenn ihr euch anseht, dann führt euch das genau den Teil vor Augen, der euch fehlt. Abby ist ein Mahnmal für dich, eine unschöne, ja, schmerzhafte Erinnerung an den Lebensabschnitt deines Dads, den du verpasst hast. Und ich denke, Abby geht es mit dir genauso. Und jedes Mal, wenn ihr euch trefft, fragt ihr euch unweigerlich, welcher dieser beiden Teile für Charlie der wichtigere war.«

»Meine Güte«, flüsterte Hazel kopfschüttelnd und sah Owen überrascht an. »Bist du sicher, dass du nicht lieber Philosoph oder Psychologe werden solltest?«

Er lächelte schief.

»Vielleicht hast du recht«, murmelte sie nachdenklich. »Zumindest hört sich das alles sehr plausibel an.«

Zärtlich strich Owen ihr eine widerspenstige Strähne hinters Ohr. Hazel griff nach seiner Hand und schmiegte ihre Wange an sie. Unweigerlich dachte sie an den Kuss am Vorabend. Sie war erleichtert, dass sie noch immer ganz normal miteinander reden konnten und es nicht komisch zwischen ihnen geworden war.

So, wie sich die Dinge zwischen ihnen entwickelten, war Hazel doppelt froh, dass Mike und sie ihre Beziehung auf Eis gelegt hatten. Anfänglich hatte Owen noch gemeint, dass sie diese Beziehung nach ihrer Rückkehr nach San Diego vielleicht reanimieren würden. Doch jede Sekunde mit Owen trieb sie weiter weg von Mike. Und wenn sie ehrlich war, hatte sie keine Sehnsucht nach ihm gehabt, obwohl er schon so lange so weit von ihr entfernt war. Owen hatte sie gefangen genommen mit seiner Fürsorge und nicht zuletzt mit seinen Küssen. Und Hazel dachte nicht daran, sich daraus wieder befreien zu wollen.

KAPITEL

26

Ich würde vorschlagen, wir gehen heute einfach mal ohne den Sauger runter. Du kannst erst mal in Ruhe die Beringsee kennenlernen und dich mit den Gegebenheiten vertraut machen. Ist das okay für dich?«, schlug Owen vor, als sie sich auf den Weg machten.

»Klar, gern. Das klingt großartig!« Plötzlich wurde Hazel bewusst, dass sie schon viel zu lange nicht mehr Tauchen gewesen war. Von La Jolla verwöhnt, würde die Beringsee es schwer haben, Hazel zu beeindrucken. Doch das neue, fremde Gebiet lockte ihren Entdeckergeist.

Schwere Wolken hingen am Himmel, als Hazel ihre Equipmentkiste von Billy auf die Ladefläche von Owens Pick-up hievte. Wenig später gesellten sich eine ganz ähnliche Kiste mit Owens Ausrüstung und die Sauerstoffflaschen dazu.

»Hast du die Schlüssel fürs Boot?«, fragte Owen nach, als sie im Wagen saßen und überlegten, ob sie irgendetwas vergessen hatten. Hazel zog ihren Schlüsselbund aus der Tasche und ließ ihn vor Owens Nase hin und her baumeln.

»Na, dann los!«

Mit jedem Yard, den sie sich dem Hafen näherten, wuchs Hazels Aufregung. Sie fühlte sich wie ein Kind, das auf den Weihnachtsmann

wartete. Als sie die Ausrüstung auf dem Boot verstaut hatten, gab sie Owen die Bootsschlüssel. Zwar war sie zu Hause vor der Küste San Diegos schon oft mit dem Boot gefahren, doch gerade fühlte sie sich zu aufgedreht, um sich mit den noch fremden Armaturen des alten Kahns auseinanderzusetzen. Owen nahm den Schlüsselbund entgegen und sperrte die kleine Steuerkabine auf.

»Soll ich zu Charlies Claim fahren?«, fragte er über die Schulter, als er hineinging.

»Gute Idee.« Dort würden sie ungestört sein und nicht Gefahr laufen, anderen Tauchern in die Quere zu kommen.

Der Motor der *Little Blue Elephant* sägte ratternd durch die Stille. Als sie den Hafen verließen und aufs Meer hinausfuhren, erblickte Hazel zahlreiche Bötchen auf dem Wasser. Am Strand standen ein paar Waschrinnen, und mehrere Leute hatten Schüsseln zum Goldwaschen in den Händen. Ein Lächeln breitete sich auf Hazels Gesicht aus. Eine Mischung aus Hoffnung und Eifer zog sich wie elektrisierend durch die Luft. Das musste es sein, das Goldfieber. Und heute würde sie endlich den ersten Schritt in diese Welt machen. Hazel konnte es kaum erwarten.

Da entdeckte sie Murphys schwimmende Plattform. Der Bagger war zwar in Position, doch er rührte sich nicht. Erst auf den zweiten Blick sah sie Murphy neben der riesigen Waschrinne. Er stand ihnen zugewandt am äußersten Rand und schien zur *Little Blue Elephant* herüberzustarren. Die Arme hatte Murphy vor der Brust verschränkt. Für einen Moment war Hazel versucht, ihm trotzig zuzuwinken. Doch sie unterdrückte den Impuls, um ihn nicht unnötig zu reizen. Murphy spuckte demonstrativ vor sich ins Wasser. Dann löste er die Arme aus ihrer Verschränkung, wandte sich ab und kletterte auf seinen Bagger. Hazel atmete pfeifend aus.

Sie hatte nur ungefähr gewusst, wo Charlies Claim sich befand. Nun bestätigte das Verstummen des Bootmotors, dass sie angekommen waren.

»Hast du den Taucheranzug schon drunter?«, fragte Owen, als er aus der Steuerkabine trat.

Sie schüttelte den Kopf. Vor lauter Aufregung hatte sie gar nicht darüber nachgedacht, wo sie sich würde umziehen können. Hazel musste ein ziemlich ratloses Gesicht machen, denn es entlockte Owen prompt ein Grinsen.

»Du kannst dich drinnen umziehen«, sagte er und deutete auf die Steuerkabine. Hazel betrachtete skeptisch die großen Glasflächen.

»An den Fenstern sind Jalousien angebracht.« Owen deutete zu den Glasfronten. Er hatte ihre Bedenken wohl sogleich erraten. »Ich guck auch weg«, meinte er dann, »zumindest, wenn du das willst.«

Hazel fühlte, wie ihr die Hitze in die Wangen stieg. Das Meer, der bevorstehende Tauchgang, sie beide hier allein auf diesem Boot – das alles trug nicht gerade dazu bei, die Spannung, die seit ihrem Kuss zwischen ihnen knisterte, zu zerstreuen. Im Gegenteil.

Sie warf einen unsicheren Blick in Richtung von Murphys Plattform, die zwar von hier aus ein ganzes Stück entfernt lag, aber trotzdem noch gut sichtbar war.

»Hey, ich hab nur Spaß gemacht.« Grinsend schloss er die Lücke zwischen ihnen. Dann drückte er ihr einen Kuss auf die Lippen und schob sie rückwärts zum Eingang der Steuerkabine. »Nun mach schon«, flüsterte er mit verschmitztem Gesichtsausdruck. »Hier weiß man nie, wie lange das Wetter hält.« Er zwinkerte ihr zu und wandte sich ab. Und Hazel war beinahe etwas enttäuscht darüber, doch dann verschwand sie schnell in die Steuerkabine.

Als sie wieder ins Freie trat, hatte Owen bereits den Anker ausgeworfen, sich den Bleigurt angelegt und hantierte mit den Sauerstoff-

flaschen herum. Ein Lächeln flog in sein Gesicht, als er zu ihr aufsah. »Ich freue mich, dass wir das zusammen machen.«

»Ich mich auch«, antwortete sie und angelte sich ihren Bleigurt aus der Equipmentkiste. Schließlich zog Owen eine metallene Leiter, die aussah, als hätte er sie aus einem Schwimmbad geklaut, unter der Holzbank hervor und befestigte sie mit geübten Griffen am Heck des Bootes. Ehe die beiden ins Meer sprangen, überprüften sie gegenseitig ihre Ausrüstung. Sicher war sicher.

Als die Beringsee Hazel umfing, fühlte sie sich ein bisschen, als würde sie nach Hause kommen. Viel zu lang schon war sie nicht durch Meerwasser geglitten. Sie war überrascht, wie kühl es sich in ihrem Gesicht anfühlte. Doch es war nicht so kalt, dass es unangenehm war. Owen drehte einen Kreis um sie herum. Dann breitete er die Arme aus, als wollte er ihr die Beringsee präsentieren wie ein Showmaster. Hazel deutete Applaus an und schmunzelte in sich hinein. Dann folgte sie ihm weiter nach unten.

Wie Owen ihr schon vorher erklärt hatte, war das Meer hier nicht sehr tief und sie erreichten schnell den Grund.

Die Beringsee wirkte auf Hazel dunkel und geheimnisvoll. Sie wartete nicht mit dem Zauber eines Kelpwaldes auf oder mit einem farbenfrohen Riff. Trotzdem zog sie Hazel augenblicklich in ihren Bann. Ein paar Lachse schwammen träge an ihnen vorbei, und eine große Krabbe stakste aufgescheucht davon, als Owen neben ihr ein paar Steine zur Seite schob.

Gemeinsam tauchten Hazel und Owen nebeneinander dicht über den Meeresgrund. Dabei wischte Owen immer wieder mit der Hand Steinchen oder Sand zur Seite. Hazel beobachtete ihn irritiert dabei.

Immer weiter entfernten sie sich vom Boot. Hazel wusste, dass man im Sommer hier in der Beringsee auch auf Buckelwale, Orcas

und Grauwale stoßen konnte. Doch vielleicht mussten sie dazu weiter rausfahren. Sie würde Owen später danach fragen.

Jetzt erst bemerkte sie, dass er zurückgeblieben und sie in Gedanken ohne ihn weitergetaucht war. Owen leuchtete mit seiner Lampe vor sich auf den Meeresgrund. Dann sah er zu ihr auf und winkte sie heran. Neugierig schwamm sie zu ihm zurück. Er hatte über den Boden gewischt und deutete nun auf die von Steinen befreite Stelle. Stirnrunzelnd kam Hazel ganz nah heran und folgte mit ihrem Blick seinem Finger. Kleine goldene Punkte glänzten im Schein der Lampe zwischen den Sandkörnen auf. Hazel stockte der Atem. Unglaublich! Hier lag ja wirklich das Gold einfach auf dem Boden herum. Man musste es nur aufsammeln!

Sie griff nach einem der Goldpunkte, doch mit ihren Handschuhen fiel es ihr schwer, das kleine glänzende Körnchen zu greifen. Außerdem verschätzte sie sich auch als erfahrene Taucherin unter Wasser immer wieder mit den Entfernungen, wenn sie etwas nehmen wollte, was das Auflesen der Goldpunkte zusätzlich erschwerte. Nun verstand Hazel, warum hier mit einer Art Riesenstaubsauger gearbeitet wurde. Und wer wusste schon, wie viele Körnchen sich hier im Sand versteckten. Womöglich wäre man da wie Aschenputtel ziemlich lange beschäftigt.

»Das ist ja unglaublich!«, prustete Hazel, als sie auftauchten.

»Ich hatte gehofft, dass ich eine glitzernde Stelle finde«, gestand Owen mit zufriedener Miene. »Konnte ich dich damit ein bisschen beeindrucken?«

»Auf jeden Fall!« Hazel war mit einem Schwimmzug bei ihm. »Und nicht nur damit.«

Zusammen schwammen sie zum Boot zurück.

KAPITEL

27

Als sie am späten Nachmittag zurückkamen, wurden sie mit großem Hallo empfangen. Margret, Josie und Tim standen vor dem noch verschlossenen *Scubadoo* und warteten bereits auf sie. Tim hielt eine große Packung Gummibärchen in den Händen und schien äußerst unschlüssig zu sein, ob er sie herausrücken sollte. Margret hatte einen Kuchen dabei und Josie schwenkte eine Flasche Sekt.

»Was ist denn hier los? Habe ich einen Geburtstag vergessen?«, rief Hazel überrascht, als sie aus dem Wagen stieg und auf die drei zuging.

»Nein, aber wir wollten deinen ersten Tauchgang in der Beringsee feiern und darauf anstoßen, dass ihr in den nächsten Wochen eine Unmenge an Gold vom Meeresboden holt!« Fröhlich ließ Josie den Sektkorken knallen.

»Was für eine schöne Überraschung!« Hazel freute sich sehr über den herzlichen Empfang. »Hast du das gewusst?«, fragte sie Owen.

Doch der hob abwehrend beide Hände und schüttelte den Kopf.

»War Moms Idee«, meinte Tim und hielt die Gummibärchen nun fest an seine Brust gedrückt.

Lächelnd sperrte Hazel das *Scubadoo* auf. Diese kleine Spontanparty wäre sicherlich ganz nach Dads Geschmack gewesen. Sie warf

einen wehmütigen Blick auf das Foto von ihm links neben der Tür, als sie eintrat.

»Ich glaube, ich habe gar keine Sektgläser.« Hazel wollte sich schnell auf den Weg ins Haus machen, um dort nachzusehen, doch Josie schnappte sich kurzerhand eine der vorbereiteten Kaffeetassen von der Theke.

»Ach, wenn's weiter nichts ist.« Zwinkernd reichte sie Hazel die Tasse und versorgte auch die anderen, damit sie anstoßen konnten.

»Ich habe Nuss-Schoko-Kuchen gebacken. Leider hatte ich verpasst, dich zu fragen, welchen du gern isst. Aber Charlie hat der immer so gut geschmeckt, deshalb habe ich mein Glück damit versucht«, erzählte Margret.

»Na, das ist aber nicht unbedingt ein Qualitätsmerkmal«, stichelte Owen. »Charlie mochte alles, was süß war. Der hat ja sogar Josies Weihnachtsplätzchen gegessen.«

Margret lachte schallend, und Josie hob tadelnd ihren Zeigefinger, was bei ihr jedoch eher keck als streng wirkte.

Kichernd schnitt Hazel den Kuchen auf. Owen machte sich inzwischen an der Kaffeemaschine zu schaffen. Als sich alle niederließen, fiel Hazel auf, dass Tim sich zwar inzwischen entschieden hatte, die Gummibärchen zu behalten, er aber nichts zu trinken hatte. Deshalb eilte sie ins Haus und holte eine Apfelschorle für ihn.

Hazel genoss die gemütliche Runde sehr. »Wir haben übrigens auch schon Gold gesehen«, erzählte sie aufgeregt. »Gleich beim ersten Tauchgang! Ich kann es immer noch kaum glauben.«

»Das ist bestimmt ein gutes Omen für eure Saison!« Josie hob ihren Becher und prostete ihr zu.

Owen, der neben Hazel saß, drückte zur Bestätigung ihre Hand unter dem Tisch. Sie lächelte ihn an. Am liebsten hätte sie sich an ihn gekuschelt, doch das wagte sie vor so vielen Zuschauern nicht.

Als einige andere Gäste in die kleine Hütte kamen, verabschiedete sich Margret. Sie drückte und herzte sie alle. Und als Hazel an der Reihe war, meinte sie kurz, die Luft würde ihr wegbleiben, so sehr drückte Margret sie an sich. Als sie vor zwei Wochen in Nome gelandet war, war die Stadt ihr kalt, grau und abweisend erschienen. Wie sehr hatte sie sich da doch getäuscht.

»Jetzt ist es aber genug, kleiner Mann!« Josie beugte sich zu Tim hinüber und nahm ihm die Tüte Gummibärchen aus den Händen. Zur Antwort zog er eine Schnute und sah seine Mom vorwurfsvoll an.

»Wie soll Owen es denn schaffen, dich ins Bett zu bringen, wenn du vor lauter Zucker ganz aufgekratzt bist?«, fuhr Josie fort. Missmutig blickte Tim zwischen seiner Mom und Owen hin und her.

»Guck nicht so«, tadelte Owen ihn, beugte sich über Hazel hinweg zu Tim hinüber und boxte ihn spielerisch. Kichernd wehrte er seine Angriffe ab.

»Wir kommen schon klar«, stellte Owen dann fest. »Wenn du magst, lese ich dir aus deinem Weltraumbuch vor.« Er zwinkerte Tim verschwörerisch zu. Der hatte die Gummibärchen anscheinend längst vergessen und strahlte über das ganze Gesicht.

»Was hast du denn heute Abend vor?«, wandte Hazel sich neugierig an Josie. »Hast du ein Date?«

Doch die rollte mit den Augen, als fände sie diese Idee ganz und gar abwegig, und winkte ab. »Nein, als Date würde ich Hershel jetzt nicht unbedingt bezeichnen.« Sie lachte, und Owen stimmte prompt mit ein. »Hershel ist mein Chef«, klärte sie Hazel schließlich auf. »Er ist ein herzensguter Kerl, das auf jeden Fall, aber er ist eindeutig zu alt für mich«, plapperte sie weiter. »Ich arbeite von donnerstags bis sonntags in einer Bar. Also, wenn du mal einen perfekt gemixten Drink genießen möchtest, dann komm vorbei.« Sie wackelte grinsend mit ihren perfekt nachgezogenen Augenbrauen. Nun musste auch Hazel kichern.

»Das ist mein Stichwort. Ich muss leider los, ihr Süßen!« Josie stand auf und drückte Tim, Owen und Hazel je einen Schmatzer auf die Wange. In gespielter Empörung zeigte Tim auf die roten Spuren auf ihren Wangen und wischte an seiner eigenen herum, als gäbe es nichts Ekeligeres als Lippenstift. Dann gähnte er herzhaft.

»Ich denke, wir verabschieden uns auch«, sagte Owen daraufhin mit Seitenblick zu seinem kleinen Neffen. Hazel meinte, eine Spur von Bedauern in seiner Stimme zu hören. Oder war das womöglich nur Wunschdenken? Da spürte sie unter dem Tisch seine Hand auf ihrer. Er lächelte sie an und wirkte dabei beinahe schüchtern. Vielleicht ging es ihm ja wie ihr. Vielleicht hielten ihn auch nur die vielen anderen Leute um sie herum von ihr fern. Ein warmes Kribbeln breitete sich bei dem Gedanken in ihrem Bauch aus. Erst als Tim sie ansprach, wurde Hazel bewusst, wie sehr Owens Blick sie gefangen genommen hatte.

»Mom hat erzählt, ihr wart zusammen oben bei den White-Alice-Towers.«

Owen nickte, ohne den Blick von ihr abzuwenden.

»Ich wollte eigentlich mit. Hat Mom euch das nicht gesagt?« Nun klang Tim beinahe beleidigt.

»Das hat sie bestimmt nur vergessen, Buddy«, sagte Owen in beschwichtigendem Tonfall.

Hazel war sich sicher, dass Josie niemals vergessen hätte, Tim diesen Wunsch zu erfüllen. Doch Hazel hatte von Anfang an das Gefühl gehabt, dass sie versuchte, Owen und sie einander näherzubringen. Anscheinend hatte sie passend zum Thema der White-Alice-Towers sensible Antennen für die Gefühle ihrer Mitmenschen.

»Weißt du, was?«, wandte Hazel sich nun an Tim. »Wir fahren in den nächsten Tagen einfach noch einmal hin, und dann nehmen wir dich mit. Versprochen.«

Tim streckte Hazel mit gewichtiger Miene die Hand entgegen, und sie schlug gern ein.

KAPITEL

28

Die Vorfreude auf ihr erstes Goldschürfen trieb Hazel ungewöhnlich früh aus dem Bett. Enttäuscht stellte sie jedoch fest, dass im Nachbarhaus noch alles ruhig war. So tigerte sie mit einer Tasse Kaffee in der Hand immer wieder zum Fenster, um einen Blick hinüberzuwerfen. Da Josie am Abend sicherlich lange hinter der Bar gestanden hatte, würde sie wahrscheinlich ausschlafen. Auch die anderen beiden würden sonntags womöglich spät aufstehen, und Owen hatte ja ohnehin Urlaub.

Als sie Josie endlich durch das Küchenfenster erblickte, kam Hazel sich schon vor wie eine Spannerin. Josie trug einen Bademantel und hatte ihr langes dunkelblondes Haar zu einem voluminösen Dutt hochgezwirbelt. Sie sah müde aus, und von Tim und Owen fehlte noch jede Spur. Also beschloss Hazel schweren Herzens, noch eine Stunde zu warten, bevor sie hinüberging.

Exakt sechzig Minuten später hatte sie im ganzen Haus gestaubsaugt, das Bad geputzt, ihr Bett frisch bezogen und stand vor Owens Tür.

Josie öffnete auf ihr Klopfen hin. Sie trug noch immer ihren rosafarbenen Frotteebademantel. Pancakesduft drang aus dem Haus und in Hazels Nase.

»Na, hat dich das Goldfieber so gepackt, dass du es nicht mehr erwarten kannst?« Sie grinste. »Oder ist es ein anderes Goldstück, das dich herübergelockt hat?« Josy hob eine ihrer geschwungenen Augenbrauen, und ihr Grinsen wurde breiter. Hazel fühlte sich gleich in doppelter Hinsicht ertappt. Sie winkte verlegen ab, als wollte sie eine Antwort beiseiteschieben. »Darf ich reinkommen?«, fragte sie stattdessen.

»Klar.« Josie trat einen Schritt zur Seite, um sie hereinzulassen, und schloss die Tür hinter ihr. »Besuch ist da!«, flötete sie über die Schulter ins Haus.

Owen und Tim saßen am Esszimmertisch und aßen mit großem Appetit Pancakes.

»Guten Morgen! Du kommst genau zur richtigen Zeit. Josie macht gerade Pancakes.«

Plötzlich war es Hazel unangenehm, am Sonntagmorgen in diese Familienidylle zu platzen. Gerade überlegte sie, ob sie den Rückzug antreten und später wiederkommen sollte, da spürte sie Josies Hände von hinten an ihren Schultern. Sachte schob sie sie zum Esszimmertisch, wo Owen schon dabei war, ihr Kaffee einzuschenken. Erleichtert ließ Hazel sich auf den freien Stuhl fallen. Meistens frühstückte sie nichts, doch der Duft war wirklich verführerisch. Und als Josie prompt hinter die Küchentheke ging und anfing, am Herd herumzuhantieren, hatte Hazel sich längst mit der Idee angefreundet, mit ihnen zu frühstücken.

»Pancakes sind unser Sonntagmorgenritual«, meinte Owen kauend, während Tim Ahornsirup über seinen Teller goss.

»Ein schönes Ritual. Aber ihr hättet Josie ruhig das Braten abnehmen können. Sie war gestern Abend doch arbeiten«, antwortete Hazel und setzte eine tadelnde Miene auf. »Kann ich dir helfen?«, rief sie in die Küche.

Owen beugte sich zu ihr über den Tisch. »Vergiss es, sie lässt niemand anderes an den Herd«, flüsterte er.

»Nein, nein, danke, Hazel. Ich mache das gern«, schrie Josie prompt gegen das Rauschen des Dunstabzuges an.

Owen zuckte mit den Schultern und warf ihr einen Ich-habs-dir-ja-gesagt-Blick zu.

»Okay, okay«, murmelte Hazel und hob beide Hände, als wollte sie sich ergeben. Dann nippte sie an ihrem Kaffee.

Wenig später kämpfte sie mit einem Berg Pancakes. Josie hatte offensichtlich Freude daran, für andere zu kochen und sie zu bewirten. Doch mit dieser Portion hatte sie es eindeutig übertrieben. Nach zwei Pancakes schob Hazel den Teller von sich. »Sorry, aber wenn ich das alles esse, sinke ich bei unserem Tauchgang später wie ein Stein zum Meeresgrund.«

»Owen rettet dich schon im Fall der Fälle.« Josie grinste in sich hinein. Hazel musste unweigerlich auch lächeln. Vermutlich war sie nicht nur für Josie ein offenes Buch. Sie dachte an den Vortag, als Owen im *Scubadoo* ihre Hand unter dem Tisch genommen hatte. Nun legte sie ihm die Hand auf den Oberschenkel. »Ich will mein Glück nicht zu sehr herausfordern.«

»Wer weiß, vielleicht musst ja auch du mich retten. Ich habe nämlich aufgegessen.« Owen legte seine Hand auf ihre.

»Außerdem muss man das Glück fordern, sonst zieht es weiter zum nächsten«, erklärte Josie altklug, zog sich Hazels Teller heran und teilte die restlichen Pancakes zwischen Tim und sich auf.

Josie hatte Hazel und Owen zumindest den Tisch abräumen lassen, wenn sie schon das Kochzepter nicht aus der Hand gab.

»Ich hoffe, du hast keine Angst vor Spinnen«, meinte Owen nun, als er mit Hazel auf einen Schuppen hinter dem Haus zuging. »Wer weiß, was sich seit dem letzten Sommer hier alles eingenistet hat.«

Tatsächlich waren Spinnen nicht gerade Hazels Lieblingstiere, doch gruseliger als die Taranteln, die sie aus Kalifornien gewohnt war, würden die Achtbeiner hier vermutlich auch nicht sein.

Owen sperrte das Vorhängeschloss auf und öffnete die Schuppentür. Neugierig folgte Hazel ihm hinein. Wider Erwarten wirkte er im Inneren eher wie eine aufgeräumte Werkstatt als eine Abstellkammer. Eine blank geputzte Waschrinne fing ihren Blick ein. Sie war bei Weitem nicht so groß wie die auf Murphys schwimmender Plattform, doch etwas größer als die kleinen Rinnen, die sie am Strand gesehen hatte. Daneben standen mehrere Eimer aufgereiht, in denen für Hazel undefinierbare schwarze Gegenstände steckten. Sie ging einen Schritt näher heran.

»Das sind Matten für die Waschrinne«, erklärte Owen und kam zu ihr herüber. »Die feinen Partikel, die der Sauger hochholt, bleiben daran haften. Wenn sie voll sind, kommen sie in die Eimer, und hier waschen wir dann das Gold heraus.«

Hazel nickte, obwohl sie sich noch nicht hundertprozentig vorstellen konnte, wie das Goldschürfen genau ablief. Aber das würde sie ja bald live erleben. Neben der Waschrinne lag ein unförmiges Knäuel aus einem dicken, elastischen Rohr, das im schummrigen Licht der nackten Glühlampe unweigerlich an eine fette Schlange erinnerte. Schellen und Seile störten das Bild einer Boa jedoch zum Glück.

»Und das ist etwa der Sauger?«, fragte Hazel.

»Genau, der Rüssel des kleinen blauen Elefanten, sozusagen.«

Hazel sah sich weiter um. Auf der anderen Seite des Schuppens stand ein Tisch, darauf eine elektrische Herdplatte mit einer gusseisernen Pfanne und darunter ein großer Metallbottich. An der Wand

hingen die typischen Goldwaschschüsseln, die sie aus Wildwestfilmen kannte. Auf die Herdplatte konnte sie sich zwar auf Anhieb keinen Reim machen, aber die Waschschüsseln kamen ihrer laienhaften Idee vom Goldschürfen schon wesentlich näher als das restliche Equipment hier im Schuppen.

»Das ist echt interessant.« Hazel wandte sich von dem Tisch ab. Plötzlich drängte der Gedanke in ihren Kopf, dass sie nun endlich allein waren. Hier brauchten sie sich nicht verstohlen unter dem Tisch berühren oder in der kleinen Steuerkabine ihres Bootes verschanzen, um den Blicken der anderen zu entgehen.

Owen stand nah bei ihr. Als sie zu ihm aufsah, erkannte sie deutlich, dass er genau dasselbe dachte. Hazel schloss die letzte kleine Lücke zwischen ihnen und schlang ihre Arme um seinen Hals. Sofort umarmte auch er sie und drückte seine Lippen auf ihre. Dieser Kuss hatte nichts mit der schüchternen Zärtlichkeit in der Hängematte zu tun. All die Emotionen, die sich in den letzten Tagen in ihnen aufgestaut hatten, schienen nun mit voller Wucht herauszubrechen. Hazel vergrub ihre Finger in seinem Haar, während Owen seine unter ihrem Shirt den Rücken hinaufgleiten ließ. Owens Leidenschaft wühlte Hazel auf wie der Sturm die See und entlockte ihr ein Stöhnen. Als sie die Kante des Tisches hinter sich spürte, packte er sie, hob sie hoch und setzte sie darauf. Sofort schlang sie ihre Beine um seine Hüften. Er wanderte mit seinen Küssen seitlich ihren Hals hinab. Als sie sich zurücklehnte, schob er ihr das Shirt hoch und liebkoste ihre Brüste.

»Onkel Owen?«, drang da eine kindliche Stimme vom Garten her in den Schuppen. Augenblicklich hielt Owen über ihrem Bauchnabel inne. Sein Haar war völlig zerzaust. »O nein, bitte nicht«, flüsterte er. Seufzend kam er zu ihr hoch und vergrub sein Gesicht an ihrem Hals. Sie sog tief seinen Duft ein, der sie wie immer an eine Mischung aus Regenluft und Sandelholz erinnerte.

»Ich hab nicht abgesperrt«, murmelte er heiser.

Die beiden lauschten angespannt in die Stille.

»Onkel Owen?«, rief Tim da erneut. Seine Stimme schien nähergekommen zu sein. Schweren Herzens löste Hazel sich von Owen und zog hastig ihr Shirt herunter. Sie hatte den kleinen Tim von Anfang an in ihr Herz geschlossen, doch jetzt grade wünschte sie sich inständig, er würde einfach den Rückzug antreten, ins Haus gehen und dort einen musikalischen Disneyfilm in Überlänge ansehen.

Im nächsten Augenblick jedoch spitzte Tim schon zur Tür herein. »Wollen wir jetzt zu den White-Alice-Towers fahren?«

Kapitel

29

Nach einer kurzen Debatte hatten Hazel und Owen sich geschlagen gegeben und Tim zugesagt, mit ihm zu den Türmen zu fahren. Gegen sein etwas vorwurfsvoll klingendes Argument, dass er keinen Urlaub habe und am nächsten Tag wieder zur Schule müsse, war ihnen in ihrer Überrumpelung nichts eingefallen. Als der Kleine schließlich mit triumphierendem Lächeln wieder gegangen war, atmete Hazel prustend aus und ließ sich auf den Tisch zurücksinken. Owen beugte sich über sie und legte seine Stirn auf ihren Bauch. »Das war knapp«, flüsterte er.

Hazel richtete sich auf, schob ihn zurück und rutschte vom Tisch herunter. Dann versuchte sie vergebens, ein bisschen Ordnung in Owens Haar zu bringen. »Es ist hoffnungslos.« Sie lachte. »Deine Frisur ist völlig zerstört.«

Mit schiefem Grinsen strubbelte Owen sich über den Kopf.

»Aber du siehst zum Anbeißen aus«, flüsterte sie und knabberte an seinem Ohrläppchen.

»Hör auf, ich habe sowieso keine Ahnung, wie ich mich heute noch auf Dinge wie Autofahren, Turmbesichtigungen und Tauchen konzentrieren soll.«

Hazel schlang ihre Arme um ihn und drückte ihm einen Kuss auf die Wange.

Als sie den Schuppen verließen, kamen ihnen Josie und Tim entgegen.

»Ist das wirklich okay, dass ihr jetzt nach Nomehenge hochfahrt? Ihr wolltet doch tauchen gehen«, fragte Josie. Tim sah seine Mom bei diesen Worten grimmig an.

»Kein Problem«, antwortete Hazel. »Die Sonne soll sowieso erst nachmittags rauskommen. Da haben wir eine bessere Sicht beim Tauchen.«

Tims Miene hellte sich auf, während Josies Blick skeptisch zwischen Hazel und Owen hin und her wanderte. Für einen Moment meinte Hazel etwas peinlich berührt, er würde an Owens Sturmfrisur hängen bleiben. Doch Josie ließ sein Haar unkommentiert. »Na, wenn ihr meint«, sagte sie stattdessen mit einem Schulterzucken. »Tim freut sich. Nehmt meinen Wagen, dann müsst ihr den Kindersitz nicht umbauen.«

Wenig später saßen die drei in Josies uraltem Dodge. Als Hazel in den knautschigen Sitz einsank, fühlte sie sich, als würde sie in einem Blues-Brothers-Film mitspielen. Am Rückspiegel baumelten zwei rote Plüschwürfel.

»Sag nichts«, meinte Owen, als er ihren Blick auffing. »Josie liebt dieses Auto. Sie nennt es Harold.« Schmunzelnd schnallten sie sich an und Owen startete den Motor.

Sie kamen durch das Schürfgebiet, das Hazel beim letzten Mal schon aufgefallen war. Ein einsamer Radlader rollte langsam vor ihnen über die Straße. »Im Vergleich zum Strand geht es hier ja ganz schön gemächlich zu«, sagte sie.

Owen nickte. »Vermutlich ist hier nicht mehr viel zu holen. Ich habe gehört, die Renaturierungsmaßnahmen für diese Mine sind schon in Planung. Aber etwas weiter nordöstlich sollen vielleicht bald neue Claims vergeben werden.«

»Du bist ja gut informiert. Willst du einen davon pachten?«

»Nein, das liegt mir nicht. Josie kann ganz gut mit einem Bagger umgehen, aber ich suche mein Glück lieber im Meer.«

Hazel streckte ihre Hand nach ihm aus und strich ihm zärtlich durch das dunkelbraune kurze Haar im Nacken. Dann warf sie im Seitenspiegel einen Blick auf Tim. Er sah interessiert zum Fenster hinaus und war erstaunlich ruhig, seit sie aufgebrochen waren.

»Alles okay, Tim?«, fragte Hazel und drehte sich zu ihm um.

Er nickte und ein breites Grinsen flog in sein Gesicht, das seine Zahnlücke präsentierte. »Die Türme sind toll«, erklärte er in kindlicher Vorfreude.

Als sie wenig später bei den White-Alice-Towers ankamen, hörte Hazel den Sicherheitsgurt hinter sich schon aufschnappen, ehe der Motor verstummte. Tim riss die Tür auf und stürmte hinaus. Er rannte los und blieb erst stehen, als er die Mitte der vier Türme erreicht hatte. Dort wartete er auf Hazel und Owen. »Sie sehen fast aus wie große Segel!«, rief er ihnen zu, als sie näher kamen.

Hazel nickte. Genau dasselbe hatte sie auch gedacht, als sie die riesigen Türme zum ersten Mal gesehen hatte.

Sie spazierten gemeinsam um das Areal herum. Landeinwärts hingen dichte Wolken am Himmel, und in der Ferne konnte Hazel erkennen, dass es regnete. Über dem Meer hingegen war der Himmel freundlicher. Keine schlechten Aussichten für ihren Tauchgang später.

»Einunddreißig solcher White-Alice-Stationen hat es in Alaska gegeben, und die hier sind die einzigen, die noch stehen. Ist das nicht toll?« Tims Begeisterung war ansteckend.

Wow, Hazel war nicht bewusst gewesen, was für ein außergewöhnliches Zeitzeugnis sie da vor sich hatte.

»Weißt du eigentlich, wie die Türme funktioniert haben?«, fragte er sie nun.

Owen winkte ab. »Ich bin nicht sicher, ob Hazel das so sehr interessiert wie dich, Buddy.«

Sie fand es süß, dass Owen ihr Tims Erklärungen ersparen wollte. Wenn sie ehrlich war, hatte sie sich wirklich nie sehr für technische Zusammenhänge interessiert. Bei ihrem letzten Besuch hier war sie nicht einmal auf die Idee gekommen, sich oder gar Owen nach der Funktionsweise zu fragen. Doch Tims Augen leuchteten, und sie hätte es nicht übers Herz gebracht, ihn in seiner Begeisterung zu bremsen. »Ich kenne mich da gar nicht aus«, gab sie zu. »Aber es wäre toll, wenn du es mir erklärst.«

Tim strahlte und Owen strich ihr sanft über den Rücken.

Der kleine Mann überraschte Hazel nicht schlecht, als er mit Begriffen wie *Parabolantenne* und *Troposcatter* um sich warf. Zum Glück war Tim geduldig mit ihr, und am Ende hatte Hazel verstanden, dass die Türme gerichtete Signale von einer Station zur nächsten gesendet hatten. Da das System die Erdatmosphäre als eine Art Reflektor für die Signale genutzt hatte, war es möglich gewesen, weitere Strecken zu überbrücken, als es die Erdkrümmung auf direktem Wege erlaubt hätte.

»Das ist wirklich spannend.« Hazel ging neben Tim in die Hocke. »Woher weißt du das denn alles?«

»Onkel Owen hat es mir erklärt. Er ist nämlich auch gern hier oben, weißt du?«

Hazel lächelte zu Owen hinauf. »Ja, das weiß ich.«

Sie schlenderten noch eine Weile zwischen den Türmen umher und genossen die Aussicht. Nach einem Wettrennen quer über das Areal gingen sie schließlich zum Wagen zurück.

»Schade, dass die Türme heute nicht mehr funktionieren, oder?«, sagte Hazel zu Tim und hielt ihm die Autotür auf.

»Ja, jetzt hat man ja Satelliten. Wie die funktionieren, kann ich dir auch erklären. Owen hat mir ein Buch dazu geschenkt.«

»Gern.« Als sie die Wagentür geschlossen hatte, wandte sie sich über das Dach des Dodges hinweg an Owen.

»Tim ist ganz schön schlau«, meinte sie anerkennend.

Owen nickte. »Er ist ein toller Junge. Zum Glück kommt er ganz nach seiner Mom.«

Hazel entging der Schatten nicht, der dabei über Owens Gesicht huschte. Dass er auf Tims Dad nicht gut zu sprechen war, hatte er schon einmal angedeutet. Irgendwann würde Hazel ihn oder Josie fragen, was damals geschehen war. Doch nun war dafür nicht der richtige Zeitpunkt. Sie wandte sich ab und öffnete die Beifahrertür.

Kapitel 30

Tatsächlich lachte die Sonne vom Himmel, als sie Owens Pick-up mit der Ausrüstung beluden.

Hazel hängte ein *Heute-leider-geschlossen*-Schild an die Straßenseite des *Scubadoo*. Dann ging sie wieder hinüber zu Owen.

»Wann musst du zur Arbeit, Josie? Sollen wir zu einer bestimmten Uhrzeit wieder hier sein?«, rief Hazel ins Haus. Josie kam zur Tür. »Lieb, dass du fragst. Aber Tim übernachtet heute bei meinen Eltern. Ihr habt also sturmfrei.« Josie zwinkerte ihr zu. Vergeblich versuchte Hazel ein Grinsen zu unterdrücken und spürte, wie ihre Wangen prompt heiß wurden. Meine Güte, sie war in den letzten Tagen wohl ins Teenageralter zurückgefallen.

»Oder ihr schaut heute Abend mal bei mir in der Bar vorbei. Wir haben heute Cocktailparty.«

»Klingt gut«, antwortete Hazel und verabschiedete sich von Josie und Tim. Owen winkte den beiden zu und stieg dann in den Wagen. Kaum hatte Hazel auf dem Beifahrersitz Platz genommen, beugte er sich zu ihr herüber und küsste sie. Überrascht schnappte Hazel nach Luft und warf einen kurzen Seitenblick zur Haustür. Doch Josie und Tim waren schon hineingegangen.

»Entschuldige, ich wollte dich nicht überrumpeln.«

»Nicht doch. So werde ich gern überrumpelt.« Hazel griff ihn vorn am Shirt und zog ihn noch einmal zu sich heran.

Sie fuhren auf direktem Weg zum Hafen und beluden die *Little Blue Elephant*. Die Waschrinne und den Sauger auf das Boot zu bekommen stellte sich als wackliges und kräftezehrendes Unterfangen heraus. Nicht nur einmal wäre beinahe einer von ihnen im Wasser gelandet. Doch irgendwie schafften sie es, alle Ausrüstung trocken an Bord zu bringen. Die Ladefläche hinter der Steuerkabine war damit komplett ausgefüllt. Doch wenn sie den Sauger zu Wasser lassen würden, hätten sie auch wieder mehr Platz. Im Moment lag der elastische Schlauch um die Waschrinne gewunden auf den Planken und schien ständig im Weg zu sein. Hazel versuchte, die Kunststoffboa etwas zur Seite zu räumen, aber das störrische Ding schnellte sofort zurück und brachte sie ins Straucheln.

»Puh, gar nicht so einfach«, keuchte Hazel.

»Tja, das Gold will verdient sein«, schmunzelte Owen und half ihr.

Endlich warfen sie den Motor an und ratterten aus dem Hafen. Owen überließ Hazel das Steuer, während er sich umzog. Und Hazel konnte nicht anders, als den ein oder anderen unauffälligen Blick zu riskieren. Meine Güte, wie sehr dieser Mann sie doch in seinen Bann gezogen hatte. Am liebsten hätte sie das Steuer losgelassen und sich an seinen nackten Rücken geschmiegt.

Zum Glück kam er wenige Augenblicke später zu ihr und legte von hinten die Arme um sie, als sie den Motor stoppte. Das GPS zeigte an, dass sie Charlies Claim erreicht hatten.

»Na, spürst du es schon, das Goldfieber?«, flüsterte er so nah an ihrem Ohr, dass sein Atem ihr einen wohligen Schauer über den Nacken rieseln ließ. Sie drehte sich zu ihm um und gab ihm einen Kuss auf die kratzige Wange. Pünktlich zum Wochenende hatte Owen

anscheinend aufgehört, sich zu rasieren. Hazel mochte den dunklen Schatten eines Dreitagebarts, der sich inzwischen auf seinem Gesicht abzeichnete.

»Und wie! Komm schon, ich kann es kaum erwarten, ins Wasser zu springen!«

Grinsend ließ er sich zurückschieben und die beiden verließen zusammen die Steuerkabine. Owen warf den Anker aus. Dann rangen sie gemeinsam mit dem unhandlichen Saugrüssel, der etwas störrisch zwar, doch auch recht zügig seinen Weg ins Wasser fand.

»Lass uns erst einmal zusammen runtergehen und eine gute Stelle suchen. Und dann zeige ich dir unten, wie du den Sauger halten musst, einverstanden?«

Hazel nickte eifrig und legte sich ihren Bleigurt an. Sie prüften gegenseitig ihre Ausrüstung und ließen sich dann rückwärts von der Kante des Bootes fallen.

Die Beringsee nahm sie auf und zog sie in eine kühle Umarmung. Hazel tauchte ein Stück und drehte sich dann zum Boot um. Selbst jetzt, mit dem langen Saugrohr, hatte es nur mit sehr viel Fantasie entfernte Ähnlichkeit mit einem Elefanten. Einen wehmütigen Augenblick lang dachte sie an ihren Dad. Ob er sie wohl gerade beobachtete, von wo aus immer er nun war? Hazel wollte so gern glauben, dass er sah, wie sie mit seinem einstigen Tauchbuddy im Beringmeer schürfte. Sicherlich würde ihm das ein Lächeln ins Gesicht zaubern.

Hazel spürte Owens Finger an ihren. Sie wandte sich ihm zu und gab ihm ein Zeichen, dass alles okay war. Hand in Hand tauchten sie zum Meeresgrund und glitten dann gemächlich darüber hinweg zurück in Richtung des Bootes. Wie schon beim letzten Mal, zog ein Grüppchen Lachse an ihnen vorbei.

Owen führte sie zu der Stelle, wo der Sauger auf dem Meeresgrund endete. Dort lösten sie sich voneinander und er begann, über den

Boden zu wischen. Neugierig hielt Hazel Ausschau nach den verheißungsvollen glänzenden Körnchen. Doch Owen schüttelte den Kopf und schwamm ein Stück weiter. Dort versuchte er es erneut. Es dauerte eine ganze Weile, bis er eine Stelle fand, die er anscheinend für vielversprechend hielt. Zumindest winkte er sie heran und deutete in den Sand. Hazel suchte angestrengt den Boden ab, und tatsächlich glänzten dort, je nachdem, aus welchem Winkel sie hinsah, kleine goldene Lichtpünktchen.

Owen holte den Sauger heran und zeigte ihr, wie sie ihn halten sollte, nämlich immer so, dass sie nicht vor der Öffnung schwamm, sondern sie mit beiden Händen vor sich und von sich weghielt. Er deutete auf ihre Sauerstoffschläuche und hob mahnend den Zeigefinger. Hazel verstand und nickte. Sie würde gut aufpassen, dass der Sauger ihre Ausrüstung nicht erwischte, und sich hinter ihm halten.

Dann tauchte Owen auf, um ihn einzuschalten, und wenig später schlürfte der Rüssel gierig Sand, kleine Steinchen und hoffentlich auch ein bisschen Gold vom Meeresboden. Hazel gelang es gut, den Sauger in Position zu halten. Doch als sie ihn etwas zur Seite bewegen wollte, bemerkte sie, wie störrisch und schwer das Ding war. Deshalb war sie froh, dass Owen gleich wieder zurückkam, gemeinsam klappte es problemlos.

Trotz dieser monotonen Tätigkeit ebbte das Adrenalin in Hazels Körper nicht ab. Die vielen neuen Eindrücke, die ersten Anzeichen des Goldfiebers und nicht zuletzt Owens Nähe waren ein Cocktail, der sie aufputschte, als hätte sie eine ganze Kanne Kaffee getrunken.

Owen machte schließlich das vereinbarte Zeichen für eine Pause. Sie hatten abgesprochen, dass er dann zum Boot schwimmen und den Sauger ausstellen würde. Solange sollte Hazel noch unten bleiben und ihn festhalten.

Sie sah ihm kurz nach und konzentrierte sich dann weiter auf das Schürfen. Erst als der Sog stoppte, ließ sie den Sauger los. Als sie aufblickte, erkannte sie in einigem Abstand mehrere große dunkle Schemen. Gespannt hielt sie den Atem an. Kurz spielte sie mit dem Gedanken, näher ranzuschwimmen. Doch Owen würde sich Sorgen machen, wenn sie nicht wie vereinbart auftauchte. Also riss sie sich schweren Herzens los und schwamm zur *Little Blue Elephant* zurück.

Owen wartete am Heck des Bootes auf sie und half ihr aus dem Wasser. »Wie fühlst du dich? Sind deine Arme schon müde? Man muss sich erst ein bisschen an die ungewohnte Bewegung gewöhnen.«

Tatsächlich spürte Hazel, dass sie am nächsten Tag wohl zumindest einen leichten Muskelkater haben würde. Doch sie winkte ab. »Es geht mir großartig«, antwortete sie stattdessen strahlend. »Gibt es hier eigentlich Wale? Ich habe da gerade ein paar große Tiere vorbeischwimmen sehen.«

Owen holte ein Fernglas aus der Steuerkabine. Gemeinsam stellten sie sich an den Bug des Bootes, und Hazel zeigte ihm die Richtung, in die die dunklen Schemen davongezogen waren. Nach einiger Zeit schien er etwas entdeckt zu haben. Er nickte und gab ihr das Fernglas. Dann stellte er sich hinter sie und deutete an ihrem Kopf vorbei nach vorn. Hazel folgte seinem Fingerzeig. Sie musste etwas suchen, bevor sie sie entdeckte. Wale waren es nicht, aber mit ihren langen Zähnen wirkten die Walrosse nicht minder Respekt einflößend. Es war eine große Gruppe, und sie tauchten immer wieder weit aus dem Wasser auf, fast so, als wollten sie Hazel Gelegenheit geben, sie zu beobachten. Wow, mit den possierlichen Seelöwen von La Jolla hatten diese Riesen nur wenig gemein.

Sie machten einen zweiten Tauchgang, doch angesichts der Walrosse bestand Owen darauf, dass Hazel den Sauger an- und ausschalten

sollte. »Eigentlich sind Walrosse friedlich. Aber wenn sie sich bedroht fühlen, kann das sehr gefährlich werden«, erklärte er.

»Zu Hause in San Diego bin ich vor Kurzem erst einem Siebenkiemerhai begegnet. Ich komme schon klar.«

»Das weiß ich doch.« Owen zog sie an sich. »Sieh es mir nach, dass ich dich beschützen möchte.«

»Schon gut. Ich will ja auch mit dem Equipment vertraut werden. Wir tauschen diesmal, und ich kümmere mich um den Sauger.«

»Danke.« Er gab ihr einen zarten Kuss auf die Wange.

Tatsächlich war es ein gutes Gefühl für Hazel, die aktivere Rolle an Bord zu übernehmen. Und wenn sie ehrlich war, machte sie sich umgekehrt auch Sorgen um Owen. Als Hazel zurück auf der *Little Blue Elephant* war und den Sauger abschaltete, griff sie sich sogleich das Fernglas. Doch alles war ruhig, lediglich schwache Wellen rollten über die Beringsee.

Owen tauchte aus dem Wasser auf und kletterte ins Boot, während Hazel sich schon an der Waschrinne zu schaffen machte. Eine zweite gefüllte Matte landete in einem Eimer. Wie viel Gold sie wohl tatsächlich herauswaschen würden? Hazel hatte nicht die geringste Ahnung, welche Menge sie zu erwarten hatten. Doch egal, wie viel es sein würde, auf jeden Fall würden sie einen großartigen Tag gehabt haben.

Kapitel

31

Meine Mom hat mich zweimal versucht anzurufen, als wir tauchen waren«, sagte Hazel. »Ich rufe sie kurz zurück und komme dann nach, ja?«

»Klar. Bis gleich.«

Sie sah Owen nach, wie er mit den zwei Eimern, in denen je eine Matte aus der Waschrinne steckte, in Richtung Schuppen verschwand, und ging in ihr Haus. Sie zog die Schuhe aus und setzte sich in den Ohrenbackensesel. Angst streifte sie wie ein kalter Windhauch, als sie daran dachte, wie sie das letzte Mal entgangene Anrufe ihrer Mom auf dem Handy gesehen hatte. Schnell drückte sie auf das Rückruficon.

»Hallo, mein Schatz! Alles klar?«, begrüßte Betty sie.

Erleichtert atmete Hazel aus. »Das wollte ich dich auch fragen. Du hast angerufen? Sorry, ich war gerade tauchen.«

»Oh, wie schön!«, rief ihre Mom ins Telefon. »Hast du etwa nach Gold gesucht?«

»Ja, mit Owen zusammen.« Plötzlich verspürte Hazel den Drang, ihrer Mom von sich und Owen zu erzählen. Doch da redete Betty weiter, und der Augenblick war vorüber.

„Weißt du noch, vor Kurzem habe ich Mike mit dieser Claire im Supermarkt gesehen."

„Ja, ich erinnere mich."

„Nun ja …" Auf einmal wirkte Betty zögerlich.

„Erzähl schon, Mom", hakte Hazel nach.

„Ich habe die beiden wieder getroffen. Du meintest zwar, zwischen ihnen sei nichts, aber für mich sah das, ehrlich gesagt, anders aus."

„Wieso, was war denn los?" Der altbekannte Groll gegen Claire, den Hazel schon so oft gespürt hatte, fing an, in ihr zu rumoren. Betty machte eine Pause, als müsste sie ihre Worte abwägen, was dem unguten Gefühl in Hazels Bauch Zeit gab, sich aufzuplustern.

„Sie haben Händchen gehalten und wirkten wie ein Pärchen. Genau habe ich es nicht gesehen, aber ich glaube, dass sie sich auch geküsst haben."

Geräuschvoll blies Hazel die Luft durch die halb geschlossenen Lippen. Claire war also tatsächlich der Grund dafür, dass Mike sich von ihr entfernt hatte.

„Ich weiß ja, dass ihr eine Pause macht und euch erst über einiges klar werden wollt", fuhr Betty fort. „Aber gerade deshalb dachte ich, dass du das wissen musst. Bist du sehr traurig, Schatz?"

Irritiert hielt Hazel inne. Ob sie sehr traurig war? Sie schüttelte gedankenverloren den Kopf, obwohl ihre Mom das nicht sehen konnte. Es war mehr eine Geste für sich selbst, denn in diesem Moment wurde ihr klar, dass sie überhaupt nicht traurig war. Was da in ihr grollte, war verletzter Stolz und vielleicht auch Enttäuschung darüber, dass sie mit ihren Vorwürfen wegen Claire letztendlich richtiggelegen hatte. Aber da war auch noch ein anderes Gefühl, eines, das Hazel ganz und gar unpassend erschien und doch so stark war, dass es ihre Wut überdeckte. Es war Erleichterung.

»Sag doch was, Hazel.« Ihre Mom klang bekümmert. Anscheinend hatte sie ihr Schweigen falsch gedeutet und machte sich Sorgen.

»Es ist alles gut, Mom«, sagte Hazel mit fester Stimme.

»Wirklich? Liebst du Mike denn nicht mehr?«

»Nein, ich glaube nicht. Weißt du, wir hatten eine tolle Zeit und ich mag ihn natürlich noch immer. Aber Dinge ändern sich, Menschen ändern sich. Und …« Sie stockte.

»Und?«, fragte Betty.

»Ich habe auch jemanden kennengelernt.«

Es tat gut, ihrer Mom von Owen zu erzählen. Und Betty schien sich sehr über die Neuigkeiten zu freuen. Schließlich kannte sie ihn aus Dads Erzählungen und hatte nach dessen Tod einige Male mit ihm telefoniert.

»Er wirkte sehr nett am Telefon«, bestätigte sie Hazels Gedanken nun. »Was hätte dein Dad für eine Freude daran gehabt, euch beide zusammen zu sehen!«

Hazel schluckte gegen den Kloß in ihrem Hals an.

»Aber dir muss auch klar sein, dass es eine alte Liebe immer schwer haben wird, dem Vergleich mit einer neuen standzuhalten. Das Neue, das Verliebtsein, das alles vergeht, und erst dann kannst du wirklich wissen, zu welchem von den beiden deine Gefühle wirklich tiefer gehen.«

Hazel dachte an Abby. Sie war Dads neue Liebe hier in Alaska gewesen. Redete Betty deshalb so? Vermutlich spielte das durchaus eine Rolle, doch ihre Eltern hatten sich schon getrennt, bevor Dad nach Nome gezogen war. Es hatte damals keinen großen Knall gegeben. Vielmehr hatten sie sich ganz unauffällig voneinander entfernt, bis keiner von ihnen mehr in der Lage gewesen war, die entstandene Lücke wieder zu schließen.

»Ich werde Mike anrufen«, stellte Hazel klar. »Es hat ja keinen Sinn, dieses Gespräch hinauszuzögern, wenn wir beide uns schon längst aus dieser Beziehung verabschiedet haben.«

Betty schwieg kurz. »Ach, Hazel«, meinte sie dann melancholisch, »ich bin stolz auf dich. Manchmal frage ich mich, wann du plötzlich erwachsen geworden bist. Wo ist nur die Zeit geblieben?«

Hazel verabschiedete sich und versprach, sich bald wieder zu melden. Dann atmete sie tief durch und rief Mike an. Sie musste den Schwung, den sie aus dem Gespräch mit ihrer Mom mitgenommen hatte, nutzen und klare Verhältnisse schaffen. Natürlich war es nicht optimal, sich telefonisch zu trennen. Doch das Ende dieser Beziehung künstlich hinauszuzögern und als Pause zu tarnen konnte auch nicht der richtige Weg sein.

»Hi, Hazel!« Mike klang etwas aus der Puste.

»Hi. Störe ich dich gerade?«

»Nein, schon gut. Ich bin gleich verabredet, aber ich habe noch etwas Zeit.«

»Mit Claire?«

Statt einer Antwort schwieg Mike nun.

»Hör zu, ich rufe nicht an, um dir Vorwürfe zu machen. Mir ist klar, dass Claire mich inzwischen ersetzt hat. Wie weit das genau reicht, weiß ich nicht, aber im Grunde ist das auch nicht wichtig.«

Hazel hörte ein Rascheln in der Leitung. Mike war also noch dran, aber er wusste gerade wohl nicht, was er sagen sollte. Sie konnte es ihm nicht verdenken. Dieser Anruf musste ihn ziemlich überrumpeln.

»Ich möchte reinen Tisch machen, Mike«, sagte sie. Zwar war sie felsenfest davon überzeugt, dass sie das tun wollte, doch nach all der gemeinsamen Zeit fiel es ihr trotzdem schwer.

»Natürlich bin ich sauer und ein bisschen eifersüchtig. Aber dazu habe ich kein Recht, denn mir ging es hier genauso.«

»Was meinst du damit?« Die Frage kam zögerlich, fast so, als würde Mike sich vor der Antwort fürchten.

»Ich habe mich verliebt.«

»Puh. Das ist krass.«

Hazel konnte förmlich vor sich sehen, wie Mike sich übers Kinn fuhr.

»Ja, das ist es«, gab sie zu. »Wir hingen nun ein paar Wochen mal nicht aufeinander, und schon haben wir uns beide klammheimlich aus dieser Beziehung verabschiedet. Ich weiß nicht, wie das passieren konnte, aber es zeigt uns doch ziemlich klar, dass es mit einer Pause nicht getan ist, oder?«

»Hmm«, brummte Mike.

»Oder siehst du das anders?«

»Vielleicht hast du recht, keine Ahnung. Ich weiß gerade nicht, was ich sagen soll.« Mike seufzte.

»Ich will nicht, dass wir das, was wir hatten oder noch haben, kaputt machen, nur weil wir uns nicht trauen, ehrlich zu sein.« Hazel seufzte ebenfalls. »Es ist besser, wenn wir uns trennen.«

»Du warst immer die Mutigere von uns beiden«, flüsterte er.

Hazel biss sich auf die Lippe. Als sehr mutig hatte sie sich selbst nie empfunden. Aber was sein musste, musste eben sein.

Und auch Owen gegenüber fühlte sich diese Beziehungspause inzwischen unfair an. Hazel wollte keinen Schwebezustand und keine Rückversicherung. Sie wollte Owen, und das ganz und gar.

KAPITEL 32

Owen hörte Hazel nicht, als sie den Schuppen betrat. Er hatte sich die Ärmel seines Hemdes hochgekrempelt und stand gebückt über einer großen, mit Wasser gefüllten Blechwanne. In den Händen hielt er eine Waschschüssel, die er ruckartig schwenkte. Der Sand verursachte ein schabendes Geräusch auf dem Blech der Schüssel.

Hazel blieb im Türrahmen stehen und beobachtete ihn. Zuneigung wogte in ihr auf. Jetzt erst wurde ihr bewusst, wie sehr sie die ungeklärten Verhältnisse zu Hause bedrückt hatten. Es war bequem gewesen, die Gedanken an Mike von sich zu schieben und auf ihre Rückkehr zu vertagen. Doch nun fühlte sie sich befreit. Und bei allem gekränkten Stolz hoffte sie, dass es Mike ebenso ging.

Sie schloss die Tür hinter sich. »Entschuldige bitte, dass ich so lange gebraucht habe«, sagte sie, als Owen zu ihr aufsah. Seine Wangen waren unter dem Bartschatten leicht gerötet. Schlammspritzer bedeckten seine Jeansbeine, hingen in seinem Haar, und ein erdiger Schmierer zog sich seitlich über seine Stirn. Der Anblick kam Hazels ursprünglicher Vorstellung vom Goldsuchen ganz schön nahe. Die nackten Glühlampen, die den Schuppen erhellten, taten ihr Übriges, um das Bild zu vervollständigen.

»Kein Problem«, antwortete er. »Ich hoffe, Betty geht es gut?«

Hazel nickte. Am liebsten hätte sie Owen auch gleich von ihrem Gespräch mit Mike erzählt. Doch irgendwie erschien ihr dafür gerade nicht der richtige Moment. »Du bist ja schon bei der zweiten Matte«, bemerkte sie stattdessen. »Deine Arme müssen inzwischen ganz lahm sein. Soll ich dich ablösen?«

Owen hielt inne und warf ihr einen belustigten Blick zu. »Sei mir nicht böse, aber wenn du diese Schüssel hier vergeigst, müssen wir von vorn anfangen.«

Hazel hob abwehrend die Hände. »Okay, okay, dann bin ich gerade wohl eine größere Hilfe, wenn ich einfach zusehe.«

»Morgen zeige ich dir, wie es geht, ja?«

»Okay, gerne. Mit dem ganzen Dreck im Gesicht siehst du übrigens ganz schön sexy aus. Richtig verwegen«, stichelte sie.

»Na warte!« Owen klemmte sich die Waschschüssel in die Seite, um eine Hand frei zu bekommen, und spritzte etwas von dem braun verfärbten Wasser aus der Blechwanne in ihre Richtung. Kichernd wich Hazel zurück.

Dann fuhr er fort, die Waschschüssel zu schwenken. Immer wieder ließ er ein bisschen Wasser aus dem Bottich hineinfließen und wiederholte die Bewegungen. Schließlich hob er ihr die Schüssel entgegen und deutete mit dem Finger hinein. Am Rand hatten sich goldene Partikel abgesetzt. Wie Schlieren zogen sie sich seitlich über den Rest an feinem Sand, der noch in der Waschschüssel hing.

Hazel klatschte in die Hände. Gespannt beobachtete sie, wie Owen die Goldkörnchen weiter auswusch. Dann spülte er sie mit etwas Wasser in eine Pfanne und stellte diese auf die Herdplatte. Hazel hatte sich am Vormittag schon gewundert, warum hier im Schuppen ein Campingkocher stand. Doch Owens Küsse hatten diese Gedanken schnell vertrieben, bevor sie daran gedacht hatte, ihn zu fragen.

»Was machst du da?«, wollte sie nun wissen.

»So können wir das Gold schnell und einfach trocknen.« Er ruckelte die Pfanne auf der Herdplatte hin und her, als würde er kochen. Um das Bild zu vervollständigen, nahm er schließlich einen kleinen weißen Teller zur Hand und schüttete die Goldkörnchen darauf. »Es ist angerichtet«, sagte er und hielt ihr den Teller unter die Nase.

Lachend nahm sie ihn entgegen. Das war sie also, ihre Ausbeute dieses Tages. Die Partikel glänzten im Licht der Glühlampe und bildeten einen edlen Kontrast zum weiß glasierten Porzellan.

Es war keine große Portion, die sie da in ihren Händen hielt. Doch es war das Ergebnis ihrer Arbeit, der Lohn für ihre Mühen. Sie verstand nun besser denn je, dass dies nicht nur ein Metall war, sondern ein Sinnbild für Glück und genutzte Chancen.

»Ich glaube, ich verstehe Dad jetzt besser«, sagte sie mit Blick auf ihren Fund.

Owen ging zum Tisch und holte ein kleines Glasfläschchen. Anscheinend hatte er es vorbereitet, während sie noch telefoniert hatte. »Woher wusstest du, dass wir heute Gold finden?«, fragte Hazel, als sie das Fläschchen entgegennahm und vorsichtig anfing, die Goldkörnchen hineinzufüllen.

»Ich wusste es natürlich nicht. Aber wie Josie immer sagt, man muss das Glück fordern, sonst zieht es weiter.« Er fuhr sich mit der Hand über den Nacken. »Apropos, wollen wir bei ihr in der Bar vorbeischauen? Sie meinte, falls wir etwas finden, gibt sie uns zur Feier des Tages Cocktails aus, und falls nicht, dann als Trost.«

Hazel lachte auf. Das klang ganz nach Josie.

Sie verabredeten, sich in einer halben Stunde wiederzutreffen. Hazel eilte nach Hause und hüpfte unter die Dusche. Dann zog sie eines von Josies Shirts an, es war schwarz und mit Blumen aus roségoldenen Pail-

letten bestickt. Sie kam sich darin verkleidet vor, aber es war das einzige Kleidungsstück in ihrem Schrank, das dazu taugte, in eine Cocktailbar ausgeführt zu werden. Dann steckte sie sich die Haare hoch und die glitzernden Creolen an die Ohren, die sie seit ihrer Anreise nicht mehr getragen hatte. Kaum war sie fertig, klopfte es schon an der Tür.

»Wow, du siehst toll aus!«, sagte Owen. Er hatte die schlammverspritzte Jeans gegen eine frische getauscht und trug dazu ein schwarzes Hemd. Hazel mochte seinen Dreitagebart, trotzdem gefiel es ihr, dass er sich für den Abend mit ihr extra noch rasiert hatte.

»Du siehst auch toll aus«, antwortete sie. Er winkte lächelnd ab, wie er es immer tat, wenn ihm etwas unangenehm oder zu viel war. Hazel liebte diese kleinen Eigenheiten und Gesten, die ihn ihr so vertraut machten. Gut zwei Wochen kannten sie sich erst, und doch war er längst ein Teil ihrer Welt geworden.

»Wollen wir hinspazieren? Das *Moonshine* ist unten am Strand. Es ist nicht weit.« Er hob den Ellenbogen, und sie hängte sich bei ihm ein. Zusammen schlenderten sie die Straße entlang.

»*Moonshine*«, wiederholte Hazel den Namen der Bar. »Das ist ein lustiger Name, wenn man bedenkt, dass es andauernd hell ist.«

»Du kennst Nome bisher ja nur im Sommer«, meinte Owen.

Bisher, hatte er gesagt. Hieß das, dass er davon ausging, dass sie wiederkam? Dass er sich das vielleicht sogar wünschte?

»Im Winter ist es genau umgekehrt, da kriecht die Sonne nur für ein paar Stunden am Horizont herum«, fuhr er fort, ehe Hazel den Mut gefunden hatte, ihre Gedanken auszusprechen. »Außerdem deutet der Name vermutlich eher auf illegal gebrannten Schnaps als auf romantische Vollmondnächte hin, so wie ich den Wirt kenne.«

Sie passierten das *Gold Rush*, und schon bald verriet Musik, dass sie sich der Bar näherten.

Als sie hineingingen, schlug ihnen Wärme und Essensduft entgegen. Das *Moonshine* war trotz der noch recht frühen Stunde bereits

gut besucht. Anscheinend gab es hier nicht nur Cocktails, sondern auch eine warme Küche. Hazel war froh darum, denn als ihr der Duft in die Nase stieg, bemerkte sie erst, wie hungrig sie war.

Da bereits alle Tische besetzt waren, ließen sie sich an der Theke nieder. Josie begrüßte sie fröhlich. Sie schien sich ehrlich zu freuen, dass sie sie im *Moonshine* besuchten. Außerdem war sie voll in ihrem Element. Sie schwang den Cocktailshaker und empfahl Hazel verschiedene Gerichte, die sie kurzerhand auch gleich in der Küche orderte. Und so hatten sie bald ein kleines Büfett aus Crab Cake, Taccos, Pommes und Salat vor sich auf der Theke stehen.

Die Inneneinrichtung der Bar hatte einen Hauch von südamerikanischem Flair. Theke und Möbel waren aus dunklem Holz, die einen hübschen Kontrast zu den cremeweißen Wänden und terracottafarbenen Vorhängen bildeten. Über Josie hing ein großer Deckenventilator aus Holz, der hier in Nome bestimmt nicht einmal im Hochsommer zum Einsatz kam, dafür aber für wunderbares Flair sorgte.

»Es ist schön hier«, bemerkte Hazel.

Owen musterte sie. »Redest du von der Bar oder von Nome?«

»Eigentlich von der Bar. Aber auch der Ort hat mich in vielerlei Hinsicht positiv überrascht.«

Er sah sie weiterhin forschend an. Hazel spürte, dass er überlegte, ob er ihre Worte auf sich beziehen sollte. Sie rutschte von ihrem Barhocker und legte die Hände um seinen Nacken. Überrascht zog er die Augenbrauen hoch. Hazel war völlig bewusst, dass nicht nur Josie sie gerade interessiert beobachtete. In so einem kleinen Ort verbreitete sich wahrscheinlich jede Neuigkeit wie ein Lauffeuer. Doch das war Hazel egal. Sie hatte sich entschieden und klare Verhältnisse geschaffen. Was sollte sie jetzt noch davon abhalten, glücklich zu sein?

Ein Lächeln schlich sich in Owens Gesicht, und er legte seine Arme ebenfalls um sie. Wie von selbst fanden ihre Lippen zueinander.

Josies Cocktails konnten es locker mit denen in San Diegos angesagtesten Klubs aufnehmen. Nach dem zweiten stieg Hazel auf alkoholfrei um und bestellte sich bei Josie einen Ipanema.

»Für mich auch bitte!«, schloss Owen sich an. »Deine Mischungen hauen mich sonst bald aus den Socken.«

Josie lachte und warf ein paar Limettenstücke in zwei Gläser. Im Hintergrund drangen lateinamerikanische Klänge aus den Lautsprechern. Leider gab es jedoch keine Tanzfläche. Das wäre eine gute Gelegenheit gewesen, sich an Owen zu schmiegen.

»Woran denkst du gerade?«, fragte er und beugte sich zu ihr.

»Daran, dass ich jetzt gern mit dir tanzen würde«, antwortete sie leise.

Prompt nahm er ihre Hand und zog Hazel hoch. Sie spürte seine Finger in ihrem Rücken. Owen drückte sie enger an sich und tat die ersten Schritte. Hazel folgte ihnen und ließ sich durch die Rumba führen. Im Gang vor der Theke war gerade so viel Platz, dass sie nirgends anrempelten. Doch nach einigen Takten hatte Hazel die Bar mit ihrer fehlenden Tanzfläche ohnehin vergessen. Sie hielt sich für nicht besonders gut in solchen Paartänzen, doch Owen war es ganz offensichtlich. Sie musste sich nur seinem Rhythmus hingeben und sich von ihm durch die Musik tragen lassen.

Als das Lied endete, klatschte Josie hinter der Bar Beifall und holte Hazel so ins Hier und Jetzt zurück. Etwas peinlich berührt bemerkte sie, dass auch ein paar Leute an den umliegenden Tischen klatschten. Owen schien das nichts auszumachen. Er lächelte sie offen an und gab ihr dann einen Kuss auf die Wange.

»Es war ein toller Abend, danke dafür«, sagte Hazel, als sie vor Owens Haus ankamen.

»Ich fand es auch wunderschön. Nicht nur den Abend, auch den ganzen Tag.«

Sie nickte. Wie von selbst folgte sie ihm die Stufen zur Veranda hinauf. Als sie vor der Tür standen, hielt er kurz inne, als wüsste er nicht, was er sagen oder tun sollte. Dann zupfte ein Grinsen an seinem Mundwinkel und er sperrte die Tür auf.

Tim ist bei seinen Großeltern und Josie noch in der Bar, schoss es Hazel durch den Kopf. Ihr Puls beschleunigte sich augenblicklich, und sie folgte ihm ins Haus.

Das nächtliche Sonnenlicht flutete golden durch die Wohnzimmerfenster. Hazel trug keine Uhr, doch es musste etwa halb zwölf sein. Die nahe Mitternachtssonne versprühte in diesem Moment einen beinahe märchenhaften Charme. Owen kam zu ihr und strich ihr eine lose Haarsträhne zurück. »Bitte bleib«, flüsterte er.

Hazel atmete erleichtert aus. Es gab nichts, was sie lieber getan hätte. Statt einer Antwort nahm sie seine Hand. Sie sah zu ihm auf. In seinem Blick lag dieselbe Sehnsucht, die sie selbst spürte. Vom ersten Moment an hatten sie eine Verbindung gehabt. Seine Fürsorge, sein Humor und nicht zuletzt ihre gemeinsame Liebe zum Tauchen hatten ihm den Weg in ihr Herz geebnet. Und dieser Weg kannte keine Kurve oder gar Abzweigung. Er hatte sie zielsicher hierhergeführt, in diese Situation voller Verlangen, dem sie sich beide nicht mehr entziehen konnten, längst nicht mehr entziehen wollten.

Owen zog sie an sich und küsste sie. Sie spürte seine Zunge an ihren Lippen und ließ sie bereitwillig ein. Hazel vergrub die Finger in seinem Hemd, klammerte sich förmlich an ihm fest.

Ungestüm stolperten sie ein paar Schritte zurück und purzelten auf das Sofa. Hazel lachte auf, und Owen vergrub sein Gesicht an ihrem Hals. Sie spürte sein Lächeln auf ihrer Haut und atmete tief ein, als wollte sie den Moment aufsaugen, seinen Duft und jede seiner Berührungen.

Kapitel 33

Guten Morgen, Schlafmütze.«

Hazel blinzelte verschlafen, während Owen zurück zu ihr ins Bett kroch. Er hatte zwei Tassen Kaffee geholt, die vom Nachttisch zu ihr herüberdufteten. Hazel machte es sich in seinem Arm bequem und kuschelte sich an ihn. Seine Finger spielten sachte mit ihrem Haar.

»Ich habe Josie schon aufstehen hören. Du musst dich also entscheiden, ob du dich ihrem anzüglichen Grinsen aussetzen oder lieber aus dem Fenster klettern willst«, flüsterte er mit einem verschmitzten Lächeln.

Hazel kicherte. »Ich bleibe einfach so lange in deinem Bett, bis sie heute Abend wieder zur Arbeit geht.«

»Das ist eine ganz fabelhafte Idee«, sagte Owen und unterstrich seine Worte mit einem Kuss.

Owens Zimmer lag auf der östlichen Seite des Hauses, sodass die Morgensonne zu ihnen hereinschien. Es versprach, ein toller Tag zu werden. Doch auch wenn der Regen gegen die Scheibe geprasselt hätte, hätte das Hazels Glück keinen Abbruch getan. Obwohl sie so weit von ihrer Heimat entfernt war, fühlte sie sich angekommen und geborgen. Das klang vielleicht unfair gegenüber Mike und ihrer

gemeinsamen Zeit, doch sie war froh, dass sie mit ihm nun offiziell abgeschlossen hatte, um frei zu sein für Owen.

»Was denkst du?«, wollte Owen wissen. »Ich kann die Rädchen in deinem Gehirn ja förmlich rattern hören.« Mit dem Zeigefinger fuhr er ihren Oberschenkel nach, den sie über ihn gelegt hatte.

Kurz dachte sie nach, wie viel sie ihm erzählen sollte. Doch es fühlte sich nicht richtig an, etwas zurückzuhalten. Spätestens nach dieser Nacht wollte sie offen für und mit ihm sein.

»Ich war etwas zwiegespalten in der letzten Zeit«, begann sie. »Natürlich habe ich schnell gemerkt, was ich für dich empfinde, aber den Kontrast zwischen meinem Leben in San Diego und hier, den musste ich erst einmal verdauen und mir über einiges klar werden.« Hazel merkte, wie Owen sich bei ihren Worten versteifte. Hatte er Angst, sie würde ihm nun eröffnen, dass diese Nacht nur eine einmalige Sache gewesen sei? Ein Fehler womöglich? Sie mochte kaum glauben, dass er solche Bedenken haben könnte, doch falls dem so war, musste sie sie schleunigst zerstreuen. Sie richtete sich auf und sah ihm in die Augen. »Ich möchte, dass du weißt, dass ich mich von meinem Freund getrennt habe. Nichts steht zwischen uns.«

Owen starrte sie an, als hätte sie ihm eben eröffnet, dass sie der Fremdenlegion beitreten wollte. »O fuck«, murmelte er.

Wie vor den Kopf geschlagen wich Hazel zurück. *O fuck?* Sie wusste nicht, welche Reaktion sie genau erwartet hatte. Doch diese war es definitiv nicht gewesen.

Ruckartig setzte er sich auf. »Du hast dich doch hoffentlich nicht wegen mir von Mike getrennt, oder?«, fragte er und fuhr sich aufgebracht durch das Haar.

Er kannte Mikes Namen. Wahrscheinlich hatte Dad ihn Owen gegenüber mal erwähnt. Das erstaunte sie nicht, doch was sie über allen Maßen verwunderte, war, dass er sich nicht freute. Wollte er

sie etwa gar nicht? War sie nicht mehr für ihn als ein kurzer Flirt? Diese Gedanken drückten ihr die Kehle zu und ließen sie nach Luft schnappen wie ein Fisch auf dem Trockenen. Wie hatte sie sich nur so in seinen Gefühlen für sie täuschen können? Die Gedanken schlugen Purzelbäume in Hazels Kopf, doch sie war nicht in der Lage, einen davon in Worte zu fassen.

»Deshalb hast du mich gestern vor allen Leuten geküsst«, sagte er halblaut, mehr zu sich selbst. »Verdammt, da hätte es mir eigentlich klar werden müssen.«

Unwohl setzte Hazel sich auf und zog die Bettdecke über ihre nackten Brüste. »Wie kannst du …? Ich meine …«, stammelte sie ungläubig und schüttelte den Kopf. Das durfte doch nicht wahr sein!

Mit leidender Miene streckte Owen die Hand nach ihr aus. »Hazel«, flüsterte er ihren Namen.

Die Enttäuschung flutete durch ihren Körper. Jeden Moment würden die Tränen aus ihr herausbrechen, und dann wollte sie nicht mehr hier sein. Hastig sprang sie auf, um sich anzuziehen. Sie grapschte ihre Kleidungsstücke zusammen, die auf dem Boden lagen wie die Scherben ihres vergangenen Glücks. Ein Augenblick hatte genügt, um alles zu zerstören; ein Augenblick nur, und plötzlich war alles kaputt.

»Warte doch, Hazel. Lass uns darüber reden«, flehte Owen.

»Du hast genug gesagt«, keuchte sie. Eilig zog sie sich Josies Paillettenshirt über den Kopf und stürzte aus dem Zimmer. Die Tränen strömten ihr bereits über die Wangen, als sie die Treppe hinunterrannte.

Josie stand in ihrem rosafarbenen Bademantel in der Küche und rührte in einer Tasse. Als sie aufsah und in Hazels Gesicht blickte, erstarrten ihre sonst so fröhlichen Züge. Hazel blieb nicht stehen. Sie wollte nur noch weg. Als wäre sie auf der Flucht, hastete sie an Josie vorbei, durch das Wohnzimmer und zur Tür hinaus.

»O nein, Owen, was hast du getan?«, hörte sie Josie in ihrem Rücken rufen. Nach ihrem bestürzten Tonfall zu urteilen, musste sie ein erbärmliches Bild abgeben. Hazel rannte quer durch den Garten zu Dads Haus. Sie war so aufgebracht, dass sie Mühe hatte, die Tür aufzusperren. Endlich öffnete sie sich und Hazel stürzte ins Innere. Sofort schlug sie die Tür hinter sich zu. Sie wollte die Welt und diese furchtbare Situation aussperren. Ein lautes Schluchzen entfuhr ihr. Zitternd schlug sie sich die Hand vor den Mund, sank zu Boden und ließ ihren Tränen freien Lauf.

Hazel kauerte sich in den dunkelgrünen Ohrenbackensessel und schmiegte ihr Gesicht in den Schal, den Owen ihr geschenkt hatte. Zwar roch er längst nicht mehr nach ihm, doch der weiche Leinenstoff gaukelte ihr trotzdem einen Hauch des wohligen Gefühls vor, das sie eben verloren hatte. Da klopfte es an der Haustür.

Sie wusste, dass es Owen war, doch um nichts auf der Welt hätte sie ihm nun geöffnet. Es war schlimm genug, dass er ihr einen Korb gegeben hatte, gerade als sie glaubte, zwischen ihnen sei alles perfekt. Sie würde sich ihm sicherlich nicht auch noch völlig verheult präsentieren. Zum Glück hatte sie sich vom Boden aufgerappelt. Nicht dass er womöglich auf die Idee kam, durch den Briefschlitz zu spähen, sonst hätte er sie als ein Häufchen Elend vor der Tür sitzen sehen. Hazel drückte mit Daumen und Zeigefinger gegen ihre geschlossenen Augenlider. Sie musste aussehen wie ein Zombie. Jedenfalls fühlte sie sich so. Als sie heute in Owens Bett aufgewacht war, war sie bis zum Scheitel angefüllt gewesen mit Freude. Nun fühlte sie sich völlig leer und erschlagen.

Wieder klopfte es. Hazel wagte kaum, sich zu rühren. Sie hörte Owen leise ihren Namen rufen. Natürlich wusste er, dass sie da war. Schließlich stand Dads Pick-up direkt vor dem Haus. Sie schluckte gegen ihre Traurigkeit an, doch es half nichts. Owens Stimme trieb ihr neue Tränen über die Wangen, und dafür hasste sie ihn in diesem Moment. Sie hörte an seinem Tonfall, dass es ihm leidtat, dass *sie* ihm leidtat. Und das war es vermutlich von Anfang an gewesen. Er hatte Mitleid mit ihr gehabt wegen ihres Dads, und sie hatte viel zu viel in seine Fürsorge hineininterpretiert.

Zum ersten Mal, seit sie San Diego verlassen hatte, sehnte sie sich wirklich nach ihrer Mom. Betty und sie waren so gut wie nie einer Meinung, und außerdem brachte ihre Mom Hazel oft binnen Sekunden auf die Palme wie kein anderer Mensch. Doch im Fall der Fälle, da konnten sie sich immer aufeinander verlassen.

Hazel schnappte sich ihr Handy und schleppte sich ins Schlafzimmer. Unterwegs drückte sie auf das Display, um Betty anzurufen.

»Hallo, Schatz, wie geht's?«, meldete sich ihre Mom fröhlich.

Zitternd sog Hazel die Luft ein. Sie war mit diesem Anruf einem spontanen Impuls gefolgt, doch was sollte sie nun sagen?

»Ist alles okay mit dir?« Betty klang besorgt.

»Nein, eigentlich nicht«, antwortete Hazel mit erstickter Stimme.

»O Gott, was ist denn passiert?«

»Owen und ich haben uns gestritten«, schluchzte sie. Im Grunde entsprach das nicht ganz der Wahrheit. Doch Hazel brachte es nicht über sich, ihrer Mom zu erzählen, dass sie nach einer gemeinsamen Nacht Hals über Kopf aus Owens Bett geflohen war.

»Jetzt erzähl mal der Reihe nach. Bestimmt ist alles nur halb so schlimm.« Betty hatte nun ihren typischen mütterlichen Ton angeschlagen. Anscheinend war sie erleichtert, dass Hazel *nur* Liebeskummer hatte. Für einen Augenblick wünschte sie sich, sie hätte

lieber doch nicht angerufen. Doch dann begann sie stockend zu erzählen. »Owen und ich waren gestern Abend zusammen in der Bar, in der seine Schwester Josie arbeitet. Wir haben dort etwas gegessen, Cocktails getrunken, getanzt …« Ihre Stimme versagte. Hazel presste die Lippen aufeinander und unterdrückte ein Schluchzen.

»Das klingt nach einem schönen Abend«, meinte Betty vorsichtig.

»Ja, es war wunderbar! Und dann ist alles den Bach runtergegangen!«

»Erzähl weiter.«

»Ich habe ihm gesagt, dass ich mich von Mike getrennt habe.«

»Und was hat er geantwortet?«

»O fuck.«

»Bitte was?«

Hazel weinte. Die Erinnerung an diesen Moment schmerzte ihr in der Brust.

Betty schwieg, als würde sie ihr Zeit für ihre Traurigkeit geben wollen. Vielleicht wusste sie auf Owens unpassende Antwort aber auch einfach nichts zu sagen.

»Er hat sich gar nicht gefreut, Mom. Er war eher bestürzt. Owen will mich überhaupt nicht.«

»Beruhige dich, Schatz. Dass diese Situation dich belastet, das kann ich völlig nachfühlen. Aber er hat doch nicht gesagt, dass er dich nicht mag, oder?«

Hazel schniefte. »Hast du mir nicht zugehört?«, rief sie wütender ins Telefon als beabsichtigt.

»Natürlich höre ich dir zu«, sagte Betty beschwichtigend. »Ich versuche ja nur, das zu verstehen. Seine Reaktion ist doch seltsam. Du hast mir immer wieder erzählt, wie gut ihr miteinander auskommt.«

Hilflos warf Hazel die freie Hand in die Höhe. Wie sollte Betty die Situation denn auch durchschauen, sie verstand ja selbst nicht, wie das alles so hatte schiefgehen können.

»Und wenn er dich wirklich nicht will, dann hat er ein viel größeres Problem als du, denn ihm entgeht eine wunderbare Frau. Vielleicht hat er dich gar nicht verdient.«

Bettys gut gemeinte Worte erzielten nicht den gewünschten Effekt. »Ach, was soll ich denn mit diesen unsinnigen Floskeln«, jammerte Hazel.

Betty seufzte. Eine Weile schwiegen sie sich an.

»Bereust du jetzt, dass du dich von Mike getrennt hast?«, fragte ihre Mom dann vorsichtig.

»Nein«, sagte Hazel. »Es kann schon sein, dass es mir dadurch leichterfiel oder schneller ging, weil ich Owen kennengelernt habe. Aber ich denke immer noch, dass es richtig war, sowohl für Mike als auch für mich.«

»Das freut mich.« Betty wirkte ehrlich erleichtert. »Was willst du jetzt tun, Schatz?«

»Ich habe keine Ahnung.«

»Komm heim, Hazel«, sagte sie nach einer kurzen Pause. »Wir kriegen das schon wieder hin.«

Ja, vielleicht war es wirklich das Beste, die Zelte hier abzubrechen und endlich nach Hause zu fliegen. Sie hatte gedacht, ihre Abreise würde ihr irgendwann das Herz brechen, doch das lag nun ohnehin bereits in Scherben.

KAPITEL

34

W*as willst du jetzt tun?*

Die Frage ihrer Mom geisterte durch Hazels Gedanken, noch lange nachdem sie das Telefonat beendet hatten. Wenn sie ehrlich war, würde sie am liebsten zu Owen hinübergehen und sich ihm im wahrsten Sinne des Wortes an den Hals werfen. Doch zum Glück hatte sie noch einen letzten Rest Stolz in sich, der sie nach dieser unmöglichen Abfuhr davon abhielt.

Ein zweites Mal kam er an die Tür, klopfte und rief nach ihr. Wahrscheinlich hatte er Angst, dass er sich die Tauchpläne für seinen Urlaub kaputt gemacht hatte. Das Goldschürfen im Meer gestern war toll gewesen. Wehmütig dachte Hazel daran zurück. Dann schüttelte sie die traurigen Gedanken ab und schaffte Platz für eine neue, trotzige Entschlossenheit. Sie konnte auch ohne Owen tauchen gehen! Schließlich war sie ja nicht auf ihn angewiesen. Energisch stand sie auf und ging ins Wohnzimmer, um nach Quinns Visitenkarte zu suchen. Sie fand sie nicht, doch zum Glück war seine Nummer noch in der Anrufliste ihres Handys abgespeichert. Eine Frauenstimme meldete sich und betete gelangweilt ihren Begrüßungstext herunter.

»Guten Tag, mein Name ist Hazel Archer. Ich möchte bitte mit Jonathan Quinn sprechen.«

»Moment.« Hazel hörte Schritte und ein gedämpftes »Hier, Chef. Für dich.«

»Ja, hallo?«

»Hallo, hier ist Hazel. Die Frau mit dem Matschauto.«

»Hi, was kann ich für Sie tun? Ist Ihr Wagen etwa einer neuen Attacke zum Opfer gefallen?«

»Nein, zum Glück nicht. Diese Probleme sollten geklärt sein. Aber wo wir schon beim Thema sind. Ich werde den Pick-up in den nächsten Tagen verkaufen. Haben Sie noch Interesse?«

»Auf jeden Fall! Ich stelle ihn mir auf die Bühne und mache Ihnen dann ein Angebot, wenn Sie möchten.«

Hazel räusperte sich aus Angst, er könnte an ihrer dünnen Stimme bemerken, dass sie den ganzen Vormittag geweint hatte. »Das wäre schön, danke. Ich rufe aber aus einem anderen Grund an. Steht Ihr Angebot noch, mit mir zu tauchen?«

»Natürlich, sehr gern!«, antwortete Quinn erfreut. »Gerade habe ich hier nichts Zeitkritisches. Wenn Sie möchten, könnte ich gegen vier Uhr am Hafen sein.«

»Das klingt wunderbar.«

Wunderbar. Was für ein Quatsch. Mit Owen zu tauchen war wunderbar gewesen. Doch sicherlich war es auch ohne ihn allemal besser, als hier heulend herumzusitzen.

»Prima, bis dann.«

Hazel legte auf und trottete in die Küche, um sich einen Kaffee zu kochen. Die gewohnten Bewegungen beruhigten sie. Zum Glück hatten sie gestern Waschrinne und Sauger an Bord gelassen. Ihre Ausrüstungskiste und zwei frische Matten standen auch noch in der Steuerkabine der *Little Blue Elephant*. Lediglich eine Goldwasch-

schüssel und eine Feinwaage würde sie dann nach dem Tauchgang noch auftreiben müssen, und das würde in einer Stadt wie Nome sicherlich kein Problem darstellen.

Den Nachmittag verbrachte Hazel damit, im Haus herumzugeistern, sich leidzutun und immer wieder auf die Zeit zu sehen. Endlich ging es auf vier Uhr zu und sie verließ das Haus.

»Hazel!« Sie hörte Owens Stimme, als sie zum Wagen ging. Ein kurzer Seitenblick verriet ihr, dass er gerade aus der Hängematte sprang. Sein Anblick versetzte ihr einen Stich, und sie wandte sich schnell ab. Hatte er womöglich dort gewartet, bis sie herauskam? Ohne ihm zu antworten, ging sie schnell zu ihrem Pick-up. Am liebsten wäre sie einfach eingestiegen und davongefahren. Doch Owen war aus der Hängematte gesprungen und kam im Laufschritt zu ihr herüber. Auch das noch.

Sie öffnete gerade die Fahrertür, als er sie erreichte.

»Bitte, Hazel, können wir reden?«

Seufzend drehte sie sich zu ihm um. »Ich wüsste nicht, was wir noch groß besprechen sollten. Du hast mich als netten Flirt gesehen, und ich habe das falsch interpretiert.« Sie hatte gleichmütig klingen wollen, was ihr völlig misslungen war. Die Worte waren hastig aus ihr herausgepurzelt, als wäre sie schnell gelaufen und außer Atem.

»Du bist nicht nur ein Flirt für mich«, sagte Owen leise. »Das warst du nie.«

Die Traurigkeit in seiner Stimme löste widersprüchliche Gefühle in Hazel aus. Sie war den Tränen nahe und wollte ihn am liebsten anschreien, weil sie ihn einfach nicht verstand. Wenn sie ihm etwas bedeutete, wieso stieß er sie denn dann von sich?

»Ich dachte, du freust dich, dass Mike und ich nicht mehr zusammen sind«, sagte sie mit belegter Stimme.

»Das hab ich auch«, antwortete Owen. »Als du meintest, dass ihr eine Pause einlegt, da war ich erleichtert. Vorher ist Mike wie ein Schatten gewesen, der immer hinter uns stand und uns beobachtet hat. Dann war er weg.«

Hazel schüttelte nachdenklich den Kopf. »Ich verstehe dich nicht, Owen. Das passt doch alles nicht zusammen«, schnaubte Hazel. Owens undurchsichtige Erklärungsversuche stürzten sie nur noch mehr in Verzweiflung.

»Diese Trennung«, setzte Owen erneut an und rang dabei die Hände. »Plötzlich ist das zwischen euch so endgültig. Ich dachte immer, du gehst nach deiner Zeit hier in Nome zu Mike zurück. Dieser Gedanke war natürlich schmerzhaft, aber es war auch ein klar umrissener Rahmen, verstehst du?«

»Ach, und auf Dauer bin ich dir also zu viel, oder was?« Sie konnte nicht verhindern, dass sie laut wurde. »Du spinnst doch!« Tränen füllten ihre Augen, als sie sich zornig abwandte und in den Wagen stieg.

»So hab ich das überhaupt nicht gemeint!«, rief Owen ihr nach. Doch Hazel wollte nichts mehr hören. Jedes seiner Worte machte die Situation nur noch schmerzhafter.

Hazel knallte die Tür zu, sodass Owen einen Schritt zurückweichen musste. Verzweifelt warf er die Hände in die Luft. Sein Blick traf sie direkt ins Herz. Anscheinend tat es ihm durchaus auch weh, sie zu verlieren. Aber mit ihr konnte oder wollte er anscheinend auch nicht.

Hazel hielt einen Moment lang unschlüssig inne. Sollte sie das Fenster herunterlassen, dessen Scheibe sie nun voneinander trennte? Doch was würde es nützen? Hazel hatte das Gefühl, dass plötzlich eine ganze Mauer zwischen ihnen stand. Da machte eine Glasscheibe keinen Unterschied mehr.

Sie wandte sich ab und atmete stoßartig aus. Dann manövrierte sie den Pick-up aus der Einfahrt. Sie brachte es nicht über sich, Owen

noch einmal anzusehen. Die Tränen rannen ihr ohnehin bereits über die Wangen. Mit zusammengepressten Lippen drückte die das Gaspedal durch und raste davon.

Quinn wartete bereits am Hafen auf sie. Er winkte ihr fröhlich zu, doch als sie aus dem Wagen stieg und zu ihm ging, hielt er irritiert inne und studierte ihr Gesicht. Unwohl wischte Hazel sich über die Wangen. Vermutlich sah er ihr ganz genau an, dass sie gerade geweint hatte. Doch zum Glück sagte er nichts dazu, was Hazel ihm hoch anrechnete. Stattdessen ließ er sich lässig auf die Bank am Heck des Bootes plumpsen, während Hazel die *Little Blue Elephant* vorsichtig vom Steg wegmanövrierte. Zwar hatte sie den Bootsführerschein vor ein paar Jahren gemacht, doch da sie das Steuer meist anderen überließ, fehlte es ihr an Übung. Erleichtert atmete sie auf, als sie aus dem Hafen hinaustuckerte.

Freundlich und konzentriert arbeitete Quinn an Hazels Seite, sie verstanden sich gut, und Hazel hatte das Gefühl, dass sie sich auf ihn verlassen konnte. Auch fanden sie tatsächlich auf Anhieb eine gute Stelle. Die Goldkörnchen glänzten verheißungsvoll im Strahl der Taschenlampe, was die beiden noch extra anstachelte.

Als die zweite volle Matte ihren Weg von der Waschrinne in einen vorbereiteten Eimer fand, lehnten sich die beiden zufrieden an die Reling zurück.

»Das war ein guter Tag«, meinte Quinn lächelnd und hielt das Gesicht entspannt in die Sonne.

Hazel nickte mit Blick auf die Matten. Ja, was ihre Ausbeute betraf, war der Tauchgang allem Anschein nach wirklich gut gewesen. Doch wie gut konnte ein Tag sein, an dem sie mit einem nahezu

Fremden tauchte anstatt mit Owen? Sie vermisste den Anblick seines Haars, wenn der Wind an Bord hineinfuhr, vermisste sein verschmitztes Grinsen, wenn sie sich umzog, und seine salzigen Küsse, während die Beringsee sie beide in ihren wiegenden Armen hielt.

Abrupt sprang Hazel auf, um die Erinnerungen abzuschütteln. »Na, dann wollen wir mal sehen, wie viel wir hochgeholt haben!«, rief sie betont fröhlich und klatschte sich mit Quinn ab.

KAPITEL

35

Der Tauchgang mit Quinn hatte Hazel gutgetan. Für ein paar Stunden war die Verzweiflung, die Owens Worte in ihr ausgelöst hatten, zumindest etwas in den Hintergrund getreten. Schon oft hatte Hazel das Gefühl gehabt, das Meer hätte eine heilende Wirkung. Nun meinte sie gar, es sei das Einzige, was sie gerade noch aufrecht hielt. Deshalb hatte sie sich für den nächsten Tag sofort wieder mit Quinn verabredet. Doch bevor sie sich erneut in die wohltuenden Fluten stürzen konnte, musste sie noch einige Stunden überstehen – Stunden, die an ihren Nerven zehrten und an ihrem Herzen.

Den Leinenschal, den Owen ihr geschenkt hatte, hatte sie inzwischen in die Nachttischschublade verbannt. Denn inzwischen ließ schon sein Anblick Verzweiflung und Traurigkeit in ihr aufsteigen wie Sodbrennen.

Als sie aus der Dusche kam, sah sie, dass Quinn angerufen hatte. Sie waren fest verabredet, im Grunde gab es keinen Klärungsbedarf, bis sie sich später treffen würden. Deshalb schlich sich mit dem Anblick des entgangenen Anrufs auf dem Display auch gleich die Angst in Hazels Hinterkopf, dass er absagen könnte. Sofort hörte sie die Mailbox ab. Das Rauschen verriet, dass er gerade unterwegs war. Er erklärte ihr

hastig, dass es einen Autounfall etwas außerhalb von Nome gegeben habe und er mit dem Abschleppwagen rausmüsse. Zwar wolle er sich melden, wenn er wieder zurück sei, doch wahrscheinlich würde es heute leider nicht mehr klappen mit dem Tauchen.

So ein Mist! Genau das hatte sie befürchtet! Die Aussicht, in ihren Taucheranzug zu schlüpfen war der Lichtblick gewesen, der sie durch den Tag gebracht hatte. Und nun sollte er so einfach und kurzfristig erlöschen? Unruhig tigerte sie durch das Haus, spülte das Geschirr vom Mittagessen ab und stöberte lustlos durch das Bücherregal ihres Dads. Doch in ihrer tristen Stimmung konnte sie sich für keine der Geschichten erwärmen.

Am späten Nachmittag hielt Hazel es nicht mehr aus, und sie ging hinaus, um sich auf den Weg zum Hafen zu machen. Sie war schon so oft getaucht. Wenn sie einfach auf die Goldsuche verzichtete und lediglich einen kleinen Tauchgang für ihre Seele machte, dann würde es auch allein gehen.

Sie hievte eine Ersatz-Sauerstoffflasche auf die Ladefläche. Als sie sich umdrehte, stand plötzlich Josie vor ihr. Die Begegnung war Hazel mehr als unangenehm. Doch seine Schwester konnte ja nichts dafür, dass Owen ihr einen ziemlich unsensiblen Korb gegeben hatte. Außerdem schien auch sie nicht gerade begeistert vom Lauf der Dinge zwischen Hazel und Owen zu sein. Josie legte eine für sie ganz und gar untypische Unsicherheit an den Tag und trat unbeholfen von einem Fuß auf den anderen.

»Hey, ich wollte dich nicht erschrecken.«

»Hast du nicht, es ist alles gut«, antwortete Hazel und setzte zur Flucht an.

»Hast du eine Minute?«

Widerwillig blieb Hazel stehen und wandte sich ihr wieder zu.

»Ich weiß ja nicht genau, was da gestern Morgen passiert ist«, begann sie vorsichtig und knetete ihre Finger.

Hazel überging ihre fragende Miene und schwieg. Sie würde ihr sicherlich nicht auf die Nase binden, wie sie sich im Liebestaumel zum Affen gemacht hatte.

»Owen ist ziemlich fertig«, fuhr Josie nach kurzem Zögern fort. »Er rückt zwar nicht raus mit der Sprache, aber dass er Mist gebaut hat sehe ich auch so. Und es tut ihm schrecklich leid.«

»Ja, mir tut's auch leid. Aber es ist eben, wie es ist.« Hazel ärgerte sich darüber, wie weinerlich sie klang.

Da fiel Josies Blick auf die Sauerstoffflasche auf der Ladefläche des Pick-ups, und sie runzelte die Stirn.

»Du gehst tauchen? Mit wem denn?«

»Ich bin mit Quinn von der Autowerkstatt verabredet«, erzählte Hazel. Hoffentlich würde Josie diese Information an Owen weitergeben. Er sollte nicht denken, sie wäre auf ihn angewiesen. »Leider musste er mit dem Abschleppwagen zu einem Unfall raus. Aber vielleicht kommt er ja später noch nach.«

»Hm.« Josie zog eine Schnute, während sie nachdenklich auf die Sauerstoffflasche starrte. »Ich kenne mich mit dem Tauchen nicht sehr gut aus«, gab sie schließlich zu, »aber was ich von Owen und deinem Dad mitbekommen habe, ist, dass man doch nie allein tauchen sollte, oder?«

Hazel rollte mit den Augen. Natürlich hatte Josie völlig recht, aber das war im Moment so ziemlich das Letzte, was Hazel gerade von ihr hören wollte. »Ich tauche, seit ich sechzehn bin. Und den Sauger werde ich allein natürlich nicht einschalten. Ich will einfach nur ein bisschen ins Wasser.« Sie merkte selbst, dass es nur lahme Ausreden waren.

»Warte doch kurz. Owen ist gleich zurück. Den ganzen Tag ist er herumgetigert und hat darauf gehofft, dass du aus dem Haus kommst

und er noch mal mit dir reden kann. Wenn er hört, dass du genau in der halben Stunde weggefahren bist, in der er im Supermarkt war, wird er sich in den Hintern beißen.«

Hazel winkte ab. »Ich werde nicht auf Owen warten. Und mit ihm tauchen gehen werde ich jetzt ganz sicher auch nicht.«

Hazel bereute sofort ihren harschen Tonfall. Sie biss sich auf die Unterlippe und wich Josies betretenem Blick aus. »Entschuldige«, murmelte Hazel dann. »Ich weiß, du willst nur helfen. Aber lass es bitte gut sein, Josie.«

Dann kletterte sie in den Pick-up und parkte aus. Als sie Gas gab, warf Hazel einen Blick in den Rückspiegel. Josie stand noch immer mit vor der Brust verschränkten Armen in der Einfahrt und sah ihr nach.

Irritiert begutachtete Hazel die Tür der Steuerkabine. Das Schloss zeigte einige unschöne Kratzer. Hatte hier jemand versucht einzubrechen? Oder waren diese Spuren schon länger da gewesen? Krampfhaft versuchte sie sich daran zu erinnern, ob das Schloss am Tag zuvor schon so mitgenommen ausgesehen hatte. Hätte ihr das nicht auffallen müssen? Wer weiß, im Strudel all der Emotionen, die gestern durch ihren Kopf gerast waren, konnten solche Details wahrscheinlich durchaus auf der Strecke bleiben. Hazels Blick wanderte über den Türrahmen, doch der war unversehrt.

Unbehaglich sah sie sich um. Auf der anderen Seite des Hafens verlud jemand ein paar Kisten. Ein älterer Herr mit Hund spazierte in Richtung Strand. Hazel versuchte das beklemmende Gefühl abzuschütteln und steckte den Schlüssel ins Schloss. Sie würde erst einmal genau prüfen, ob etwas fehlte. Dann konnte sie sich immer noch Sorgen machen.

Sie hatten die Waschrinne ganz nach vorn geschoben. Obendrauf wand sich der Schlauch des Saugers. Alles in allem sah es in der Kabine ziemlich chaotisch aus, doch das lag schlicht daran, dass die Steuerkabine eigentlich viel zu klein war, um das ganze Equipment darin zu lagern.

Hazel hatte es bisher für eine gute Idee gehalten, die Ausrüstung hierzulassen und sie nicht jeden Tag hin und her karren zu müssen. Andererseits war sie hier durch die Glasscheiben natürlich für jedermann gut sichtbar. Nun kam ihr das fast vor wie eine unbedachte Einladung an potenzielle Einbrecher.

Sorgfältig prüfte sie alles und stellte erleichtert fest, dass nichts gestohlen worden war. Vielleicht war es den Dieben nicht gelungen, die Tür aufzubekommen? Wie auch immer. So ein Risiko wollte Hazel kein zweites Mal eingehen. Später würde sie alles auf den Pick-up laden und mit nach Hause nehmen. Vielleicht konnte Quinn ihr dabei helfen. Zumindest für die Waschrinne brauchte sie Unterstützung. Den Rest würde sie auch allein schaffen.

Hazel trug die Kiste mit ihrer Tauchausrüstung zu der freien Fläche am Heck des Bootes und bugsierte auch den störrischen Saugschlauch hinaus. So hatte sie wenigstens genug Platz, um bequem an die Bedienkonsole zu kommen. Sie startete den Motor und die *Little Blue Elephant* setzte sich unter lautstarkem Rattern in Bewegung.

In weitem Bogen umschiffte sie Murphys schwimmende Schürfplattform, ohne zu ihm und seinen Kumpanen hinüberzusehen. Bestimmt saßen sie seit den frühen Morgenstunden schon abwechselnd auf dem großen Bagger. Auf der anderen Seite tanzten kleinere Bötchen sachte auf den Wellen. Die Goldsuche war auch an diesem Tag in vollem Gange. Doch darum ging es Hazel heute nicht. Sie wollte einfach nur ins Wasser und Abtauchen von der Welt und ihrem Streit mit Owen.

Als sie das Gefühl hatte, sie müsse ihren Claim ungefähr erreicht haben, prüfte sie die GPS-Koordinaten. Tatsächlich war sie nur noch einen Katzensprung von ihrem Ziel entfernt. Auch wenn sie nicht vorhatte, allein nach Gold zu schürfen, hatte sie das Gefühl, dass sie dort gut aufgehoben war. Schließlich war es so etwas wie heimisches Terrain.

Hazel warf den Anker aus und griff sich ihren Anzug, den sie zum Trocknen über die Waschrinne gehängt hatte. Ihr Blick streifte wehmütig Owens Equipmentkiste. Auch er hatte seine Sachen hiergelassen. Sie würde nicht umhinkommen, sie ihm zu bringen. Vielleicht konnte sie ihm das Zeug in einem unbemerkten Augenblick einfach vor die Tür stellen. Sie seufzte und bemerkte, wie ihr Atem dabei zitterte. Es wurde höchste Zeit, dass sie ins Wasser kam.

Als sie sich umgezogen hatte, überprüfte sie ihre Ausrüstung. Da sie heute allein tauchen würde, war sie dabei noch sorgfältiger als sonst. Endlich hatte sie alles erledigt. Sie saß am Rand des Bootes und ließ sich zurückfallen. Die Beringsee nahm sie auf wie eine Mutter ihr Kind, das zu lange weg gewesen war. Sanfte Wellen wiegten sie tröstend. Hazel ließ sich treiben. Ohne Hast oder Ziel sah sie sich um und genoss die innige Liebkosung des Wassers. Fast war ihr, als würden Enttäuschung, Wut und Trauer zumindest ein Stück weit aus ihrem Körper rinnen und sich in den Weiten des Meeres verlieren.

Kapitel

36

Hazel tauchte tiefer und glitt nah über dem Boden weiter vom Boot weg. An einer offenen Stelle ohne Brocken oder Bewuchs streckte sie die Hand aus und wischte durch den Sand, wie Owen es auf der Suche nach Goldflimmerchen immer tat.

Plötzlich schwappte ihr Wasser in die Augen. Erschrocken ruderte Hazel zurück und fasste sich irritiert an die Tauchermaske. Das Glas war weg, wie hatte das denn passieren können? Von einer auf die andere Sekunde war ihre Sichtweite auf ein paar Zoll geschrumpft und alles verschwommen. Und mit der schlechten Sicht kam auch die Panik. Hazel strampelte wild, das Salzwasser brannte in ihren Augen. Gott sei Dank war das Meer hier nicht sehr tief. Auch so schon kam es ihr unerträglich lange vor, bis sie endlich durch die Wasseroberfläche brach. Erschrocken blickte sie sich um. Sie war weiter von der *Little Blue Elephant* weg, als ihr lieb war. Ihre Augen tränten, und sie zwinkerte dagegen an.

Da rauschte auf einmal jemand auf einem Jetski um das Boot herum und kam auf sie zu. Als er näher kam, erkannte sie, dass es Owen war. Erleichterung und Unwillen fochten einen erbitterten Kampf in ihrem Inneren.

»Bist du okay?«, rief er, als er den Jetski neben ihr stoppte.

»Meine Tauchermaske ist auseinandergefallen.« Sie zog sich den Rest ihrer Brille vom Kopf und streckte sie ihm entgegen.

Owen zog überrascht die Augenbrauen hoch.

»Komm her, ich bringe dich wieder zum Boot.«

Hazel hätte seinen Vorschlag am liebsten trotzig abgelehnt. Doch wenn sie ehrlich war, steckte der Schreck ihr noch ziemlich in den Knochen. Also schwamm sie zum Rand des Jetski und stemmte sich aus dem Wasser. Sie setzte sich hinter Owen. Nach kurzem Zögern hielt sie sich an ihm fest, und sie fuhren zusammen zur *Little Blue Elephant* zurück.

Dort vertäute Owen den Jetski mit dem Boot und half ihr hinüber an Bord. Erschöpft streifte sie ihre Tauchermontur ab. Owens Anwesenheit wühlte sie fast ebenso auf wie der Unfall mit ihrer Maske gerade eben.

»Was machst du hier?«, fragte sie ihn. Sie konnte nicht verhindern, dass sie unwirsch klang, obwohl sie dankbar dafür war, dass er sie gerade aus dem Wasser gezogen hatte.

Er setzte sich neben sie auf die rissigen Holzplanken des Bootes. »Josie hat mir erzählt, dass du ohne Tauchbuddy losgezogen bist. Das fand ich nicht gut. Ich wollte nach dir sehen.«

Hazel wich seinem Blick aus. Es wäre ihr weitaus lieber gewesen, wenn sie bei seiner Ankunft gerade einen problemlosen Tauchgang genossen hätte. Die Situation, in der er sie aufgefunden hatte, gab seinen Bedenken leider recht.

»Außerdem dachte ich mir, du kannst mir hier auf dem Boot schlecht aus dem Weg gehen«, fuhr er fort und versuchte sich an einem Lächeln, das kläglich misslang. »Ich will schon den ganzen Tag mit dir reden.«

»Bitte nicht schon wieder. Die letzten beiden Gespräche haben mir gereicht.«

»Ich weiß selbst, dass das gestern früh nicht gerade meine Glanzstunde war. Es tut mir leid.«

Hazel schloss die Augen und lehnte den Kopf an das niedrige Schanzkleid hinter sich. Sie wünschte sich ins Meer zurück, ohne Owen, der sie nicht wollte, ohne dieses quälende Gespräch, das ihren Bruch ja doch nicht wieder kitten konnte, aber stattdessen bitte mit intakter Tauchermaske.

»Danke, dass du da warst, um mich zu retten. Aber es geht mir gut, du kannst jetzt wieder gehen. Ich habe einen Riesenschreck bekommen, als die Maske plötzlich kaputt ging, aber das war es dann auch. Es ist alles in Ordnung.« Hazel nahm nicht wirklich an, dass er sich so leicht würde abschütteln lassen, doch seine Nähe machte sie ganz kribbelig. Er saß direkt neben ihr auf dem Boden am Heck der *Little Blue Elephant*, die Sonne strahlte vom Himmel und hatte die Wasserflecken, die Hazel dort hinterlassen hatte, sofort getrocknet. Alles könnte perfekt sein, doch das war es nicht. Und dass er ihr gerade so nah war, machte ihr die Distanz, die seine Reaktion gestern in ihr Verhältnis gerissen hatte, geradezu schmerzlich bewusst.

»Aber zwischen uns ist nichts mehr in Ordnung«, flüsterte er. Ihre Blicke trafen sich, und Hazel bemerkte überrascht die Wehmut in seinen Augen. »Lass es mich bitte erklären.«

Sie nickte.

Owen starrte auf die Kiste, in der seine Taucherausrüstung lag, als hätte sich auch seine Antwort darin versteckt. »An der Uni hatte ich eine Freundin«, begann er zu erzählen. »Ihr Name war Lindsay. Wir waren drei Jahre lang zusammen, dann ging es auseinander.«

Hazel hielt den Atem an. Das war also der Grund? Er hing noch an seiner Ex und wollte sich deshalb nicht auf sie einlassen? Das hatte

ihn bisher doch auch nicht gestört! Sie schnaubte verärgert. »Schön für euch. Dann ruf sie doch an, deine Lindsay. Vielleicht hängt sie ja auch noch so an dir. Ich wünsche euch viel Glück.«

Er sah irritiert auf. »Nein, nein, das ist es nicht. Ich will Lindsay nicht zurück.«

»Aber mich willst du auch nicht«, murmelte Hazel bitter.

Wieder fuhr er sich durchs Haar. Gestern noch hatte sie diese Geste geliebt. Jetzt brach sie ihr fast das Herz.

»Lindsay ist Vergangenheit«, betonte er, »aber die Trennung war hart für mich.«

Hazel entspannte sich etwas. Er liebte keine andere. Doch was sein Problem war, hatte sie noch nicht begriffen. Gespannt wartete sie, dass er weiterredete.

»Es war alles toll damals, wir haben uns super verstanden. Dann ging das Studium zu Ende. Ich habe mein Assistenzarztpraktikum hier in Nome begonnen, sie ihres in Anchorage. Das sind fünfhundertvierzig Meilen von hier.«

Nachdenklich sah Hazel ihn an. Seine Züge wirkten angespannt. Obwohl er unbedingt mit ihr hatte reden wollen, fiel auch ihm dieses Gespräch anscheinend nicht leicht. Doch inzwischen war Hazel froh, dass er da war. Sie wollte ihn verstehen. Und langsam dämmerte ihr nun auch, was er ihr sagen wollte. »Eure Beziehung hat die Entfernung nicht verkraftet?«, fragte sie nach.

Er nickte. »Es hat nicht funktioniert. Ich denke, dafür bin ich einfach nicht gemacht. Es war ein Kampf, und am Ende habe ich ihn verloren.«

Überfordert drehte Hazel die kaputte Tauchermaske in ihren Händen. San Diego war noch wesentlich weiter weg als Anchorage. Daran war nichts zu rütteln.

»Du wirst in ein paar Tagen oder spätestens in ein paar Wochen abreisen, Hazel. Und dann ist das hier …«, er deutete mit dem Finger zwischen ihnen hin und her, »dann ist das hier vorbei.« Seine Stimme klang belegt. Wenigstens schien sie ihm trotz allem nicht egal zu sein.

»Nur weil es einmal nicht funktioniert hat, heißt das doch nicht, dass es nie funktionieren kann. Viele Menschen führen Fernbeziehungen, und ich bin nicht Lindsay.« Hazel hatte wahrlich nicht vorgehabt, ihn zu überreden. Aber so, wie er sprach, waren ihre Gefühle nicht einseitig. Sie wollte nicht akzeptieren, dass sie nicht zusammen sein würden, obwohl auch er sich doch offensichtlich in sie verliebt hatte.

Owen schüttelte traurig den Kopf. »Deine Beziehung zu Mike zeigt doch, dass ich recht habe. Ein paar Wochen nur hat es gedauert, und sie war kaputt. Uns würde es genauso gehen. Hazel, ich kann das nicht noch mal.«

Sie schnappte nach Luft wie ein Fisch auf dem Trockenen. Verdammt, was sollte sie dagegen sagen? Dass es zwischen Mike und ihr vorher schon gekriselt hatte? Und stimmte das überhaupt? Natürlich hatte sie immer wieder etwas an Mike gestört, doch niemand war perfekt. Die Trennung fühlte sich richtig an, aber wenn Hazel ehrlich war, wären sie ohne ihre Reise wahrscheinlich wirklich noch zusammen.

»Was heißt das jetzt für uns?«, flüsterte sie.

Owen sah sie an. In seinen Augen spiegelte sich ein Meer an Emotionen. Ja, sein Blick sagte mehr als tausend Worte: Es war vorbei, bevor es richtig angefangen hatte.

Hazel schluckte und wandte sich ab. Sie wollte auf keinen Fall wieder vor ihm in Tränen ausbrechen. Seufzend lehnte sie sich an die Reling zurück und schloss die Augen. Ihr Gespräch hatte nicht lange gedauert, und trotzdem fühlte Hazel sich erschöpft, als sei sie einen Marathon gelaufen. Außerdem hatte sie keine Ahnung, wie sie nun

nach Owens Geständnis mit ihm umgehen sollte. Einerseits zog es sie jetzt, da er ihr indirekt gesagt hatte, wie sehr er sie mochte, nur noch mehr zu ihm. Doch andererseits hatte er ja mehr als deutlich gemacht, dass er keine Zukunft für ihre Liebe sah.

»Ich geh dann wohl mal«, hörte sie Owen leise neben sich. Als sie die Augen öffnete, stand er gerade auf.

»Bitte geh nicht«, platzte sie heraus. Unschlüssig blieb er stehen. Hazel biss sich auf die Unterlippe. Es war alles gesagt, es wäre nur logisch und konsequent, wenn er sich jetzt auf seinen Jetski schwingen und davonfahren würde. Doch Hazel war nicht bereit, ihn gehen zu lassen. Wenn sie sich nach diesem Gespräch nun trennten, würde es nur noch unangenehmer werden zwischen ihnen.

»Kannst du mir vielleicht helfen, die Ausrüstung von Bord zu schaffen?« Sie griff nach dem einzigen Strohhalm, der ihr in den Sinn kam.

»Ich denke, ich kann meine Kiste auch auf dem Jetski mitnehmen. Den Rest wirst du ja noch brauchen. Josie meinte, du tauchst jetzt mit Quinn.« Owen klang verletzt. Im Grunde hatte Hazel genau das bezwecken wollen, hatte gehofft, dass es ihn stören würde, wenn sie ihn ersetzte. Nach seinem Geständnis nun tat ihr dieser Schachzug leid.

»Mit Quinn war ich nur zweimal verabredet. Ich weiß nicht, eigentlich sind wir doch ein gutes Team, oder?«

Owen nickte, sagte aber nichts dazu. Hazel würde ihn nicht drängen, hoffte aber, er würde weiterhin mit ihr nach Gold schürfen und sie nicht noch weiter von sich stoßen.

»Aber so oder so wollte ich die Sachen von Bord nehmen. Sieh mal.« Sie rappelte sich auf und zeigte ihm das verkratzte Türschloss.

»Oh, verstehe. Da hat sich jemand daran zu schaffen gemacht«, bestätigte er ihre Befürchtungen. »Klar helfe ich dir.«

Gemeinsam machten sie sich auf den Rückweg. Owen fuhr voraus, und Hazel folgte ihm mit der *Little Blue Elephant.* Sie dachte daran, wie es gewesen war, hinter ihm auf dem Jetski zu sitzen. Sie wünschte sich dorthin zurück, wollte die Arme um ihn schlingen und sich an ihn drücken. Ihre Augen wurden feucht, und sie wandte sich ab. Da fiel ihr Blick auf die schwimmende Plattform zu ihrer Linken. Der Bagger bewegte sich nicht. Murphy stand am Rand des flachen Bootes, hatte ein Sandwich in der Hand und starrte zu ihr herüber. Es wirkte, als könnte er ihre trüben Gedanken lesen und würde sich an ihrem Leid ergötzen. Hazel sah schnell weg und konzentrierte sich verbissen auf die Steuerung des Bootes.

Kapitel

37

Michael und Phyllis hatten sich inzwischen so weit an ihr Ziel von einer Unze Gold angenähert, dass sie sich nicht mehr trauten, ihren bisherigen Fund mit sich herumzutragen.

»Nicht dass uns noch jemand auf dem Nachhauseweg einen Knüppel über den Schädel zieht und es uns abnimmt«, flüsterte Michael Hazel zu.

»Ja, sicher ist sicher«, antwortete sie verständnisvoll. Sie bemühte sich dieser Tage besonders, fröhlich und freundlich zu ihren Gästen im *Scubadoo* zu sein. Denn sie hatte Angst, dass jemand bemerken würde, wie es wirklich in ihr drinnen aussah. Das würde nur zu unangenehmen Fragen führen, die ja doch nichts an ihrer verzwickten Situation ändern konnten.

Irgendwie hatten Owen und Hazel es tatsächlich geschafft, weiterhin miteinander nach Gold zu tauchen, ohne sich zu streiten oder zu küssen. Hazel war es ein echtes Rätsel, wie das geklappt hatte. Natürlich gab es immer wieder Situationen, in denen ihr ein spitzer Kommentar auf der Zunge lag, doch sie schluckte ihn stets tapfer hinunter. Und noch mehr Momente gab es, zum Beispiel, wenn sie sich zufällig berührten oder sich nahe kamen, in denen plötzlich ein Kribbeln

Hazels Nacken hinunterrann und sie sich fragte, wie lange sie diesem Gefühl wohl noch widerstehen könne. So kam Owen gerade mit Tim ins *Scubadoo*, als Hazel hinauswollte, um noch ein paar Snacks zu holen. Sie rannte fast in ihn hinein, nahm seinen Duft wahr, seine plötzliche Nähe. Am liebsten hätte sie ihn gepackt und an sich gezogen, doch sie wandte sich schnell ab und eilte davon.

Als sie zurückkahm, standen Owen und Tim vor der Theke und unterhielten sich mit Margret, die gerade erst gekommen sein musste, als Hazel im Haus gewesen war.

»Hazel, da bist du ja!«, rief sie mit besorgtem Tonfall. »Zum Glück geht es dir gut.«

»Ja, es ist alles in Ordnung. Was soll denn los sein?«, fragte Hazel und gesellte sich zu den dreien.

»Ach, wahrscheinlich ist nichts und ich habe Murphys dummes Geschwätz nur zu ernst genommen.« Sie winkte ab.

Doch Hazel wurde hellhörig, als Murphys Name fiel. »Was hat er denn gesagt?«

»Ich weiß es leider nicht mehr so genau. Er war gestern Abend bei mir im Laden, und da hat er so komisch herumgeredet«, erzählte Margret mit nachdenklicher Miene. »Er machte eine beiläufige Bemerkung über dich, dass er schon dafür sorgen wolle, dass dir das Goldtauchen bald keinen Spaß mehr machen würde und er dann endlich an deinen Claim käme. Ich weiß den Wortlaut nicht mehr genau, aber es ließ mir die ganze Nacht keine Ruhe. Meint ihr, das war nur dummes Geschwätz oder führt er tatsächlich etwas im Schilde?« Bange sah sie von Hazel zu Owen.

»Zutrauen würde ich es ihm auf jeden Fall«, meinte Owen und zuckte mit den Schultern.

»Ich auch«, bestätigte Margret. »Aber was könnte er nur vorhaben?«

Hazel biss sich auf die Unterlippe. Murphy hatte mit seiner Vermutung voll ins Schwarze getroffen. Sie würde das Tauchen immer

lieben, aber tatsächlich machte es in der angespannten Situation, in der Owen und sie steckten, keinen so großen Spaß mehr. Sie schob den Gedanken beiseite. Dass es zwischen Owen und ihr so schwierig geworden war, dafür konnte Murphy ja nichts. Doch was plante der Kerl dann?

»Denkst du, er war es womöglich, der versucht hat, in das Boot einzubrechen?«, fragte Owen sie leise.

Hazel riss erschrocken die Augen auf. Wenn sie ehrlich war, hatte sie gar nicht mehr über das verkratzte Schloss nachgedacht. Aber die Vorstellung, Murphy könnte versucht haben, ihre Ausrüstung zu stehlen, passte außerordentlich gut ins Bild.

»Schon möglich. Vielleicht wollte er den Sauger oder die Waschrinne mitnehmen, um uns auszubremsen?«, spekulierte Hazel im Flüsterton.

»Auf jeden Fall ist es gut, dass wir unser Equipment nachts nicht mehr auf dem Boot lassen.«

»Ich will euch natürlich nicht unnötig Angst machen«, sagte Margret kleinlaut, »aber ich hatte das Gefühl, ich sollte euch warnen. An die Waschrinne habe ich, ehrlich gesagt, gar nicht gedacht. Ich hatte eher Angst, er könnte eure Taucherausrüstung womöglich irgendwie manipulieren. Nicht dass er euch in seinem Wahn noch in Gefahr bringt.«

Hazel zog scharf die Luft ein. »Die Maske!«

Margret runzelte die Stirn und sah sie fragend an.

»Am Montag hat es mir unter Wasser plötzlich die Tauchermaske zerlegt. Natürlich kann es immer mal sein, dass sich bei so etwas die Verklebung löst. Aber komisch fand ich es trotzdem. Ich hatte sie ja erst neu gekauft, und billig war sie auch nicht«, erzählte Hazel. »Ich bin davon ausgegangen, dass jemand nur versucht hat, das Schloss aufzubekommen, weil nichts gefehlt hat. Wenn es aber kein Dieb

war, sondern ein Saboteur?« Sie stockte. »Und gestern war das Ventil meiner Sauerstoffflasche offen. Ich hatte sie auf der Ladefläche des Pick-ups gelassen. Sie war voll, und jetzt ist sie so gut wie leer.«

»Du meine Güte«, rief Margret aus und schlug die Hände zusammen. »Wenn er da wirklich dahintersteckt, wer weiß, was ihm noch alles einfällt!«

»Jetzt bleibt mal ganz ruhig.« Owen hob beschwichtigend beide Hände. »Wir wissen ja gar nicht, ob er es war. Und es ist ja nichts passiert.«

»Na, du hast sicherlich einen ganz schönen Schreck bekommen, als dir die Maske beim Tauchen kaputt ging, oder? Da siehst du ja gar nichts mehr. Und dann auch noch das Salzwasser.«

Hazel holte Luft, um Margret zu beruhigen, doch Owen kam ihr zuvor.

»So, jetzt setz dich erst mal«, sagte er und legte den Arm um Margret. »Es ist alles gut.« Er führte sie zum nächsten freien Tisch und schenkte ihr einen Kaffee ein.

»Entschuldigt. Ich will nicht überreagieren. Aber bei Murphy muss man auf alles gefasst sein. Passt bitte aufeinander auf, ja?«

Hazel und Owen sahen sich über den Tisch hinweg an.

»Natürlich passen wir aufeinander auf«, sagte er, ohne Hazel aus den Augen zu lassen. Sein Blick verschränkte sich in ihren. Hazel lächelte wehmütig. Ihre Verbindung hatte nichts an ihrer Kraft und Intensität eingebüßt. Mit jeder Faser ihres Körpers sehnte sie sich nach ihm.

»Ach, Kinder, es ist so schön, dass ihr beide euch gefunden habt«, sagte Margret da plötzlich. Sie legte eine Hand auf Hazels und die andere auf Owens Unterarm. »Wenn Charlie das noch hätte erleben können. Das hätte ihm gefallen.« Sie lächelte versonnen.

Owen machte ein Gesicht, als hätte Margret ihn geohrfeigt, und fixierte dann die Tischplatte vor sich. Und Hazel tat den Mund auf, klappte ihn jedoch wortlos wieder zu.

Margret tätschelte Hazels Hand und Owens Arm. Ihre betroffenen Mienen und das unwohle Schweigen, das sie ausgelöst hatte, schien sie gar nicht zu bemerken.

Kapitel

38

Hazel versuchte sich verbissen von ihrer emotionalen Misere abzulenken. Vermutlich war das Haus ihres Dads nie so sauber gewesen wie in diesen Tagen. Einerseits war sie froh, dass es hier keinen Fernseher gab, vermutlich wären ihre Augen zu Vierecken geworden. Doch andererseits fiel ihr regelrecht die Decke auf den Kopf, wenn sie nicht gerade tauchte oder im *Scubadoo* die Stellung hielt. Und so widmete sie sich wieder einmal dem großen Bücherregal, das im Wohnzimmer stand.

Hazels Blick fiel auf wunderschöne Schmuckausgaben von Sherlock Holmes, die ganz oben im Regal thronten. Wie es aussah, stand dort Arthur Canon Doyles gesamte Reihe über den außergewöhnlichen britischen Detektiv. Sie holte sich einen Hocker heran und nahm die in Leder gebundenen Bücher aus dem Regal. Als sie den ersten Sammelband öffnete, entdeckte sie eine handschriftliche Widmung darin.

Für meinen Vorleser.
In Liebe, Abby

Hazel starrte auf die Zeilen. Das eifersüchtige Kind in ihr stellte sofort eingeschnappt fest, dass er früher ihr vorgelesen hatte und nicht irgendeiner fremden Frau. Sie sah ihn vor sich, wie er auf einem Stuhl neben ihrem Bett saß, ein Buch auf den Knien. Am liebsten hatte sie schon damals als Kind Geschichten über das Meer gelauscht mit Nixen und Piraten, Stürmen und geheimnisvollen Unterwasserwelten.

Sie schob den Gedanken ärgerlich beiseite und betrachtete die Tinte, die sich in schwungvollen Bögen über das Papier zog. Sie gab ein so anderes Bild ab als das, das Hazel sich von Abby gemacht hatte. Sie versuchte sich vorzustellen, wie Abby und ihr Dad hier zusammengekuschelt in dem großen Ohrenbackensessel saßen oder vielleicht auch mit einer Decke auf dem Boden. In ihrem Kopf hörte sie seine Stimme. Er hatte immer ein Talent fürs Vorlesen gehabt, hatte den verschiedenen Charakteren gern unterschiedliche Stimmlagen verpasst und mit seiner Betonung die schnöden Buchstaben lebendig werden lassen.

Eine Träne rann über Hazels Wange. Sie wischte sie weg und griff zum nächsten Buch.

Ich freue mich auf unseren nächsten Leseabend.
Kann es kaum erwarten.
Deine Abby

Mit zitternden Fingern nahm sie den letzten Sammelband zur Hand. Irgendwo aus der Mitte wollte ein Lesezeichen herausrutschen. Anscheinend war ihr Dad nicht mehr dazu gekommen, das Buch fertig zu lesen. Hazel hielt es auf und steckte es an seinen Platz zurück. Dann schlug sie die vorderste Seite auf.

Ich liebe Dich mehr, als Bücher je erzählen könnten.
Dein Charlie

Schluchzend klappte sie das Buch wieder zu. Wie unrecht sie Abby doch getan hatte. Hazel hatte nichts von ihrem Leben mit ihrem Dad wissen wollen, hatte sich nicht vorstellen wollen, was sie wohl alles unternommen hatten, und schon gar nicht, dass sie womöglich miteinander glücklich gewesen waren.

Im Grunde hatte Owen ganz recht gehabt mit seiner Interpretation. Hazel *war* eifersüchtig gewesen auf sie und die Zeit, die sie hier mit ihrem Dad gehabt hatte, war es doch genau die Zeit gewesen, die ihr selbst mit ihm verloren gegangen war.

Abby war bereits über ihren Schatten gesprungen und auf sie zugegangen. Vielleicht war es nun an der Zeit, dass Hazel es ihr gleichtat. Nach den liebevollen Zeilen, die sie hier unerwartet in den Büchern gefunden hatte, war es ihr, als sei sie das ihrem Dad schuldig. Und vielleicht würde sie damit nicht nur Frieden mit Abby schließen. Vielleicht würde auch das gekränkte Kind in ihr endlich verstummen und ihrem Dad verzeihen. Ja, vielleicht brauchte sie diese Geste selbst sogar mehr als Abby.

Hazel zog sich Schuhe an und ging hinaus. Die Sommersonne strahlte wärmend vom Himmel, wie sie es hier nur selten tat, sodass sie heute nicht einmal Josies Strickjacke brauchte. Keine einzige Wolke trübte das Blau. Hazel atmete tief durch, inhalierte den Duft der Stadt, der so viel klarer zu sein schien als der zu Hause in San Diego. Und ein bisschen war ihr, als saugte sie Kraft und Zuversicht mit ein für das, was sie vorhatte. Denn auch wenn es sich richtig anfühlte, würde es ihr trotzdem nicht leichtfallen. Mit energischen

Schritten ging sie zum Pick-up ihres Dads, um in die Stadt zu fahren und Geschenkpapier zu kaufen.

Als sie wenig später mit den verpackten Sherlock-Holmes-Büchern vor Abbys Tür stand, wünschte Hazel sich kurz, sie würde nicht da sein. Doch gerade als sie überlegte, ob sie das Päckchen einfach vor die Tür legen sollte, machte sie auf. Sie trug dezentes Make-up und einen Blazer zu Shirt und Jeans. Hazel hatte keine Ahnung, was sie beruflich tat, doch anscheinend hatte sie die Mittagspause daheim verbracht und war gerade auf dem Sprung zurück zur Arbeit.

»Hazel, was machst du denn hier?«, fragte sie verblüfft. »Ich muss leider schon wieder los.«

»Ich will auch gar nicht lange stören.« Unbeholfen streckte Hazel ihr das Päckchen entgegen.

»Was ist das?«

»Habe ich im Wohnzimmer gefunden. Ich … ich dachte, du hättest sie vielleicht gern.«

Abby tastete mit fragender Miene das Geschenkpapier ab. Plötzlich füllten ihre Augen sich mit Tränen. »Es sind die Bücher, nicht wahr? Die Sherlock-Holmes-Bücher«, flüsterte sie mit erstickter Stimme.

Hazel nickte beklommen.

»Danke.« Schniefend strich sie über das Papier, als wollte sie es streicheln.

Hazel spürte, wie Abbys Ergriffenheit auch ihr die Luft abschnürte. Sie verabschiedete sich und eilte zum Wagen. Als sie einstieg, sah sie zurück. Abby stand noch immer im Türrahmen. Sie hatte die Bücher an sich gedrückt wie ein Baby und lächelte und weinte gleichzeitig. Hazel hob die Hand und stieg ein. Kaum hatte sie die Fahrertür

geschlossen, liefen auch ihr die Tränen über das Gesicht. Energisch parkte sie aus und bog um die nächste Ecke, wo sie gleich wieder anhielt. Hazel ließ den Kopf auf das Lenkrad sinken und weinte hemmungslos. Es war, als wäre ein Damm in ihr gebrochen, der sie nun mit einer Welle an Emotionen überschwemmte. So oft hatte sie um ihren Dad und die verlorene Zeit mit ihm geweint. Nun hatten ihre Tränen plötzlich auch etwas Befreiendes. In all ihrer Traurigkeit über diesen Verlust hatte sie endlich das Gefühl, etwas richtig gemacht zu haben. Und vielleicht sah ihr Dad sie ja gerade und war stolz auf sein kleines Mädchen, weil es über seinen Trotz hinausgewachsen war und Frieden mit Abby und seinem neuen Leben hier in Nome geschlossen hatte. Hazel wünschte es sich so sehr.

Kapitel

39

Die zwei Wochen verstrichen trotz aller Widrigkeiten erstaunlich schnell. Hazel musste zu Billy und die Taucherausrüstung zurückbringen oder deren Ausleihe verlängern. Die Entscheidung lag ihr schwer im Magen. Herz und Kopf fochten einen erbitterten Kampf.

Owen und sie hatten das Thema bislang großzügig ausgeblendet. Einmal war die Rede darauf gekommen, mit dem Ergebnis, dass sie beide verstummt und Hazel dann schnell von etwas anderem gesprochen hatte. Es war zum Haareraufen.

Hazel entschloss sich, das *Scubadoo* durchzuputzen. Im Grunde war es lediglich eine gute Ausrede dafür, ihren Besuch bei Billy noch etwas hinauszuzögern. Das war ihr schmerzlich bewusst, trotzdem wischte sie alle Möbel ab und stellte dann die Stühle verkehrt herum auf die Tische, um den Fußboden sauber zu machen. Gerade als sie den Wischmob auswrang und loslegen wollte, kam Josie in die Hütte. »Hey, Hazel.« Entgegen ihrer sonst so offenen und fröhlichen Art wirkte sie etwas gehemmt.

»Hallo, Josie, was gibt es?«

»Du siehst mir schon an, dass ich etwas auf dem Herzen habe, nicht wahr?« Sie lächelte gequält. »Können wir reden?«

»Natürlich.« Hazel stellte den Wischmob in die Ecke und nahm die Stühle von einem der Tische. »Setz dich.«

»Danke.«

Hazel nahm neben Josie Platz und sah sie erwartungsvoll an.

»Ich habe hin und her überlegt, wie ich es verpacken soll, damit du mir nicht böse bist.« Sie seufzte. »Aber ich fürchte, das wird wohl nicht so richtig funktionieren, also sage ich es geradeheraus.«

Hazel runzelte die Stirn. Josie machte es ja richtig spannend.

»Ich möchte dich bitten, so schnell wie möglich abzureisen.«

Uff. Hazel wusste selbst nicht genau, was sie erwartet hatte. Dass Josie sie loswerden wollte, auch wenn sie dabei vermutlich in erster Linie an Owen dachte, schmerzte sie.

Sie musste ein recht betroffenes Gesicht machen, denn Josie hob sogleich beschwichtigend beide Hände.

»Versteh mich nicht falsch, Hazel. Ich mag dich sehr. Wahrscheinlich hätten wir unter anderen Umständen richtig gute Freundinnen werden können.«

Hazel hatte plötzlich den Drang, klarzustellen, dass sie in ihren Augen bereits ziemlich gute Freundinnen geworden waren. Doch sie schluckte ihren Protest hinunter und presste die Lippen zusammen.

»Owen geht es nicht gut«, redete Josie weiter. »Er spricht nicht darüber, aber ich merke doch, wie sehr ihn die Situation belastet.«

Hazel rieb sich mit beiden Händen über das Gesicht. Der Geruch nach Putzmittel stach ihr in die Nase. »Mich belastet es auch«, murmelte sie kleinlaut. »Wenn ich jetzt abreise, dann heißt das vielleicht, dass ich ihn nie wiedersehe.« Ihre Stimme wurde so dünn, dass sie sich beinahe fremd anhörte in ihren eigenen Ohren.

Mitfühlend legte Josie ihre Hand auf die von Hazel und drückte sie. »Die Angst hat er auch, glaube ich«, antwortete sie leise. »Aber vielleicht ist das immer noch besser, als wenn ihr euch im Gegensatz

dazu ständig seht. Er würde es nie zugeben, aber es quält ihn, dass du hier nebenan bist und er trotzdem Abstand zu dir halten muss.«

»Das muss er doch gar nicht!«, widersprach Hazel verzweifelt.

»Na ja, in gewisser Weise muss er das schon. Es ist seine Art, sich selbst zu schützen. Je mehr er in diese Beziehung investiert, desto schmerzhafter wird ihn deine Abreise treffen«, erklärte Josie geduldig. Ihre Ausführungen klangen für Hazel durchaus logisch. Trotzdem – oder vielleicht auch gerade deshalb – wollte sie sich am liebsten die Ohren zuhalten und nichts davon hören.

»Je länger du hierbleibst, desto härter wird der Abschied werden. Das muss doch auch dir klar sein.« Josie drückte noch einmal Hazels Hand und zog ihre dann zurück.

Verzweifelt fuhr Hazel sich erneut über das Gesicht. Sie wollte nicht abreisen. Deshalb hatte sie ja auch noch keinen Flug gebucht und Quinn noch mal wegen des Verkaufs ihres Pick-ups vertröstet. Alles in ihr sträubte sich dagegen, Nome zu verlassen, Owen zu verlassen.

Hazel atmete zitternd aus und schluckte gegen den Kloß in ihrem Hals an. »Wahrscheinlich hast du recht«, flüsterte sie.

»Du warst doch glücklich in San Diego. Ich bin sicher, dass du das auch wieder sein wirst«, meinte Josie.

Hazel nickte zögerlich. Sie dachte an Little Italy, an seine Gerüche und Geräusche und die weltbeste Sardellenpizza, die es direkt gegenüber ihrer Wohnung gab. Sie dachte an ihre Mom, wie diese sich freuen würde, dass sie endlich wieder nach Hause kam. Sie dachte an Mike. Auch wenn sie nun kein Paar mehr waren, freute sie sich darauf, mit ihm und seinem Bruder Leo wieder ein paar Tauchtouren durchzuführen. Selbst mit Claire würde sie wohl irgendwie klarkommen. Ja, San Diego und ihr Leben dort war toll und eine wunderschöne Erinnerung. Doch all das konnte Hazel nicht locken. Selbst

wenn sie an ihren geliebten La Jolla Cove dachte, so verblasste die Schönheit dieses Ortes neben Owens Lächeln.

»Du bist mir nicht böse, oder?«, fragte Josie unsicher.

»Nein. Es ist alles gut zwischen uns. Ich weiß, dass du es nur gut meinst.« Mit fahrigen Bewegungen zog Hazel ein Taschentuch aus der Hosentasche und schnäuzte sich. Sie hatte die Wahrheit gesagt. Josie war ein herzensguter Mensch und eine tolle Schwester. Es musste wohl viel passieren, dass man ihr böse sein könnte. Wahrscheinlich war auch das der Grund, warum ihre Bitte Hazel so traurig machte. Josie ging es nur um Owens Glück, und Hazel musste die bittere Wahrheit erkennen, dass sie es war, die seinem Glück gerade im Weg stand.

»Ich mache hier noch sauber und dann bringe ich meine geliehene Taucherausrüstung zurück«, sagte Hazel schließlich geknickt.

Josie wirkte erleichtert. Wenigsten eine Person schien mit dieser Entscheidung also glücklich zu sein.

Am Spätnachmittag raffte Hazel sich endlich schweren Herzens auf und fuhr zum Tauchershop. Billy hatte gerade Kundschaft. Also trug Hazel nacheinander Flaschen und Kiste hinein und stöberte durch die Tauchermasken. Wie wahrscheinlich war es wohl, dass ihre Maske aufgrund eines Produktionsfehlers kaputt gegangen war und Murphy gar nichts damit zu tun hatte? Vielleicht war die Verklebung einfach fehlerhaft gewesen? Vermutlich würde Hazel es nie erfahren.

»Hallo! Hazel war dein Name, nicht wahr?« Billy stand nun hinter ihr, während die zwei Männer, die sie eben noch beraten hatte, mit vollen Einkaufstüten den Laden verließen.

»Ja, hallo.«

»Brauchst du eine neue Maske?«

»Tatsächlich ist mir meine kaputt gegangen. Aber ich bin nicht hier, um eine neue zu kaufen. Im Gegenteil.« Sie deutet auf den Boden, wo hinter dem Verkaufsständer mit den Tauchermasken ihre geliehene Ausrüstung stand. »Die Leihfrist endet heute, ich möchte die Sachen zurückgeben.« Hazel unterdrückte ein Seufzen. Mit der Rückgabe ihres Equipments wurde ihr Abschied plötzlich erschreckend real.

Billy legte den Kopf schief und musterte sie einen Moment. »Okay, kein Problem.«

Dann warf sie einen kurzen Blick auf die Flaschen und trug die Kiste zur Theke. Billy suchte sich die Liste heraus, auf der stand, was sie Hazel alles mitgegeben hatte. Dann ging sie die Sachen durch, um sie auf Vollständigkeit und etwaige Beschädigungen zu prüfen.

»Hat es sich wenigstens gelohnt? Hast du einen Schatz gefunden?«, wollte Billy wissen, während sie die Flossen begutachtete.

Hazel schluckte gegen die Traurigkeit an. Und ob sie einen Schatz gefunden hatte. Doch in kürzester Zeit war er ihr wieder entglitten. Sie nickte beklommen.

Dann sah Billy sie plötzlich an. Sie hatte ein freundliches, rundes Gesicht, das durch ihre schmalen Augen auf Hazel stets wirkte, als würde sie lächeln. »Irgendwie hatte ich gedacht, du bist eine von denen, die hierbleiben.«

»Ach ja?«, krächzte Hazel. »Wieso das denn?«

»Ich weiß nicht, war nur so ein vages Gefühl«, meinte Billy mit einem Schulterzucken. »Schade, dass Nome dich nicht halten konnte.«

Kapitel

40

Als Hazel zurückkam, schaukelte Tim entspannt in der Hängematte. Owen stand am Grill, und Josie kam gerade mit einer Schüssel Salat aus dem Haus. Josie lächelte Hazel zu. Als ihr Blick jedoch zur Ladefläche des Pick-ups wanderte, erstarb ihr Lächeln, und sie runzelte die Stirn. Auch Owen entdeckte die Kiste mit der Taucherausrüstung sofort. Er legte die Grillzange weg und setzte sich mit fragender Miene in Bewegung. Hazel ging auf ihn zu, sobald sie ausgestiegen war. Sie trafen sich schräg vor der Veranda in Owens Garten. Hazel versuchte Josie zu ignorieren, die den Salat weggestellt und die Arme vor der Brust verschränkt hatte.

»Hast du die Leihe der Tauchersachen etwa doch verlängert? Ich war nicht sicher, was du tun würdest. Ehrlich gesagt dachte ich, dass du vermutlich bald abreisen möchtest.« In seiner Stimme schwangen verschiedene Emotionen mit, sodass Hazel nicht hundertprozentig deuten konnte, ob er angesichts der Kiste nun erleichtert oder bedrückt war. Sie suchte in seinem Blick nach einem Hinweis, einer Bestätigung dafür, dass sie endlich alles richtig gemacht hatte. Doch schon einmal war sie vorgeprescht und dabei schmerzhaft auf die Nase gefallen. Die Erinnerung daran schnürte ihr für einen Moment die Kehle zu.

»Nein, ich habe die Leihe nicht verlängert«, sagte sie kleinlaut. Im Shop bei Billy hatte sie plötzlich ganz klar vor sich gesehen, was sie zu tun hatte. Die Lösung war so einfach, dass sie am liebsten laut aufgelacht hätte, dass sie sie erst so spät erkannt hatte. Nun aber, da sie vor Owen stand, fiel ihr Mut immer mehr in sich zusammen.

Der zog nun die Augenbrauen zusammen und warf einen Blick zu der Equipmentkiste, die auf der Ladefläche des Pick-ups in ihrer Einfahrt stand.

»Ich habe die Taucherausrüstung gekauft.« Hazels Stimme wurde zu einem Flüstern.

Owen sah sie irritiert an. Dann hellte sich sein Gesicht vorsichtig auf. Er wirkte, als würde er sich noch nicht richtig trauen, sich zu freuen. »Warum, wie meinst du das?«, fragte er verunsichert.

»Du willst keine Fernbeziehung, und das respektiere ich. Aber ich bin nicht bereit, auf dich zu verzichten, Owen. Ich bleibe hier in Nome. Ich bleibe bei dir.«

Owen starrte sie überrascht an, und für einen bangen Moment fürchtete Hazel, sie könnte die Situation womöglich falsch eingeschätzt haben. Was, wenn er sich bereits mit dem Gedanken an ihren Abschied arrangiert hatte? Was, wenn seine Reaktion wieder nicht ausfiel, wie Hazel es sich erhoffte?

Doch da machte er einen Schritt auf sie zu und schloss die Lücke zwischen ihnen. Owen nahm sie in die Arme und drückte sie an sich, dass ihr beinahe die Luft wegblieb. Dann hob er sie hoch und drehte sich mit ihr um die eigene Achse. Seine Freude zerstreute all ihre Unsicherheiten und Zweifel.

Er setzte sie wieder auf die Füße, und Hazel lehnte sich glücklich an ihn. Als sie den Kopf hob, strich Owen ihr das zerzauste Haar zurück, nahm ihr Gesicht in beide Hände und küsste sie.

Der Kuss glich keinem, den sie bislang geteilt hatten. Es gab kein vorsichtiges Herantasten, kein zögerliches Erforschen eines fremden

Gegenübers. Der Kuss war auch nicht geschwängert von trunkener Leidenschaft, vom Reiz des Heimlichen. Nein, er war pur und echt, ehrlich und glücklich, und er ließ Hazels Herz Salti springen vor Freude. Sie hatten endlich zueinandergefunden.

Da hörte Hazel ein leises Kichern. Sie lösten sich voneinander und drehten sich zur Veranda um. Dort saß Tim in der Hängematte, hielt sich die Hände vor den Mund und sah amüsiert zu ihnen herüber. Josie stand grinsend neben ihm, die Arme noch immer vor der Brust verschränkt. »Na, das ist aber nicht jugendfrei. Wenn ihr so weitermacht, muss ich Tim die Augen zuhalten«, stichelte sie.

Schuldbewusst zogen Hazel und Owen die Schultern hoch und lächelten sich an. Sie verschränkten ihre Finger ineinander, als sie langsam durch den Garten zur Veranda gingen.

»Klärt uns auf, wir wollen teilhaben an eurem Glück«, rief Josie.

»Sie bleibt hier!«, antwortete Owen, und Hazel wurde warm ums Herz, als sie die Freude in seiner Stimme hörte.

Josie sah ehrlich überrascht zwischen ihnen hin und her, während von Tim ein »Cool« kam.

»Na, das ist ja ein Ding!«, meinte Josie schließlich kopfschüttelnd. Dann wandte sie sich an Hazel. »Hätte ich geahnt, dass du eine von der Sorte bist, die immer das Gegenteil von dem machen, was man ihnen sagt, dann hätte ich dich schon viel früher heimgeschickt!« Hazel stimmte fröhlich in ihr schallendes Lachen ein.

Owens fassungsloses »Du hast was?« ging in ihrem Gelächter unter. Hand in Hand stiegen sie die Veranda hinauf. Josie flüchtete spielerisch ins Haus.

Hazel und Owen gingen um Tim und die Hängematte herum, der sich nun wieder dem Buch in seinen Händen widmete. Mit einem Seitenblick vergewisserte Hazel sich, dass der Kleine mit sich selbst beschäftigt war. Dann zog sie Owen an sich und drückte ihre Lippen

erneut auf seinen Mund. Sie ließ ihre Hände über seinen Rücken gleiten und seufzte wohlig. Jetzt, wo sie ihm so nah war, konnte sie gar nicht mehr begreifen, wie sie die schmerzhafte Distanz der letzten Tage hatte ertragen können. »Onkel Owen, das Fleisch qualmt«, kam es da aus der Hängematte. Verdutzt lösten sie sich voneinander und Owen hastete zum Grill.

Hazel ging in der Zwischenzeit ins Haus, um zu sehen, wo Josie abgeblieben war. Im Wohnzimmer kam sie ihr mit einem Teller und Besteck entgegen.

»Du isst doch mit uns, oder?«, fragte sie. »Oder lebst du jetzt nur noch von Luft und Liebe?« Sie zwinkerte ihr verschmitzt zu.

»Sehr gern«, antwortete Hazel. Als Josie an ihr vorbeiwollte, hielt Hazel sie am Arm zurück. »Es ist doch alles okay zwischen uns, oder?«

Josie wirkte überrascht. Sie legte den Teller und das Besteck auf der Armlehne des Sofas ab, das neben ihr stand. Dann nahm sie Hazel in die Arme. »Alles ist wunderbar«, flüsterte Josie. »Ich freue mich so sehr für Owen.« Dann ließ sie Hazel los und lächelte sie an. »Und für mich selbst freue ich mich auch ein bisschen. Ich mag meine neue Nachbarin.«

Gerührt drückte Hazel Josie noch einmal an sich. »Danke«, murmelte sie. Hazel spürte, wie ihre Augen feucht wurden. Zu viele Emotionen waren in den letzten Minuten durch sie hindurchgerollt. Sie zwinkerte schniefend und wischte sich verlegen über das Gesicht. Doch diesmal waren es Tränen der Freude.

KAPITEL

41

Nachdem sie das Barbecue in all der Aufregung tatsächlich hatten anbrennen lassen, riefen sie beim *Gold Rush* an und gaben dort eine Großbestellung auf. Wie an ihrem allerersten Tag hier in Nome spazierten Hazel und Owen zusammen zu dem vietnamesischen Restaurant zwei Straßen weiter. Als sie an dem blauen Haus mit den Geweihen an der Fassade vorbeikamen, schmunzelte Hazel in sich hinein. Noch immer orientierte sie sich an solchen auffälligen Punkten. Doch bestimmt würde sie sich mit der Zeit gut in Nome auskennen. Schließlich war dies nun ihre neue Heimat.

Sie deutete in Richtung der Geweihe. »An meinem ersten Tag in Nome habe ich mir dieses Haus eingeprägt, um mir den Weg zu merken. Ich dachte damals, ich würde mich hier niemals zurechtfinden.«

Owen nickte und lächelte gedankenverloren. Nach einigen Schritten blieb er stehen und nahm ihre beiden Hände. »Du hast mich heute glücklich gemacht, Hazel«, flüsterte er. »Und ich verspreche dir, dass ich alles dafür tun will, damit auch du glücklich bist und deine Entscheidung nicht bereust.«

Hazel war plötzlich ganz feierlich zumute, während Owen ihre Hände an die Lippen führte und ihre Finger küsste. Sie wusste, dass

sie es niemals bereuen würde, dass sie bei ihm blieb. Denn ihr Platz war an seiner Seite, das spürte sie ganz genau.

Als sie mit mehreren Tüten beladen zurückkamen, war Josie gerade dabei, eine perlende violette Flüssigkeit in langstielige Gläser zu füllen. Auch Tim bekam ein Glas und strahlte über das ganze Gesicht.

»Das ist alkoholfrei«, erklärte sie auf Hazels fragende Miene hin. »Ich habe das Getränk eigentlich für Tims Geburtstag gekauft, aber er meinte, wir sollen die Flasche zur Feier des Tages heute schon köpfen.«

»Tolle Idee, danke, Tim! Ich besorge dir für deinen Geburtstag eine neue Flasche.«

Demonstrativ stieß der Kleine mit allen an und freute sich sichtlich über die feierliche Runde.

»Auf euch!«, rief Josie Hazel und Owen zu und prostete in ihre Richtung. Dann machten sie sich gemeinsam über das mitgebrachte Essen her.

Hazel lehnte sich kauend zurück und sah sich zufrieden um. Es herrschte dieselbe ausgelassene Stimmung wie an dem Abend, als Owen sie zum Pizzaessen rübergeholt hatte. Ein Gefühl von Familie und Zufriedenheit machte sich als wohlige Wärme in Hazels Bauch breit.

Sie dachte an ihre Mom. Was würde die wohl sagen, wenn sie erfuhr, dass aus Hazels ursprünglichem Kurztrip nicht nur eine unerwartet lange Reise, sondern nun sogar ein Umzug werden würde? Sie hoffte inständig, dass Betty nicht das Gefühl haben würde, Nome würde ihr zum zweiten Mal einen geliebten Menschen stehlen. Sicherlich würde sie traurig sein, dauerhaft so viele Meilen zwischen sich und Hazel zu wissen. Doch wie sie ihre Mom kannte, würde die Freude über Hazels Glück alles andere überwiegen. Zumindest hoffte sie das.

Hazel spürte Owens Finger sachte in ihrer Hand. Er hatte wohl bemerkt, dass sie nachdenklich geworden war. Sie beugte sich zu ihm und gab ihm einen Kuss auf die Lippen.

Josie hatte sich ihr Handy geschnappt und wischte auf dem Display herum. »Ach je, das Wetter wird am Wochenende ja nicht gerade berauschend.« Sie zog eine Schnute. Dann sah sie auf und wandte sich an Hazel. »Ich hoffe, du hast dir das gut überlegt. Rein wettermäßig kann Nome mit San Diego nicht mithalten.«

Hazel lachte auf. »Ja, das ist mir an meinem ersten Tag hier schon bewusst geworden. Wenn wir nicht zu Margret gegangen wären und ich dort eine warme Jacke bekommen hätte, wäre ich wohl jämmerlich erfroren.« Sie schüttelte sich, als würde sie schon der Gedanke an die damaligen 40 Grad Fahrenheit frösteln lassen.

Owen spielte mit und rieb ihr über die Oberarme, als wollte er sie warm halten. Tim lachte glucksend. Er stand auf und verteilte den Rest seiner lilafarbenen Limonade auf die inzwischen leeren Gläser.

»Jaja, die Winter in Alaska sind lang«, murmelte Josie und widmete sich wieder ihrem Handy.

Owen beugte sich zu Hazel herüber. Sie spürte seinen Atem und seine Lippen flüchtig auf ihrer Haut. Prompt rieselte ihr ein angenehmer Schauer den Nacken hinunter.

»Ich werde dir schon einheizen, wenn du das möchtest«, flüsterte er ihr ins Ohr. Augenblicklich wurde es Hazel tatsächlich heiß. Und ob sie das wollte.

»So, ihr Turteltäubchen.« Josie stand auf. »Ich muss langsam, aber sicher los. Hershel nimmt es mit meinen Dienstzeiten zwar nicht sehr genau, aber ich möchte seine Gutmütigkeit auch nicht überstrapazieren.« Sie warf einen schuldbewussten Blick auf ihre Armbanduhr.

»Spielt ihr eine Runde Uno mit mir?«, fragte Tim.

»Gern! Du schuldest mit sowieso noch eine Revanche. Letztes Mal hast du mich abgezockt«, antwortete Hazel.

Tim lachte schelmisch und rannte sogleich ins Haus, um die Karten zu holen.

Wieder einmal führte der scheinbar endlose Sonnenuntergang Hazel an der Nase herum. Überrascht stellte sie fest, wie spät es geworden war. Beim Spielen und Lachen hatten sie völlig die Zeit vergessen. Zwar stand das Wochenende vor der Tür und alle konnten am nächsten Morgen ausschlafen, doch für Tim war es trotzdem höchste Zeit, schlafen zu gehen.

»Komm schon, Buddy, ab unter die Dusche!«, sagte Owen und stand auf. Zwar murrte Tim ein bisschen, doch ein herzhaftes Gähnen überzeugte ihn schließlich, dass das Bett wohl nicht die schlechteste Idee war.

»Gute Nacht, Tim«, rief Hazel ihm nach, als er mit Owen hineinging. Sie blieb auf der Veranda und ließ den Blick über die Nachbarhäuser schweifen. Entspannt lehnte sie sich zurück und malte sich die verschiedenen Reaktionen aus, wenn die Leute von ihrem Entschluss erfuhren. Margret würde sie an ihren Busen drücken und sich freuen, Murphy wahrscheinlich eher die nächste Gemeinheit planen, in der Hoffnung, sie doch noch zu verscheuchen. Doch mit dem würde sie schon fertigwerden. Mit Owen zusammen.

Sie schüttelte ungläubig den Kopf, als sie daran dachte, wie unnötig schwer sie es sich gemacht hatten, obwohl die Lösung so offensichtlich auf der Hand gelegen hatte.

»Hazel?«

Verwundert drehte sie sich um. Tim stand in der Tür. Er trug einen Schlafanzug, sein Haar hatten sie anscheinend geföhnt, doch an den Spitzen war es noch etwas feucht. Er hatte ein Buch in der Hand.

»Ja, was ist denn?«

»Liest du mir heute aus meinem Weltraumbuch vor?«, fragte er schüchtern. »Du gehörst doch jetzt auch zur Familie.«

Gerührt stand Hazel auf und umarmte ihn. »Es gibt nichts, was ich lieber tun würde«, flüsterte sie ihm zu.

KAPITEL

42

Denkst du wirklich, dass das eine gute Idee ist?«, fragte Hazel skeptisch.

Owen nickte. »Natürlich ist es das. Wir klären das jetzt ein für alle Mal.« Dann wurden seine Züge weich und er zog sie an sich. »Du brauchst keine Angst zu haben. Ich beschütze dich. Und außerdem ist Murphy gar nicht so furchterregend, wie er sich gibt. Eigentlich ist er nur eine arme, von Neid und Ehrgeiz zerfressene Wurst.«

Hazel kicherte. »Das lass ihn mal lieber nicht hören.«

Auch wenn ihr nicht ganz wohl war, wenn sie an den bevorstehenden Ausflug dachte, gab Hazel sich geschlagen. Schließlich wollte auch sie die Sache endlich klären und im besten Fall aus der Welt schaffen.

Sie kletterten auf den Jetski, und Hazel schlang die Arme um Owen, um sich festzuhalten. Gemeinsam jagten sie über das Wasser. Hazel hätte ewig so weiterfahren können, doch leider kam Murphys schwimmende Plattform viel zu schnell in Sicht. Owen steuerte seinen Jetski vorsichtig heran. Dann sprangen sie hinüber und vertäuten ihn an der Plattform. Hazel prüfte sogar extra noch einmal den

Knoten. Sie konnte sich wirklich Verlockenderes vorstellen, als hier bei Murphy festzusitzen.

Der Kerl, der oben auf der Waschrinne saß und größere Gesteinsbrocken herausklaubte, war der Erste, der sie erblickte. Das musste Murphys Schwager sein, wenn Hazel sich richtig erinnerte. Er stieß einen schrillen Pfiff aus, doch Murphy hörte ihn nicht und baggerte munter weiter. Also stieg er murrend hinunter, beugte sich seitlich in den Bagger hinein und tippte ihn an. Was gesprochen wurde, konnte Hazel nicht verstehen, doch er deutete mit dem Daumen hinter sich, und Murphy folgte seinem Blick. Mit fragender Miene musterte er Hazel und Owen und schaltete den Bagger aus. Dann sprang er herab und kam zu ihnen. »Was gibt es?« Es war eher ein Knurren als eine Frage, und sein Gesichtsausdruck gab ihnen unmissverständlich zu verstehen, dass er der Meinung sei, er habe gerade Besseres zu tun, als sich mit ihnen zu unterhalten.

»Ich bin dir noch eine endgültige Antwort schuldig wegen meines Claims.« Hazel war froh, dass sie selbstsicherer klang, als sie sich fühlte. »Ich werde hierblieben und selbst dort schürfen.«

Murphy zog mit einem schmatzenden Geräusch Luft durch die Zähne. »Na bravo«, sagte er abschätzig. »Sonst noch was?«

»Ja«, sagte Hazel mit fester Stimme.

Murphy zog eine Augenbraue hoch und verschränkte die Arme vor der Brust.

»An meinem Entschluss werden auch auseinanderfallende Tauchermasken und leere Sauerstoffflaschen nichts ändern.«

Murphys Augen wurden schmal. Er zögerte eindeutig zu lange mit einer Antwort, was Hazel als Bestätigung ansah, dass er tatsächlich ihre Ausrüstung sabotiert hatte. Meine Güte, Owen hatte recht gehabt. Es war gut, diesen schwelenden Konflikt endlich zu klären.

Wenn sie ein ruhiges Leben hier in Nome führen wollte, mussten sie zumindest einen Waffenstillstand schaffen.

Als wollte das Wetter die Dramatik des Moments unterstreichen, frischte der Wind auf und erste Regentropfen prasselten auf sie herab.

»Was hab ich damit zu tun, wenn du deine Ausrüstung nicht im Griff hast?«, gab Murphy gehässig zurück.

»Wir wissen, dass du sehr wohl etwas damit zu tun hast«, schaltete Owen sich nun ein. »Nome ist ein Dorf, das weißt du doch. Jeder kennt jeden, und irgendjemand bekommt immer etwas mit. Es ist hier nahezu unmöglich, ein Geheimnis zu bewahren.« Er zuckte demonstrativ mit den Schultern, was Murphys Augen noch schmaler werden ließ.

Sein Schwager hielt sich auffallend im Hintergrund und kratzte sich unwohl am Hals. Womöglich hatte Murphy ihn sogar als Handlanger vorgeschickt, passen würde es zu ihm. Vorsichtshalber fixierte Hazel den Kerl, bis er sich abwandte und geschäftig einen Schlauch aufwickelte, der neben ihm auf dem Boden lag.

Murphy bedachte ihn mit einem Seitenblick, den Hazel nicht deuten konnte. Dann hob er plötzlich beide Hände, als wollte er sich ergeben. »Schon gut, schon gut, keine Lizenz für mich, ich habe verstanden«, sagte er mit theatralischem Unterton. »Das heißt aber nicht, dass ich irgendetwas von euren lächerlichen Anschuldigungen zugebe!«

»Ich denke, du hast uns schon verstanden«, stellte Owen fest und wandte sich dann ab. Ohne Hast ging er zurück zu seinem Jetski. Hazel folgte ihm. Sie setzte sich hinter ihn auf die inzwischen regennasse Sitzfläche. Erst als sie einigen Abstand zwischen Murphys Plattform und sich gebracht hatten, atmete sie erleichtert auf. Sie spürte dessen bohrenden Blick noch immer in ihrem Rücken.

Das Gespräch war in Hazels Augen erstaunlich unspektakulär abgelaufen. Ob ihr Besuch überhaupt irgendeine Wirkung auf Murphy haben würde? Oder hatte er in diesem Moment womöglich schon wieder vergessen, dass sie überhaupt dort gewesen waren?

»Denkst du, das hat etwas gebracht?«, fragte Hazel Owen, als sie im Hafen ankamen und er den Motor ausschaltete.

Owen stand auf und setzte sich dann verkehrt herum wieder, sodass er ihr nun zugewandt war. »Ja, ich glaube schon. Er weiß jetzt, dass seine Einschüchterungsspielchen bei dir nicht wirken. Und er weiß, dass du dich dazu entschlossen hast, den Claim selbst zu nutzen. Wenn er also ein bisschen Grips hat, müsste er einsehen, dass er sich die Mühe sparen kann. Bestimmt lässt er dich jetzt in Ruhe.«

»Hoffentlich hast du recht.« Sie schwang ihre Beine über seine und rutschte näher an ihn heran. Der Jetski schaukelte sachte unter ihren Bewegungen. »Danke, dass du mich zu dem Besuch auf seiner Plattform überredet hast«, sagte sie und schmiegte sich an ihn.

Owen streichelte ihr über das nasse Haar. »Lass uns nach Hause fahren«, flüsterte er nahe an ihrem Ohr. *Nach Hause.* Hazel nickte lächelnd.

Der Regen war stärker geworden und längst durch ihre Kleidung gekrochen. Owen spielte weiter mit ihren feuchten Haarsträhnen. »Was hältst du von einem heißen Bad nach dieser kühlen Regendusche?«

Hazels Grinsen wurde breiter.

»Oder lieber eine Tasse heiße Schokolade?«, fragte er weiter.

»Wieso denn entweder oder?«, gab sie sich empört und stemmte die Fäuste in die Seiten. »Ich will beides!«

»So sind sie, die unersättlichen Frauen aus dem Süden.« Owen lachte auf.

Hazel stimmte in sein Lachen mit ein. »Damit musst du jetzt klarkommen. Du wolltest es schließlich so.« Sie tippte ihm mit dem Zeigefinger sanft gegen das Brustbein.

Zärtlich nahm Owen ihre Hand von seiner Brust und gab ihr einen Kuss auf die Finger. Dann schloss er die Arme um sie. »Und ich will es immer noch. Jeden Tag.«

KAPITEL

43

Hazel und Owen faulenzten zusammen in der Hängematte, während Josie drinnen laut klappernd kochte. Anfänglich war Hazel sich ab und an wie ein Schmarotzer vorgekommen, da Josie die Küche als ihr Revier sah und jeden verscheuchte, der ihr zu nahe kam. Lediglich das Gemüseschneiden hatte sie Hazel ein paarmal großzügigerweise überlassen. Irgendwann hatte Hazel akzeptiert, dass das eben Josies Ding war, und genoss ihre Kochkünste inzwischen ohne schlechtes Gewissen.

Sie kuschelte sich an Owen und spielte mit den Knöpfen seines Hemdes. Diese Hängematte war einer ihrer absoluten Wohlfühlorte, auch wenn man inzwischen eine Jacke oder dicke Decke brauchte. Der kurze Nomer Sommer hatte bereits den Rückzug angetreten. Auch ihre Goldschürfausrüstung hatten sie schon eingelagert, als die ersten Fröste kamen. Hazel konnte es kaum glauben, dass sie diese Saison tatsächlich ungefähr vierzig Unzen Gold aus der Beringsee geholt hatten, obwohl sie von einigen Sommerstürmen ausgebremst worden waren. Sie seufzte wohlig. In Momenten wie diesen konnte sie kaum glauben, wie wunderbar sich alles gefügt hatte. Hazel liebte

ihr neues Leben. Einziger Wermutstropfen waren die vielen Meilen, die nun zwischen ihrer Mom und ihr lagen.

Ein Auto hielt vor der Einfahrt. Tim hüpfte heraus und winkte dem Wagen zu, als er wieder davonfuhr. Er gehörte dem Dad seines besten Freundes, bei dem er den Tag verbracht hatte. Hazel und Owen winkten ebenfalls.

Kaum war das Auto außer Sichtweite, stürmte Tim auf sie zu und warf sich lachend auf sie in die Hängematte. Sie kabbelten und kitzelten sich eine Weile, bis Hazels Handy in ihrer Tasche vibrierte. Sie kämpfte sich aus der Hängematte und kugelte schließlich mehr heraus, als dass es ihr möglich gewesen wäre, unter den andauernden Kitzelattacken aufzustehen. Owens und Tims Schadenfreude begleiteten sie, als sie sich aufrappelte.

Das Handydisplay zeigte ein Foto ihrer Mom. Hazel ging einige Schritte von der Veranda weg, wo Owen und Tim noch immer lauthals miteinander kämpften.

»Hey, Mom!«

»Hallo, mein Schatz!«

Betty hörte sich ausgesprochen fröhlich an, sie wirkte beinahe aufgekratzt.

»Was gibt es Neues?«, fragte Hazel deshalb.

»Ich habe einen neuen Kardiologen«, flötete Betty.

Hazel runzelte irritiert die Stirn. Bei ihrer Mom rechnete sie grundsätzlich mit Überraschungen. Aber wieso ihr neuer Arzt sie so in Aufregung versetzte, wollte sich ihr nicht recht erschließen. »Und was ist daran so toll? Stehst du etwa auf ihn?«

Schallendes Lachen drang aus dem Telefon. »Nein, Schatz, besser! Er meint, meine Werte und der Ultraschall sind super, und es spricht nichts dagegen, dass ich dich besuche.«

»Im Ernst?«, fragte Hazel erstaunt nach. Sie wusste nicht, ob sie sich freuen oder besorgt sein sollte. »Aber dein alter Arzt war doch so dagegen. Wieso hast du überhaupt gewechselt?«

»Eine Freundin hat mir den neuen empfohlen. Freust du dich denn gar nicht?«

»Doch, natürlich. Aber ich wollte dich jetzt im Herbst sowieso besuchen. Du musst diese Reise nicht auf dich nehmen.«

»Ich möchte aber«, sagte Betty nun bestimmt. Plötzlich wurde ihr Tonfall ernst. »Bei deinem Dad habe ich es verpasst. Ich will mir das nicht noch einmal vorwerfen müssen. Verstehst du das?«

Hazel schluckte ihre Bedenken hinunter. »Ich verstehe, Mom. Und ich freu mich auf dich!«

Betty hatte sofort Nägel mit Köpfen gemacht, und so fuhren Hazel und Owen eine knappe Woche später zum Nomer Flughafen, um sie abzuholen.

»Sie müsste jeden Moment da sein«, sagte Owen mit Blick auf seine Armbanduhr.

Aufgeregt sah Hazel sich um, als sie das Gebäude betraten. Tausend Eindrücke strömten auf sie ein. Vor nicht einmal ganz vier Monaten war sie selbst hier gelandet. Ein nachdenkliches Schmunzeln schlich sich auf ihre Lippen, als sie daran dachte, wie Owen sie abgeholt hatte. Hazel hatte damals einen Mann im Rentenalter erwartet. Dass Dads Tauchbuddy jemand sein könnte, in den sie sich verliebte, das hatte sie wahrlich nicht erwartet. Und nun konnte sie sich ein Leben ohne ihn gar nicht mehr vorstellen. Sie drückte Owens Hand und lächelte ihn an.

Mehrere Menschen kamen aus der Abfertigung in die Halle, und da sah Hazel auch schon ihre Mom, obwohl sie die Kleinste war. Als

diese Hazel erblickte, winkte sie und beschleunigte an ein paar anderen Reisenden vorbei. Dass sie sie mit ihrem Koffer anrempelte und böse Blicke erntete, bemerkte sie gar nicht. Den Blick fest auf Hazel gerichtet, kam sie auf sie zu. Der Koffer kippte seitlich weg, als sie ihn losließ, um Hazel in die Arme zu schließen. Hazel drückte ihre Mom an sich. Und erst in dieser Umarmung wurde ihr bewusst, dass sie sich wirklich lange nicht gesehen hatten.

Schließlich löste Betty sich von ihr und strahlte sie an. »Gut siehst du aus, Schatz! Dein neues Glück steht dir!« Sie zwinkerte verschmitzt und wandte sich dann Owen zu, der gerade den umgefallenen Koffer wieder aufgestellt hatte. Auch ihn umarmte sie herzlich.

»Schön, dass wir uns endlich persönlich kennenlernen, Betty.« Er schnappte sich ihren Koffer, und die drei gingen gemeinsam zu seinem Wagen. Betty hakte sich bei Hazel unter.

»Möchtest du dich erst etwas von der Reise ausruhen?«, fragte sie ihre Mom. »Ich habe dir das Schlafzimmer vorbereitet. Oder hast du Hunger?«

Betty blieb auf halbem Weg zum Auto auf dem Parkplatz stehen. »Ich hätte da schon einen Wunsch«, druckste sie herum.

»Was ist es? Raus mit der Sprache, Mom!«

»Laut Wetterbericht müsste die Beringsee noch befahrbar sein, oder?«

Überrascht runzelte Hazel die Stirn. »Ja, ich denke, das müsste gerade noch so gehen.«

»Fährst du mit mir zu der Stelle, wo ihr Dads Asche verstreut habt?« Betty machte ein banges Gesicht, als hätte sie eine unverschämte Forderung gestellt.

»Natürlich fahren wir raus, wenn du das möchtest.« Hazel warf einen Blick in den wolkenverhangenen Himmel. Owen war gerade dabei, den Koffer auf die Rückbank des Pick-ups zu schieben.

Anscheinend hatte auch er Bedenken, ob es nicht gleich zu regnen beginnen würde. Doch die Temperaturen arbeiteten gegen sie.

»Wenn du fit bist, fahren wir am besten gleich«, sagte Hazel nachdenklich.

Betty lächelte. »Ich hatte gehofft, dass du das sagen würdest.«

Sie schlossen zu Owen auf, der schon die Wagentür geöffnet hatte und Betty in den Pick-up half.

»Betty würde gern mit dem Boot rausfahren. Ich dachte, da das Eis ja quasi schon im Anmarsch ist, machen wir das am besten gleich. Wäre das okay für dich?«

»Klar«, meinte Owen und küsste Hazel auf die Wange. Im Augenwinkel sah sie, dass ihre Mom sie mit einem zufriedenen Nicken beobachtete.

Sie fuhren ein kurzes Stück am Fluss entlang, der am Hafen in die Beringsee mündete. Owen kramte eine Dose Cola aus dem Handschuhfach, die Betty gern annahm und in wenigen Zügen leerte. Hazel konnte nicht umhin, ihr einen skeptischen Blick zuzuwerfen. »Bist du sicher, dass du nicht doch erst eine Pause machen willst?«

»Jetzt hab dich nicht so, Schatz!«, antwortete sie beinahe ärgerlich und drückte Hazel die leergetrunkene Dose in die Hand. »Lass uns das jetzt machen!«

»Schon gut.« Hazel hob abwehrend beide Hände, und Owen schmunzelte in sich hinein, während er den Wagen am Hafen parkte. Auf dem Meer schwammen einige dünne Eisplatten, doch dank der milden letzten Tage war die Eisdecke noch nicht geschlossen.

»Das hier ist es.« Hazel zeigte auf das Boot und holte ihren Schlüsselbund aus der Jackentasche.

»*Little Blue Elephant*«, las Betty den Namen halblaut vor.

»Weißt du, beim Goldtauchen benutzt man einen langen Sauger. Den hat Dad immer Rüssel genannt, passend zum Namen des Bootes«, erklärte sie.

»Dann passt das ja gleich in doppelter Hinsicht.« Betty betrachtete das Boot nachdenklich. Ein verlorenes Lächeln umspielte ihre Lippen.

»Wieso, was meinst du?«, wollte Hazel wissen.

»Erinnerst du dich an Dads Musik? Er liebte Swing.«

»O Gott, ja. Das lief bei ihm immerzu. Und alle Lieder hörten sich gleich an, weil er die ohne Gesang am liebsten mochte«, erinnerte sie sich.

Betty nickte lachend. »Genau. Und einer dieser Songs heißt *Little Blue Elephant*. Er hat ihn eine ganze Weile lang rauf und runter gehört.«

Sie kletterten an Bord. Owen lichtete den Anker und verschwand in die Steuerkabine, während Hazel und Betty sich auf der Bank am Heck des Bootes niederließen. Der kalte Wind zerzauste ihnen das Haar und färbte ihre Wangen und Nasenspitzen rot.

Sie passierten Murphys schwimmende Plattform. Trotz der inzwischen ganz und gar nicht mehr sommerlichen Temperaturen war sie noch in Betrieb. Murphy saß in seinem Bagger, einer seiner Kumpane oben auf der großen Waschrinne, und ein dritter schraubte am Geländer der Reling herum. Hazel traute ihren Augen kaum, als Murphy tatsächlich innehielt und sich zum Gruß mit Zeige- und Mittelfinger seitlich an die Stirn tippte, als er sie erblickte.

»Wer ist denn der nette Mann?«, fragte Betty.

»Das ist eine lange Geschichte«, meinte Hazel. Sie schob den irritierenden Gedanken, dass ihre Mom Murphy gerade einen *netten Mann* genannt hatte, beiseite. »Die erzähle ich dir ein andermal.«

Sie fuhren weiter aufs Meer hinaus. Die Beringsee wirkte, als sei der Winter schon im Begriff hereinzubrechen. Der Herbst dauerte hier anscheinend nur ein paar Tage lang. Rau, wild und dunkel zeigte sich das Meer heute. Betty ließ ihren Blick über die Wellen schweifen. »Wunderschön«, murmelte sie.

Owen stoppte den Motor, warf den Anker aus und setzte sich zu ihnen. Hier hatten sie seine Asche ins Meer gestreut. Betty blinzelte verräterisch.

»Danke, dass ihr mich hergebracht habt«, flüsterte sie. »Und danke, dass ihr *ihn* hierhergebracht habt. Ich bin sicher, hätte er einen Ort für seine letzte Ruhe wählen können, wäre es dieser gewesen.«

Hazel nahm Bettys Hand, und Owen legte den Arm um Hazels Schultern. So saßen sie eine ganze Weile, trotzten dem Wind, in den sich einzelne Regentröpfchen mischten, und hingen ihren Gedanken nach.

Betty hatte es auf den Punkt gebracht. Die Beringsee in all ihrer rauen Pracht war nichts anderes als wunderschön.

Mira Manger

All The Things That Matter

ISBN: 978-3-95991-761-2, Klappenbroschur, EUR 14,90

Austin und Vic – Eine turbulente Liebesgeschichte in Seattle, der berühmten Emerald City – fesselnd, gefühlvoll und voller Geheimnisse.

Vic kann es kaum erwarten, ihr Studium an der University of Washington endlich zu beenden – im luxuriösen Verbindungshaus der Schwesternschaft Alpha-Omega-Alpha hat sie sich nie wirklich zugehörig gefühlt. Doch dann trifft sie auf den Youtuber Austin, der mit seiner ruhigen und besonnenen Art schneller einen Weg in ihr Herz findet als gedacht. Als Vic auch noch ein verlockendes Jobangebot winkt, scheint es plötzlich tausend gute Gründe zu geben, in Seattle zu bleiben, Austin allen voran. Allerdings wird schnell klar, dass er nicht ganz ehrlich zu ihr ist. Er verstrickt sich immer wieder in widersprüchlichen Aussagen und hält sie auf Abstand. Was verschweigt Austin ihr? Kann Vic ihm überhaupt vertrauen? Oder liegt ihre gemeinsame Zukunft bereits in Scherben?

Bianca Wege

Love or Lie – Alles für Dich

ISBN: 978-3-95991-238-9, Klappenbroschur, EUR 14,90

Eyla würde sich lieber lebendig begraben, als bei einer Reality-TV-Show mitzumachen. Vor allem, wenn diese sie in den hohen Norden führt – genauer gesagt in das einsame, verschneite Alaska. Doch ausgerechnet eine Teilnahme bei ›Love or Lie‹ scheint die letzte Möglichkeit zu sein, genügend Geld für die Behandlung ihrer kranken Schwester auftreiben zu können.

Eyla hat keine Wahl. Als sie bei den Dreharbeiten der Show jedoch Dan kennenlernt, einen der Kandidaten, kommen plötzlich Gefühle ins Spiel, und Eyla steht vor einer folgenschweren Entscheidung …

DRACHENMOND VERLAG